DAS LIED DES STEINS
DIE INSEL DES SCHICKSALS
BUCH EINS

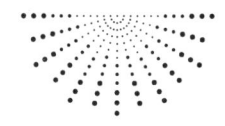

TRICIA O'MALLEY

Übersetzt von
DANIEL FRIEDRICH

LOVEWRITE PUBLISHING

Das Lied des Steins
Die Insel des Schicksals: Buch 1

Lovewrite Publishing

Copyright © der deutschsprachigen Ausgabe 2022 Lovewrite Publishing
Titel der englischen Originalausgabe: „Stone Song"
Copyright © 2016 Lovewrite Publishing
Alle Rechte vorbehalten

Umschlaggestaltung: Rebecca Frank Cover Designs
Übersetzung: www.translatebooks.com - Daniel Friedrich
Lektorat: Annette Glahn

Alle Rechte vorbehalten. Kein Teil dieses Buches darf in irgendeiner Weise ohne ausdrückliche Erlaubnis der Autorin kopiert werden. Dies gilt für Nachdruck, Auszüge, Fotokopien, Tonaufnahmen, oder jede andere Art der Vervielfältigung.
Sollten Sie eine Vervielfältigung wie oben aufgeführt wünschen, schreiben Sie bitte vorab an die Autorin: info@triciaomalley.com, um die Erlaubnis einzuholen.

Denjenigen gewidmet, die keine Angst davor haben, nach Magie zu suchen.

*„Wer nicht an Magie glaubt, wird sie nie finden." -
Roald Dahl*

KAPITEL EINS

„‚Und ihr, Kinder Danus, sollt in das Land gehen, welches man Inisfail, die Insel des Schicksals, nennen wird. Es ist euer Schicksal, die Erde zu bevölkern und ihr die große Weisheit und Führung, die ihr euch unter unserer Obhut angeeignet habt, zu bringen'", intonierte Bianca, während Clare mit den Augen rollte und ihrer Mitbewohnerin zuzwinkerte, die gerade einer Gruppe eifriger Amerikaner eine mythologische Führung durch Dublin gab. „Seht nur, da geht sie hin, eine der großen Schönheiten der Kinder Danus. Eine lebende Göttin höchstpersönlich."

Die Gruppe drehte sich um und starrte Clare an, die an ihnen vorbeieilte und über Bianca den Kopf schüttelte.

„Ich bin genauso eine Göttin, wie du eine zarte Rose bist", schoss Clare zurück, und die Gruppe brach in Gelächter aus.

„Und so kamen die Kinder Danus auf die Insel des Schicksals, die man heute als Irland kennt und hielten in ihren Händen nichts als die vier Schätze, die sie vor denen schützen sollten, die entschlossen waren, eine Herrschaft der Dunkelheit über die Insel zu bringen."

Biancas Mythologiestunde verhallte hinter Clare, während sie eine Masse wilder, kastanienbrauner Locken unter einer Wollmütze unterbrachte und sich bereits auf ihr Dissertationsprojekt konzentrierte. Es war das letzte Stück Arbeit, das sie zu Ende bringen musste, bevor sie sich eine waschechte Doktorin nennen konnte.

Eine Person mit einem Doktortitel in Geologie ist nichtsdestoweniger eine Doktorin, erinnerte sie sich selbst, als sie durch die Glastüren des naturwissenschaftlichen Flügels des Trinity College trat.

Sie hatte Glück gehabt, dass sie in das Geologieprogramm eines so angesehenen Colleges aufgenommen worden war, und noch mehr Glück, dass sie ein Vollstipendium erhalten hatte. Ihre Eltern hatten sich verwundert die Augen gerieben und sich gefragt, was eine Bauerntochter aus der irischen Kleinstadt Clifden mit einem Doktortitel anfangen wollte.

Um Steine zu studieren, nicht mehr und nicht weniger.

Sie konnte immer noch ihren Vater sehen, wie er mit schlammverdreckten Stiefeln auf den Hof hinausschritt, sich bückte, einen Stein vom Boden aufhob und ihn gegen das Licht hielt.

„Das hier? Das ist es also, was du studieren willst? Und was gibt es da jetzt noch über sie zu lernen, bitte?"

Obwohl ihn ihre Entscheidung verwirrt hatte, war Madden MacBride schon bald dabei ertappt worden, wie er in Paddy's Pub, der von ihm bevorzugten Eckkneipe, mit seiner brillanten Tochter prahlte.

Clare erinnerte sich noch gut an die ersten Momente der Panik, nachdem ihre Eltern sie in der Stadt abgesetzt hatten. Ihr Truck hatte sich rumpelnd vom College entfernt und auffällig deplatziert neben den gepflegten Autos gewirkt, die die belebten Straßen Dublins verstopft hatten. Als sie an ihrer abgewetzten Jeans und dem verblichenen Button-Down-Hemd herabgeblickt hatte, war es ihr vorgekommen, dass sie wohl ganz ähnlich aussah wie der schäbige Truck, mit dem sie abgesetzt worden war.

Umso besser, wenn man im Dreck wühlen will, hatte sie sich gesagt, und war dann erhobenen Hauptes zur Wohnung gegangen, die sie mit einem Mädchen von einer Liste, die sie vom College erhalten hatte, mietete. Und obwohl sie im Laufe des Sommers ein paar Mal miteinander telefoniert hatten, hatte sie ein flaues Gefühl im Magen, während sie auf ihre neue Mitbewohnerin wartete.

Es hatte weniger als dreißig Sekunden und einen Blick auf die Tränen gebraucht, die über das Gesicht der pausbackigen Blondine liefen, und Clare hatte sich sofort mit Bianca verbunden gefühlt.

Seitdem hatten sie immer zusammengelebt und waren nun aufgestiegen zu einer etwas besseren Wohnung, einem etwas besseren Modebewusstsein und der Weltgewandtheit, die sich einstellt, wenn man sich schließlich als Erwachsener durch eine Stadt bewegt.

Bianca, die Geschichte mit Mythologie als Nebenfach studiert hatte, befand sich derzeit in einer einjährigen Debatte mit sich selbst darüber, ob sie ihre Promotion weiterverfolgen sollte oder nicht. In der Zwischenzeit arbeitete sie Vollzeit im irischen Nationalmuseum und Teilzeit als Touristenführerin für diejenigen, die den Drang hatten, etwas über die keltischen Mythen zu erfahren, die sich durch die reiche Geschichte Irlands zogen.

Obwohl Clares Stipendium die Studiengebühren abdeckte, brauchte sie immer noch etwas zusätzliches Geld für bestimmte lebenswichtige Dinge – wie die Kamera, auf die sie schon seit Ewigkeiten scharf war, oder ein komplettes irisches Frühstück nach ihren nächtlichen Streifzügen durch die Stadt mit Bianca. Clare stockte ihr Einkommen auf, indem sie ein oder zwei Abende pro Woche in einem Pub in der Nähe ihrer Wohnung arbeitete und ein paar Nachmittage pro Woche in einem örtlichen Kristallladen.

Kristalle waren schließlich auch Gestein. Geoden, um genau zu sein.

Clare zuckte zusammen, als sie an ihren Zweitjob dachte. Sie konnte nicht genau sagen, warum sie an einem sonnigen Herbsttag an dem Kristallgeschäft vorbeigekommen war, aber die hübsche Auslage mit den glitzernden Steinen war ihr ins Auge gefallen. Kunstvoll arrangiert auf verschiedenen Etagen von Türmchen aus Acrylglas und mit feinem Schmuck und ein paar Büchern, die dazwischen verteilt waren, schaffte es die Schaufensterauslage, zugleich fantasiereich und geschmackvoll zu sein.

Unfähig zu widerstehen, war Clare hineingegangen. Ihre Haut vibrierte von der Energie, die von den Kristallen ausging, und das warme Licht und das strahlende Lächeln der Frau, die hinter dem Tresen stand, gaben ihr das Gefühl, wie zu Hause aufgenommen zu werden.

Es ärgerte Clare, dass sie bis heute nicht hatte herausfinden können, warum Steine mit ihr sprachen. Nun ja, sie sprachen nicht buchstäblich mit ihr, aber sie kannte jede ihrer charakteristischen Energien, wusste, was sie brauchten oder mit wem sie zusammen sein mussten, und konnte sogar mit einem flüchtigen Blick erkennen, woher sie kamen.

Sicher, zum Teil war das ein Ergebnis ihrer Ausbildung. Wozu hatte sie ein Geologiestudium absolviert, wenn sie nicht in der Lage war, einen Stein zu betrachten und sein Alter abzuschätzen? Aber die Energie und die Kraft der Steine? Nun, sie musste erst noch verstehen, wie sie das körperlich spüren konnte.

Nicht, dass sie es einem ihrer Professoren gegenüber erwähnt hätte. Eine Ausbildung in einem wissenschaftlichen Fachgebiet zu erhalten – vor allem wenn man eine Frau war – ließ nicht gerade Raum für Träumereien. Stattdessen hatte sie bewiesen, dass sie eine rationale, brillante und engagierte Wissenschaftlerin war. Einmal pro Woche unterrichtete Clare ein Seminar für Studienanfänger, das gut besucht war – auch wenn manche sagten, dass das an der attraktiven Dozentin lag.

Clare prustete bei dem Gedanken daran, während sie die Tür zum naturwissenschaftlichen Flügel aufstieß und dem Mädchen am Empfang zuwinkte.

Es spielte kaum eine Rolle, wie man aussah, während man knietief im Moor stand und Steine zur Analyse herauszog. Je eher ihre Studenten erkannten, dass das Aussehen in diesem Fachgebiet nicht unbedingt von Vorteil war, desto besser für sie.

„Hey Seamus", rief Clare dem Laboranten zu, als sie das kleine Labor betrat, das ihrem Fachgebiet zugeordnet war.

Nicht, dass Gesteine und die Entstehung der Erde nicht ein interessanter Wissenschaftszweig wären – doch Clare wusste, dass die biomedizinischen Ingenieure und Chemiker im obersten Stockwerk des Gebäudes der Naturwissenschaften viel bessere Labore hatten, ganz zu schweigen von der besseren Finanzierung. Manchmal hatte sie das Gefühl, dass man ihre Abteilung in den hintersten Winkel des Kerkers verbannt hatte.

„Immer noch stürmisch draußen?", rief Seamus leichthin und steckte sich ein Pfefferminz in den Mund, während er seine drahtigen Arme vor der Brust verschränkte und sich im Stuhl zurücklehnte. Mit einer Körpergröße von über eins achtzig war er ein richtiger Schlaks und sein dunkler Haarschopf stand komplett zu Berge. Seine Schlankheit machte er durch einen mühelos lässigen Stil wett.

„Höchstens neblig, würde ich sagen. Bianca war mit einer Gruppe draußen, also nicht so schlimm", sagte Clare, während sie ihren Rucksack abnahm und ihn an die Lehne ihres Stuhls hängte.

„Ah, vielleicht sollte ich Hallo sagen", sagte Seamus, wobei seine Wangen rot wurden. „Ist sie immer noch mit diesem Conor zusammen?"

Clare blickte zu ihm auf. „Nein, sie hat ihn rausgeschmissen, nachdem er vor ein paar Wochen die ganze Nacht lang mit seiner Band unterwegs war."

Seamus richtete sich auf und seine Füße schlugen dumpf auf den Boden.

„Vielleicht sollte ich wirklich Hallo sagen. Einfach, du weißt schon, um uns auf den neusten Stand zu bringen", murmelte Seamus, während er sich seinen Mantel schnappte und fast im Laufschritt zur Tür ging.

Clare kicherte, während sie ihre Ohrhörer einsteckte und den Computer einschaltete.

Ihre Dissertation würde sich nicht von selbst schreiben.

KAPITEL ZWEI

„Musst du heute nicht im Laden arbeiten?"
Clare schrak auf, als Seamus ihr den Stöpsel aus dem Ohr zog. Aus dem winzigen Lautsprecher ertönte das Heulen von Jimi Hendrix' Gitarre, während er vor ihr auf den Tisch fiel.

„Scheiße, Scheiße, Scheiße, du hast recht", fluchte Clare. „Ich habe total die Zeit vergessen. Ich muss los." Sie vergewisserte sich, dass sie ihre Arbeit gespeichert hatte, überprüfte, dass sie auch auf ihrem USB-Stick war, und sicherte sie zusätzlich online in der Cloud, bevor sie aufsprang.

„Komm nachher auf ein Bier vorbei", sagte Clare und gab Seamus einen flüchtigen Kuss auf die Wange.

„Arbeitest du heute auch in O'Flannery's?"

„Nein, bei uns nach Hause. Du willst Bianca sehen, oder?"

Clare wartete nicht auf seine Antwort, sondern eilte zur Tür hinaus und machte sich auf den Weg in den Kristallladen. Sie wusste, dass sie eines Tages ihr Zeitmanagement verbessern musste, aber es fiel ihr so schwer, ihre Gedanken zu lösen, wenn sie in ein Thema vertieft war.

Nicht dass es Branna viel ausmachte, wenn sie ein paar Minuten zu spät kam. Unter ihren Angestellten war Clare diejenige mit dem höchsten Umsatz, und so ließ Branna gerne etwas Nachsicht walten, was Clares Arbeitszeiten betraf.

Celtic Crystals war zu Fuß etwa eine Viertelstunde vom Trinity College entfernt und lag versteckt in einer verwinkelten Seitenstraße, die mit Kopfsteinen gepflastert war. Der Laden war von ein paar anderen Geschäften umgeben, lag aber im Großen und Ganzen ziemlich abgeschirmt vom Straßenverkehr – weshalb es Clare stets aufs Neue überraschte, dass das Geschäft durchgehend gut besucht war.

Sie musste jedoch zugeben, dass der Laden etwas sehr Einladendes und, wenn sie es zu sagen wagte, fast Magisches an sich hatte. Clare zog sich die Mütze vom Kopf, als sie die Tür aufstieß. Das kleine Windspiel, das an der Tür befestigt war, klingelte sanft als Willkommensgruß.

„Tut mir leid, dass ich zu spät bin", rief Clare unverzüglich, schüttelte ihre Locken aus und steckte die Mütze in die Tasche ihres mit Lammfell gefütterten Leinenmantels.

Branna lächelte sie an, während sie mit einer Kundin vor einem Regal mit kunstvoll geschliffenen Amethysten stand. Branna war fünfzig, hätte aber locker für einige Jahre jünger durchgehen können. Ihre glatte Haut war nur von wenigen Falten gezeichnet und ihre dunklen Locken reichten ihr fast bis zur Taille. Silberne und goldene Armreifen drängten sich an ihren Handgelenken, Halsketten mit Edelsteinen säumten ihren Hals, und an ihren Ohren funkelten reizende Peridot-Anhänger. Branna winkte Clare einfach durch und setzte ihr Gespräch mit der Kundin fort.

Clare stieß einen Seufzer der Erleichterung aus und hängte ihren Mantel und Rucksack ins Hinterzimmer. Dann goss sie sich mit dem Wasser, das der Wasserkocher gerade zum Kochen gebracht hatte, eine Tasse Tee auf. Branna hatte immer Wasser für eine Tasse Tee für Clare parat.

Clare legte ihre Hände um einen Becher, auf dem das Logo von Celtic Crystals geschmackvoll eingraviert war, und ging zu ihrer Ecke im vorderen Raum. Ein Teil des Reizes von Celtic Crystals kam daher, dass es nicht wie ein gewöhnliches Geschäft eingerichtet war. Stattdessen war der verwinkelte Laden in einem satten Honigton gestrichen und in kleine Bereiche aufgeteilt, wo man sich setzen, plaudern, ein Buch zur Hand nehmen oder sich mit einer Tasse Tee die Zeit vertreiben konnte, während man auf die hübschen Steine blickte. Es gab keine Glasvitrinen, keine Schilder mit der Aufschrift ‚Bitte nicht berühren' und nicht einmal eine Kasse. Stattdessen befand sich in einem kleinen Schrank neben einem Sessel in der Ecke alles, was die Kunden an Zubehör, Taschen und Schachteln benötigten. Sobald ein Kunde zahlen wollte, wickelte Clare die Einkäufe in hübsches lila Seidenpapier, packte sie in silberne Tüten mit dem Logo des Ladens und zog die Kreditkarte über ein kleines, handliches Lesegerät.

Nur weil der Laden leicht skurril wirkte, bedeutete das nicht, dass Branna nicht auf dem neuesten Stand der Technik war. Clare führte den stetigen Umsatz auf den äußerst treuen Kundenstamm zurück, mit dem Branna auf Instagram und Facebook interagierte.

Clare ließ sich in ihrem Sessel nieder, schmiegte sich in sein abgenutztes Leder und spürte, wie sie allmählich immer entspannter wurde, während sich der warme Zauber des Ladens über sie legte. Es war schwer, wegen ihrer Dissertation – oder wegen was auch immer – gestresst zu sein, solange sie in diesem Laden war. Er schien zu sagen: Komm her, lass deine Probleme vor der Tür und entspann dich einfach für eine Weile.

Das war einer der Gründe, weshalb sie weiterhin hier arbeitete. Es war so weit weg von ihrer straff organisierten akademischen Ausbildung, dass es sich beinahe so anfühlte, als würde sie jeden Nachmittag eine Yogaklasse besuchen. So stellte sie sich das zumindest vor – nicht, dass sie jemals eine Yogaklasse besucht hätte. Clare rollte beim Gedanken daran mit den Augen, während sie anfing, die Inventarmappe durchzublättern, um zu notieren, was sie bald bestellen mussten.

„Ich habe ein Geschenk für dich", sagte Branna, und Clare neigte den Kopf, um zu ihrer lächelnden Chefin aufzuschauen.

„Ein Geschenk? Dafür, dass ich immer zu spät komme? Na, dann sollte ich vielleicht jeden Tag noch ein bisschen später kommen", witzelte Clare.

„Weil jeder ab und zu ein Geschenk verdient", sagte Branna leichthin und zog zwei kleine Schachteln hinter ihrem Rücken hervor. Eine war wunderschön in silbernes Papier eingewickelt, das mit Gold besprenkelt war. Die andere war eine schlichte weiße Schachtel.

„Wow, richtige Geschenke! Welches soll ich zuerst aufmachen?" fragte Clare.

„Du hast die Wahl", sagte Branna, und ein Lächeln tanzte über ihr hübsches Gesicht.

Clare beschloss, sich das Beste für den Schluss aufzuheben, öffnete die kleine weiße Schachtel und prustete vor Lachen.

„Lidschatten?"

„Aber ja, sie hatten gerade die wunderschönsten Farben im Angebot. Ich konnte nicht anders, als mir einen in jeder Farbe zuzulegen", schwärmte Branna.

Clare lächelte sie an. „Klar, mit deinen grauen Augen kannst du so ziemlich jede Farbe tragen. Aber, ähm, lila? Für mich?"

„Na ja, eigentlich ist es eher ein dunkler Pflaumenton, oder? Glaub mir, nur einen Hauch davon und deine smaragdgrünen Augen werden leuchten."

„Müssen sie wirklich noch mehr leuchten als sie es ohnehin schon tun?", fragte Clare. Es stimmte. Ihre Augen waren das Merkmal, auf das sie am meisten angesprochen wurde, gefolgt von ihren vollen, kastanienbraunen Locken.

„Vertrau mir. Probiere es einfach aus. Es würde dir guttun, dich ab und zu zu schminken."

„Willst du damit sagen, dass ich nicht elegant genug bin? Ich glaube, ich habe mich im Vergleich zu früher schon gebessert", meinte Clare.

„Du bist wunderschön, im Inneren wie im Äußeren. Aber eine Frau sollte von allen Werkzeugen in ihrem Werkzeugkasten Gebrauch machen, wenn du verstehst, was ich meine."

Clare schüttelte den Kopf und lächelte ihre Chefin an, während sie begann, das Papier von dem anderen Geschenk zu lösen. Sie hielt inne, als sie den feinen Kraftstrom spürte, der vom Inneren ausging. Mit einem neugierigen Blick auf Branna machte sie sich wieder daran, das Papier vorsichtig von der Schachtel zu lösen.

Sie hatten noch nicht viel über Clares Intuition in Bezug auf Steine gesprochen. Branna schien sie zu wahrzunehmen, hatte aber nicht weiter nachgehakt. Es war einfach nichts, worüber Clare gerne sprach – mit niemandem.

Clare nahm einen tiefen Atemzug, als sie die Schachtel öffnete.

„Branna, die ist wirklich wunderschön", murmelte Clare, während sie die Halskette vorsichtig aus der Schachtel zog. An einer glatten Silberkette hing ein verschlungener keltischer Knoten, mit vier Schleifen, die sich in der Mitte überkreuzten. Clare verstand nun, woher der Kraftimpuls kam. In der Mitte des Knotens hing eine kleine, aber glänzend polierte Kugel aus Nuumit.

„Der Stein der Weisen", murmelte Clare.

„Ich dachte, das Symbol würde dich ansprechen", sagte Branna und neigte ihren Kopf zu Clare, mit einem wissenden Blick in ihren grauen Augen.

Clare hielt den Anhänger hoch und ließ ihn vor ihrem Gesicht baumeln.

„Es ist einfach ein keltischer Knoten, oder? Ich meine, der Kreis verbindet die vier Ecken, was etwas ungewöhnlich ist, aber ansonsten ist er ziemlich traditionell, nicht wahr?"

Branna sagte nichts, lächelte nur sanft und legte ihre Hand auf Clares Schulter, während sie sich umdrehte, um die nächste Kundin zu begrüßen, die bereits durch die Tür kam. Clare wollte es nicht zugeben, aber das Symbol hatte etwas in ihr aufgewühlt. Weshalb nur? Sie betrachtete das Muster des Knotens und den hübschen Stein in seiner

Mitte. Es war nicht so, dass sie noch nie einen Nuumiten gesehen hätte. Es war ein recht beliebter – und äußerst kraftvoller – Stein, obwohl es ihr fern lag, irgendjemandem gegenüber zuzugeben, dass er seinen eigenen Energieimpuls ausströmte. Es war eine Sache, die legendären Eigenschaften eines Steins als Verkaufsargument heraufzubeschwören – und eine ganz andere, zuzugeben, dass sie eine sehr reale und intuitive Reaktion auf den Stein in ihrer Hand hatte.

Während sie auf den keltischen Knoten starrte, machte sich ein leichtes Pulsieren in ihrem Nacken bemerkbar. Es war fast so, als müsste sie sich kratzen. Genervt rieb Clare mit dem Finger über die Stelle.

„Clare, könntest du Mrs. Miller bei ihrer Bestellung helfen? Ich muss noch diese Internetbestellung abschließen, die ich begonnen habe."

Keine Zeit für versponnene Tagträume, dachte Clare, aber sie legte sich die Kette um, denn sie war ein Geschenk von Branna. Das Amulett ruhte zwischen ihren Brüsten, das kühle Metall auf ihrer Haut, seine Berührung zugleich intim und aufwühlend.

Und Clare schwor, dass sie die Wärme des Steins in der Mitte der Halskette spüren konnte, der sanft in der Nähe ihres Herzens pulsierte.

KAPITEL DREI

Die Wetterbedingungen hatten sich nicht gebessert, als Clare den Laden geschlossen, das Geld in der Kasse gezählt und die Bestellung für das Inventar aufgegeben hatte. Der Wind peitschte – für eine Januarnacht in Dublin nicht untypisch – durch die Gassen und drohte, die Wollmütze von ihrem Kopf zu reißen. Clare zog sie tiefer ins Gesicht und kuschelte sich in ihren Mantel. Sie hielt ihren Blick auf den nassen Bürgersteig vor sich gerichtet und versuchte, so schnell wie möglich nach Hause zu kommen, bevor sie die Feuchtigkeit bis auf die Knochen durchnässt haben würde.

Es war nicht verwunderlich, dass auf den Straßen immer noch reges Treiben herrschte. Ein bisschen Wind und Regen hielten die Menschen kaum von ihrem abendlichen Bier im Pub ab. Aus dem Fenster eines Pubs drang ein warmer Lichtschein und Clare erhaschte einen Blick auf eine hübsche Frau, die lachend neben einem Mann saß, der die Saiten einer Geige stimmte. Es war eine gemütliche

Szene, und Clare bekam fast Lust, auf ein Bier hineinzugehen.

Bis die Augen des Mannes zu flüssigem Silber wurden und ihren Blick direkt durch das Fensterglas trafen.

Der Augenblick hing zwischen ihnen in der Luft und Clare stockte der Atem, während ihr der Wind ins Gesicht peitschte und ihr die Locken verwehte. Als sie die Haare vor ihren Augen zur Seite schob, war der Mann einfach wieder ein Mann, dessen dunkelbraune Augen im Licht des kleinen Kaminfeuers neben ihm funkelten. Er rief etwas, legte die Geige auf seine Schulter und begann zu spielen, und ein Chor von Stimmen erhob sich, um ihm zu folgen.

Clare schüttelte ihr Haar, drehte sich um und lief mit gesenktem Kopf gegen den stärker werdenden Wind an. Sie versuchte, das Frösteln abzuschütteln, das über sie gekommen war – ein Schauer, der nichts mit dem Wetter zu tun hatte. Die Halskette, die sie immer noch um den Hals trug, schien sich in ihre Haut zu brennen. Clare kramte in ihrem Mantel, griff nach dem Anhänger und hielt ihn hoch. Sie rang nach Atem, als sie sah, dass der kleine Stein, der in der Mitte baumelte, im fahlen Licht der Straßenlaterne zu leuchten schien.

Hatte sie letzte Nacht nicht ausreichend Schlaf bekommen? Sie wusste, dass sie gestresst war – aber waren das nicht alle Doktoranden? Trotzdem, wenn man alles in Betracht zog – den Druck der Universität, ihre Jobs und den Versuch, etwas aufrechtzuerhalten, das einem sozialen Leben glich –, so konnte Clare nicht behaupten, dass sie sich zuletzt geschont hätte. Sie würde morgen ausschlafen, beschloss sie, und hoffentlich würden die zusätzlichen

Stunden Schlaf weitere seltsame Vorkommnisse von leuchtenden Silberaugen verhindern.

Ihr Körper erschauderte unwillkürlich beim neuerlichen Gedanken an den Mann im Pub.

Clare bahnte sich ihren Weg durch den Wind und bog in eine Seitenstraße ein, die sich in Richtung ihrer Wohnung schlängelte. Sie ging jetzt schneller, während die Geräusche des belebteren Teils der Stadt leiser wurden, und spürte, wie sich ihre Nackenhaare aufstellten. Sie drehte sich ruckartig um und starrte auf die leere Straße hinter ihr. Einen Moment lang suchte sie die Bereiche ab, wo das Licht nicht ganz hinkam – Zwischenräume hinter Müllcontainern, Schatten von Gebäuden. Verfolgte sie jemand?

Als sie nichts fand, drehte sich Clare um und rannte kopfüber in eine Mauer.

Zumindest fühlte es sich so an.

Clare schrie auf, als sie erkannte, dass es sich bei der Mauer in Wirklichkeit um einen Mann handelte – einen stark gebauten, in Leder gekleideten und sehr bedrohlich aussehenden Mann. Sie schnaubte, holte mit ihrem Rucksack aus und wollte ihn am Kopf treffen, doch er wich aus, legte seinen Arm um ihre Taille und zog sie hinter sich.

Um sie zu schützen.

Clare erstarrte, als sich der Arm des Mannes hob und er kurz darauf mit einem glänzenden, silbernen Dolch in seiner Hand auf eine Person einstach, die wie aus dem Nichts hinter ihr aufgetaucht war. Clare zuckte zusammen, während der Dolch durch das Herz des silberäugigen Mannes aus dem Pub glitt. Ihr stockte der Atem, und dann schrie sie auf, als der Mann zu Boden ging und sich zu einer

Pfütze aus flüssigem, silbernem Licht auflöste, bevor er völlig verschwand.

Clares ganzer Körper, der immer noch von dem muskulösen Arm umschlossen war, begann zu zittern, während sie versuchte, zu verarbeiten, was sie gerade gesehen hatte.

„Ich glaube, mir wird schlecht", keuchte sie schließlich, und der Arm ließ sie los. Sie stolperte ein paar Meter nach vorne, beugte sich vor und würgte. Aber es kam nur Galle hoch. Sie hatte seit Stunden nichts mehr gegessen. Clare wischte sich den Mund mit dem Handrücken ab, drehte sich mit einem leichten Zittern um und blickte dem Unbekannten ins Gesicht.

„Besser?" Seine Stimme, sie klang wie eine in Honig getauchte Rasierklinge, schnitt durch ihr Innerstes.

„Wer... was sind Sie? Was ist hier los?" Clares Stimme zitterte, aber sie stand aufrecht da und sah sich in der Gasse nach weiteren Angreifern um.

„Ich bin dein Beschützer", sagte der Mann lediglich.

Clare legte fragend den Kopf zur Seite. Sie starrte ihn einen Moment lang mit offenem Mund an, aber es kamen keine Worte.

„Und du solltest nachts nicht allein durch dunkle Straßen gehen", fuhr der Mann fort und zog einen Lappen hervor, um die Klinge seines Dolches zu reinigen, bevor er das Messer in seinen Hosenbund schob. Clares Augenbrauen hoben sich.

„Wie bitte?", sagte sie schließlich und musterte ihn.

Der Mann war locker einen Kopf größer als sie, seine Schultern waren so breit, dass er ein Rugbyspieler hätte sein können, und der Ledermantel, den er trug, schmiegte sich an seine Muskeln wie eine zweite Haut. Eine gutsitzende

Jeans, dunkle Stiefel und mitternachtsschwarzes Haar, das gerade lang genug war, um sich im Wind zu kräuseln, vervollständigten das Aussehen. Alles an ihm wirkte verschlagen und scharf – und die Energie, die von ihm ausging, war wie eine straff gespannte Feder. Erst als er seinen Kopf ins Licht drehte, sah sie, dass seine Augen auf ausgeprägte, fast verblüffende Weise blau waren.

Ein dunkler Ire, dachte Clare stumm.

„Du solltest besser auf deine Umgebung achten. Besonders in dieser Zeit."

„Ich habe keine Ahnung, wovon Sie sprechen – und ich weiß auch nicht, was Sie mit ‚in dieser Zeit' meinen. Zu dieser Zeit in der Nacht? Es ist doch noch nicht einmal halb zehn Uhr abends. Das ist für einen Dubliner wirklich früh", spottete Clare.

Die Andeutung eines Lächelns zog über sein hübsches Gesicht, seine Zähne blitzten auf und durchschnitten seine markanten Züge.

„Du bist an der Reihe. Deine Zeit ist gekommen. Vier Monate", erklärte der Mann.

„Klar. Und Sie haben heute Abend auch wirklich nichts getrunken?", fragte Clare, die seinen Worten keinen Sinn abringen konnte. Ihr Verstand hatte immer noch Schwierigkeiten damit, zu verarbeiten, was sie auf der Straße gesehen hatte.

„Nein, keine Drinks für mich heute Abend." Der Anflug eines Lächelns ging wieder über sein Gesicht.

„Hübscher Dolch. Wollen Sie mir nicht von der kleinen Zaubershow erzählen, die Sie gerade abgezogen haben?", fragte Clare und deutete auf die Stelle, von der sie geschworen hätte, dass sie dort gerade einen Mann gesehen hatte, der in einer silbernen Pfütze auf dem Bürgersteig verschwunden war.

Der Mann musterte sie einen Moment lang, dann drehte er sich um und stieß einen Schwall von Flüchen aus, die über die leere Straße hallten. Als er sich erneut umdrehte, blickte er sie an, und seine blauen Augen brannten sich in die ihren.

„Du weißt es nicht, oder?"

Clare schüttelte den Kopf und hob verwirrt die Hände.

„Geh nach Hause." Der Mann fluchte noch einmal und wandte sich zum Gehen.

„Warten Sie!" Clare sprang nach vorne und ergriff zu ihrer eigenen Überraschung seinen Arm. Heiße Energiewellen schienen unter ihrer Hand zu pulsieren, und sie ließ ihn wieder los. „Wie heißen Sie? Was soll das bedeuten, dass Sie mein Beschützer sind?"

Der Mann seufzte, strich sich mit der Hand über die Stoppeln an seinem Kinn und sah sie über die Schulter an, wobei sein durchdringender Blick sie regelrecht paralysierte.

„Nenn mich Blake. Und halte dich von dunklen Ecken fern, Miss MacBride."

Und damit verschwand er so schnell, wie er aufgetaucht war. Clare blieb zurück und starrte auf die leere Straße, während sie sich kurz fragte, ob ihr jemand Drogen eingeflößt hatte.

Was sie nicht davon abhielt, den Rest des Weges zu ihrer Wohnung zu rennen.

KAPITEL VIER

Blake folgte Clare mit einigem Abstand und schlüpfte von Schatten zu Schatten. Seine Bewegungen waren leise und präzise. Er kannte den Weg zu ihrem Haus wie seine Westentasche, jede Ecke, jeden Schlupfwinkel. Er war ihn schon seit Jahren gegangen.

Er verdrängte den Gedanken daran, dass er sich von dem Moment an, als er sie vor Jahren zum ersten Mal gesehen hatte, sofort zu Clare hingezogen gefühlt hatte. Und sie jetzt zum ersten Mal zu berühren? Das war genug, um ihn in den Wahnsinn zu treiben. Blake fluchte wieder. Es war keine Zeit für solche Spielereien und die Ablenkungen, die sie mit sich brachten. Nicht, wenn so viel auf dem Spiel stand.

Blake beobachtete, wie Clare zu einem braunen Stadthaus eilte, das zwischen zwei ungleichen Mietshäusern eingebettet war. Er wartete, während sie ihren Schlüssel in das Schloss der Haustür steckte und in Sekundenschnelle im Eingangsbereich verschwand. Blake brauchte sie nicht direkt zu sehen, um ihr folgen zu können, während sie das

Treppenhaus in den dritten Stock hinaufrannte. Wenn er nicht weiter als eine Meile von ihr entfernt war, konnte er ihren genauen Standort und sogar ihre Gemütslage spüren.

Die einen sagten, es sei eine Gabe, während es andere als großen Fluch betrachteten.

Blake wusste nur, dass es sein Schicksal war.

Er drehte sich um und machte sich auf den Weg zu seinem Range Rover, den er vor Clares Wohnhaus geparkt hatte. Blake kletterte auf den Rücksitz, zog einen abgegriffenen Roman aus einer Tasche auf dem Boden und begann im schwachen Licht der Straßenlaterne zu lesen.

Es würde eine lange Nacht werden.

KAPITEL FÜNF

„Na, da kommt sie ja", rief Bianca, als Clare durch die Tür stürmte. Die Wangen ihrer Mitbewohnerin waren rosa angelaufen, und Clare konnte erahnen, was vor ihrer Ankunft geschehen war.

„Ich hole dir ein Bier", sagte Seamus schnell und erhob sich von seinem Platz neben Bianca auf dem kleinen Sofa in ihrem engen Wohnzimmer. Bianca strich sich ihren zerknitterten marineblauen Rock zurecht und strahlte Clare an.

„Wie war die Arbeit? Du siehst ein bisschen gestresst aus", sagte Bianca, als sie schließlich Clares Gesichtsausdruck bemerkte.

„Ich... Ich..." Clare sah Bianca hilflos an, ihr Mund arbeitete, aber die Worte kamen nicht heraus. Was genau sollte sie auch sagen?

„Meine Güte, du siehst aus, als wärst du dem Geist des alten Paddy begegnet, der hoch oben in den Hügeln sein Unwesen treibt", sagte Bianca und stand auf, um zu Clare zu gehen. Seamus kam mit einer Dose Guinness in der Hand zurück.

„Hey, was ist los?", fragte Seamus mit sorgenvoller Miene.

„Ich glaube, sie hat einen Geist gesehen", sagte Bianca, während sie Clare, die immer noch nichts gesagt hatte, durch den Raum zog und auf einen Tweedsessel schob. Seamus reichte Clare wortlos die Dose Guinness und sie nahm einen zügigen, großen Schluck, wobei die kühle Flüssigkeit die Panik, die ihr immer noch den Magen zuschnürte, etwas zu lindern begann. Sie schloss für einen Moment die Augen, spürte, wie die Flüssigkeit in ihrem leeren Magen ankam und betete, dass sie dort unten bleiben würde. Nachdem dies der Fall war, öffnete sie die Augen wieder und blickte ihre Freunde an.

„Ein Mann hat mich heute Abend vor einem Überfall bewahrt", sagte Clare schließlich und beschloss, dass sie ein wenig Zeit brauchte, um alles zu verarbeiten, was sie gerade gesehen hatte. Und wenn sie etwas gesehen hatte, was sie nicht hätte sehen sollen, dann wollte sie auf keinen Fall, dass die Menschen, die sie am liebsten mochte, mit hineingezogen wurden.

„Nein!", japste Bianca und ließ sich wieder an Seamus' Seite auf der Couch nieder. Beide lehnten sich nach vorne, mit den Ellbogen auf den Knien, die Haltung des anderen spiegelnd.

„Doch. Und außerdem war der Mann groß, dunkel und gutaussehend", sagte Clare, die wusste, dass das ihre Mitbewohnerin ablenken würde.

„Ohhhh, das klingt fantastisch", hauchte Bianca, während Seamus sich zurücklehnte und sich Verärgerung auf seinen attraktiven Gesichtszügen ausbreitete.

„Seamus, kannst du mir einen Scone oder Kekse bringen? Mein Magen fühlt sich wirklich etwas komisch an", sagte Clare und beschloss, ihrem Laboranten eine Aufgabe zu geben, bevor er wütend davonstürmte.

„Erzähl mir alles", sagte Bianca, deren strahlend blaue Augen vor Aufregung leuchteten. Nachdem ihre Angst, dass Clare hätte verletzt werden können, verflogen war, war Bianca bereit für eine gute Geschichte.

„Du weißt, dass er auf dich steht, oder?", zischte Clare und zeigte mit ihrem Bier auf die Schwingtür zur Küche.

„Ja, er hat mich geküsst, kurz bevor du wie von der Tarantel gestochen durch die Tür gestürmt bist", zischte Bianca zurück.

„Ist das was Gutes?", fragte Clare.

„Das habe ich noch nicht entschieden", sagte Bianca und lächelte Seamus an, als er mit einem Teller Kekse durch die Tür kam.

„Danke, Seamus", sagte Clare, balancierte den Teller auf ihrem Oberschenkel und biss begierig in einen Keks. Sie nahm einen weiteren Schluck von ihrem Bier, um die Krümel hinunterzuspülen und begann mit ihrer Geschichte – wobei sie nur das mit der silbernen Pfütze, dem Dolch und seine Bemerkung, dass er ihr Beschützer sei, abänderte.

„Aber es war so, als wäre er mir gefolgt", sagte Clare durch einen Mundvoll Kekse. Jetzt, wo sie mit dem Essen begonnen hatte, fiel es ihr schwer, die Kekse nicht komplett in sich hineinzuschaufeln.

„Der Straßenräuber? Oder der gutaussehende Fremde?" fragte Bianca, während Seamus ihr einen ernsten Blick zuwarf.

„Der gutaussehende Fremde. Blake", sagte Clare.

„Blake. Klingt heiß", schwärmte Bianca, und Seamus schüttelte den Kopf.

„In Ordnung, ich lasse euch dann mal allein. Ruf mich an, wenn ich dich morgen ins Labor begleiten soll", sagte Seamus, stand auf und klopfte Clare leicht auf die Schulter, als er an ihrem Sessel vorbeiging. Clare ergriff seine Hand und drückte sie kurz.

„Danke, mein Lieber. Ich geb dir Bescheid."

Seamus hielt an der Tür inne und blickte zu Bianca, während er sich mit den Händen durch sein ohnehin schon wuscheliges Haar fuhr.

Clare legte den Kopf zur Seite, hob eine Augenbraue und warf ihrer Mitbewohnerin einen Blick zu.

„Ach so, ja, Seamus, ich begleite dich nach draußen", sagte Bianca, sprang auf und folgte Seamus in den Flur hinaus.

Clare lehnte sich in ihrem Sessel zurück und betrachtete das Wohnzimmer, während sie wartete, bis Bianca damit fertig war, Seamus zu küssen. Ein hübscher gewebter Teppich in moosgrünen und gelben Farbtönen bedeckte den abgenutzten Holzboden. Der Tweedsessel, in den sie sich gekauert hatte, hatte denselben Grünton, und die Wände erinnerten an eine verblasste Version davon. Die bunt zusammengewürfelten Drucke von irischen Landschaften an den Wänden und die hübschen Spitzenvorhänge an den hohen Fenstern im vorderen Teil gaben dem Raum eine gemütliche und einladende – wenn auch etwas abgewohnte – Atmosphäre. Bianca und Clare hatten beschlossen, nicht allzu viel Geld für die Dekoration auszugeben. Stattdessen investierten sie ihre Zeit und Energie in die Erneuerung ihrer Garderobe und taten ihr Bestes, ihr

Mädchen-vom-Land-Aussehen abzulegen. Hier und da fügten sie der Wohnung kleine Akzente hinzu, aber im Großen und Ganzen hielten die beiden die Wohnung ordentlich, schlicht und angemessen sauber.

Bianca kam mit einem schuldbewussten Gesichtsausdruck durch die Vordertür zurück.

„Was ist? Warum siehst du aus, als hättest du ein schlechtes Gewissen?", wollte Clare wissen.

„Er mag mich. Und du arbeitest mit ihm. Und es hat mir gefallen, ihn zu küssen. Und... und... ich weiß es nicht", jammerte Bianca und ließ sich dramatisch auf die Couch fallen.

Clare bemerkte, dass sie unwillkürlich lächeln musste.

„Ich mag Seamus. Du könntest es viel schlimmer treffen", sagte Clare.

„Ja, aber er ist eigentlich gar nicht mein Typ! Ich meine, er ist groß und schlaksig, und irgendwie ungelenk, aber wenn er mich küsst?" Bianca fächelte sich theatralisch Luft zu, während sie von der Couch aus an die Decke starrte. „Dann fällt alles von mir ab und ich will mich einfach nur auf ihn stürzen."

„Dann stürz dich doch einfach auf ihn", sagte Clare lächelnd.

Bianca setzte sich auf und schob eine Strähne ihres blonden Haares hinter ihr Ohr.

„Ja? Ich meine, sollte ich das einfach tun?", fragte Bianca mit ernstem Gesicht.

Clare musste kichern und nahm einen weiteren Schluck von ihrem Bier. Die Leichtigkeit des Gesprächs begann die unheimlichen Ereignisse, die sie zuvor erlebt hatte, in den Hintergrund zu drängen.

„Ich denke, du solltest tun, worauf du Lust hast. Aber ich schlage vor, dass er dich zuerst noch ein bisschen umwerben sollte."

„Umwerben? Mich?", sagte Bianca in einem Tonfall, als ob sie gerade eine Kakerlake entdeckt hätte.

„Ja, dich umwerben. Du verliebst dich immer viel zu schnell Hals über Kopf in den falschen Typen. Warum lässt du nicht einfach alles auf natürliche Weise geschehen?"

Bianca blinzelte Clare mit ihren blauen Augen an, während sich ein verwunderter Ausdruck auf ihrem Gesicht breit machte.

„Mich umwerben, sagt sie. Mich umwerben", murmelte Bianca vor sich hin, als wäre ihr das Konzept völlig fremd.

„Ja, er soll dir den Hof machen! Gib ihm die Chance, dich zum Essen auszuführen. So etwas in der Art. Er ist schon seit langem an dir interessiert, weißt du. Er fragt immer nach dir", sagte Clare.

„Das tut er nicht!" Bianca kreischte fast und ihre Augen waren scharf wie Dolche, als sie sie auf Clare richtete. „Und du hast mir kein Wort gesagt. Nichts."

Clare zuckte mit den Schultern. „Es gab nichts zu sagen. Du warst ja vergeben. Jetzt bist du es nicht mehr."

„Seamus." Bianca schüttelte den Kopf und führte ihre Finger an die Lippen. „Ich habe Seamus nie in Betracht gezogen. Obwohl er eigentlich ziemlich süß ist, oder?"

„Und er ist ein guter Kerl", stimmte Clare zu.

„Genug von ihm. Erzähl mir mehr von diesem gutaussehenden Fremden." Dann winkte Bianca ab und sprang auf. „Warte mal. Ich hole uns noch ein Bier für diese Runde."

Clare lächelte und streckte ihre Füße aus, während der

Schock ihrer früheren Begegnung allmählich im warmen Licht des Wohnzimmers und dem neckischen Geplauder mit ihrer Mitbewohnerin verblasste.

Bianca kam mit einer Flasche Middleton und zwei Whiskeygläsern wieder herein.

„Ich glaube, es ist Zeit für Whiskey", erklärte Bianca, stellte ein Glas neben Clare und goss ihr einen großzügigen Schluck ein. Clare nahm das Glas in die Hand und betrachtete die bernsteinfarbene Flüssigkeit, bevor sie es hochhielt, um ihrer Mitbewohnerin zuzuprosten.

„*Sláinte.*"

„Jetzt sag mir, warum du glaubst, dass er dir gefolgt ist", forderte Bianca und brachte Clare wieder in den Zustand der Verwirrung und Angst zurück, den sie vor einer Stunde empfunden hatte.

Clare presste die Lippen zusammen, während sie überlegte, wie viel sie Bianca erzählen sollte.

„Er sagte so etwas wie – ‚Du weißt es nicht?' – und dann noch irgendetwas darüber, dass er mich beschützen würde", sagte Clare schließlich. Sie nahm einen kleinen Schluck Whiskey und genoss das angenehme Brennen, dass sich in ihrer Magengrube ausbreitete

Bianca fächelte sich wieder theatralisch Luft zu.

„Dich beschützen! Ein mysteriöser, gutaussehender Fremder, der dich beschützen muss. Es ist wie im Märchen!", schwärmte Bianca und strahlte vor Begeisterung.

Klar, dass Bianca gleich an Märchen und Legenden denken musste. Das war genau ihr Ding, dachte Clare, als sie einen weiteren Schluck von ihrem Whiskey nahm. Aber wenn sie schon dabei waren...

„Du weißt nicht zufällig etwas über silberne Augen, oder? Oder irgendetwas, das mit dem Schutz vor silbrigen Dingen oder so zu tun hat?", murmelte Clare, bevor sie die Lippen schnell wieder zusammenpresste. Die Worte klangen laut ausgesprochen genauso lächerlich, wie sie ihr in ihrem Kopf geklungen hatten.

„Nun, silberne Augen hätten was mit Feen zu tun", sagte Bianca automatisch und rümpfte dann ihre Stupsnase, während sie nachdachte. „Aber das mit dem Beschützen müsste ich mal nachschlagen. Ich bin mir sicher, dass ich von einigen Geschichten über Schutzzauber oder Beschützer gehört habe. Du kennst mich, ich habe eine Menge Bücher über Mythologie."

Feen.

Bei diesem Wort hatte Clares Herz einen Schlag ausgesetzt. Natürlich war das Leben in Irland voll von Mythen und Legenden über männliche und weibliche Feenwesen. Sie waren genauso mit der Geschichte des Landes verwoben wie alle anderen religiösen Legenden und Geschichten. Aber sie war nie jemand gewesen, der Legenden wichtig genommen oder ihnen Glauben geschenkt hatte.

Und doch saß sie nun hier, dachte über ein silbriges Funkeln in den Augen eines unbekannten Fremden nach und versuchte verzweifelt, ihre Wissbegier über den Mann zu zügeln, dessen Arm sie so fest an seinen Körper gezogen hatte.

Um sie vor dem Unbekannten zu beschützen.

KAPITEL SECHS

Blake.
Er hatte sie in ihren Träumen heimgesucht. Dieser geheimnisvolle Fremde – ihr Beschützer und Krieger des Unbekannten.

Clare stolperte mit verschlafenen Augen unter die Dusche und ließ sich von dem warmen Wasserstrahl die Reste des Traums wegspülen, der ihre Gedanken noch immer vernebelte. Es würde wenig nützen, sich in etwas hineinzusteigern, von dem sie nichts wusste, dachte Clare, während sie nach ihrem bevorzugten Duschgel mit Zitrusduft griff. Schließlich war sie Wissenschaftlerin, oder nicht? Wenn eine Frage aufkam, die sie nicht beantworten konnte, ging sie der Sache nach.

Mürrisch erledigte Clare ihre morgendliche Routine und suchte sich eine dunkle Jeans, kniehohe braune Stiefel und einen wiesengrünen Rollkragenpullover heraus, der ihre Augen zum Strahlen brachte. Als Zugeständnis an das Wetter trocknete sie ihre Locken, damit ihre Haare nicht klatschnass waren, wenn sie nach draußen ging.

„Verdammt, Bianca", zischte Clare, als sie den Zettel auf dem Küchentisch sah.

Tee und Kaffee sind leer! Tut mir leid, meine Liebe. Ich kaufe heute nach. Wollte früh raus, um ein paar Nachforschungen für dich anzustellen. Ruf Seamus an, damit er dich zur Uni begleitet, wenn du willst. Schreib mir.

Weder Tee noch Kaffee? Nun würde Clare gezwungen sein, die belebten Straßen Dublins zu betreten und andere Menschen zu treffen, viel früher als es ihr lieb oder sie bereit dazu war.

„Genial. Ich werde zu Bee & Bun gehen", sagte Clare laut, und fand es eigentlich gar nicht so schlimm, dass sie es sich heute Morgen in ihrem Lieblingscafé gemütlich machen musste.

Der Donnerstag war ihr entspanntester Tag in der Woche. Da sie nur die Nachmittagsschicht im Kristallgeschäft und keine Seminare zu unterrichten hatte, nutzte sie die freie Zeit für Forschungsarbeiten oder Besorgungen in der Stadt. Gewissenhaft wie immer machte Clare eine Notiz in ihrem Tagesplaner, bevor sie ihn in ihrem Rucksack neben dem Laptop verstaute.

Informationen zu Beschützern und silberäugigen Feenmännern recherchieren.

Es sah etwas lächerlich aus, eine Zeile unter ihrer Notiz, dass sie ein Institut in London wegen einer Studie über seismische Verschiebungen kontaktieren wollte, die sie lesen wollte. Clare verdrehte ihre Augen über sich selbst, schloss den Reißverschluss der Tasche und griff nach ihrem Mantel. Sie musste nicht nach dem Wetter sehen, um zu wissen, dass sie einen Mantel und ihre Mütze brauchte, zog dann beides an und verließ ihre Wohnung, wobei sie besonders darauf achtete, abzuschließen und sich umzusehen. Heute Morgen würde sie auf ihrem Spaziergang keine Kopfhörer einstöpseln und Musik hören. Auch wenn sie nicht ganz verstand, was letzte Nacht geschehen war, war sie nicht dumm.

Es würde klug sein, einen kühlen Kopf zu bewahren.

Clare stieß die Eingangstür auf, streckte den Kopf heraus und schaute in beide Richtungen die Straße entlang. Abgesehen von einer Mutter, die ihren Kinderwagen schob, war sie leer. Was für neun Uhr morgens an einem Donnerstag nicht ungewöhnlich war. Da sie nichts sah, was als unmittelbare Bedrohung angesehen werden konnte, bog Clare nach links ab und ging zu ihrem Lieblingscafé.

Die Sonne tat sich schwer, durch eine schwere Decke aus grauen Wolken zu dringen, und eine leichte Brise wirbelte ihr Haar auf. Für Clare war das ein traumhaftes Wetter für einen Januarmorgen. Wenn sie Glück hatte, würde sie vielleicht sogar ihre Sonnenbrille aus der Tasche kramen müssen.

Clare summte vor sich hin, um lässig zu wirken, war aber hellwach und aufmerksam, während ihre Augen jeden Fußgänger abtasteten, der ihr begegnete. Als sie bei Bee & Bun ankam, kam sich Clare ein bisschen lächerlich vor. Nicht eine einzige Person hatte silberne Augen oder Feenflügel gehabt, oder irgendetwas anderes, das auch nur im Entferntesten als ungewöhnlich angesehen werden konnte. Abgesehen von dem Obdachlosen an der Ecke, der eine Fackel hochgehalten und verkündet hatte, dass das Ende der Welt nahe sei.

Was aber eigentlich auch nicht besonders ungewöhnlich war.

Clare zog ihre Mütze vom Kopf, als sie Bee & Bun betrat. Der warme Duft von Vanille und Zimt umhüllte sie, als sie an gut besetzten Tischen vorbei zur langen gläsernen Auslage im hinteren Teil des Cafés ging.

„Du siehst wie immer umwerfend aus", sagte Cian, die eine Hälfte des entzückenden schwulen Pärchens, dem das Café gehörte, als Clare an den Tresen trat.

„Oh, das ist schön, zu hören. Allerdings habe ich kaum geschlafen letzte Nacht." Clare lächelte ihn an.

„Trotzdem siehst du umwerfend aus", sagte Cian und hob eine Augenbraue. „Das Übliche?"

„Heute Espresso. Und Rührei mit Toast. Ich habe gestern nichts zu Abend gegessen."

„Ich bringe dir einfach ein komplettes irisches Frühstück. Ich habe dir deinen Tisch hinten reserviert", sagte Cian und deutete auf eine kleine Nische im hinteren Bereich, wo sich ein ruhigerer Arbeitsbereich, eine kleine Couch und ein winziger Gasofen befanden. Es war ein begehrter Platz im Café, aber Cian wusste längst, dass Clare stets gutes Trinkgeld gab und fast jeden Donnerstag kam, und so hatte er begonnen, ihn für sie zu reservieren.

„Du bist ein Gott unter den Menschen." Clare warf ihm einen Kuss zu, während sie zu ihrem Platz eilte.

„Das solltest du meiner besseren Hälfte erzählen. Normalerweise hält *er* sich für den Gott", scherzte Cian und Clare musste kichern, als sie an ihrem Tisch ankam.

Clare wählte den Eckplatz, um sich an die Wand anzulehnen und nach draußen schauen zu können. Sie seufzte erleichtert auf, als Cian fast unverzüglich mit ihrem Espresso herbeieilte.

„Ich dachte, du wolltest den schon mal haben. Ich bringe gleich noch Wasser."

„Du bist der Beste."

Das Bee & Bun war eines dieser Lokale, die moderne Eleganz mit gemütlichem Charme verbanden. Es hatte sich als eher untypisches irisches Teehaus einen Namen gemacht – die Tische und Stühle waren einfarbig und von schlichter Linienführung. Dies wurde durch die hellen Kissen auf den Stühlen und die abstrakten Kunstwerke an den Wänden wieder ausgeglichen. Clare atmete aus, als sie sich in ihren gepolsterten Sitz sinken ließ, und blies über ihren Espresso, bevor sie einen kleinen Schluck nahm.

Als das Koffein in ihrem Körper zu wirken begann, schaltete Clare ihren Laptop ein und öffnete ein neues Dokument. Sie überlegte, wie sie es nennen sollte, und tippte schließlich eine Überschrift ein.

Feen-Recherche.

Clare löschte den Titel schnell und tippte stattdessen *F&B-Recherche* ein. Ja, das klang besser. Sie nippte an ihrem Espresso und überlegte, wo sie anfangen sollte.

„Hier kommt dein Eiweiß", sagte Cian und schob ihr einen dampfenden Teller mit Rührei, perfekt getoastetem Weizenbrot und einer Auswahl an Marmeladengläschen auf den Tisch. Clare grinste ihn an und stürzte sich auf ihr Essen, während sie anfing, Internetseiten zur keltischen Mythologie aufzurufen.

„Nein, das ist es sicher nicht", brummelte Clare, als sie begann, eine Legende zu lesen. Als sie sich das Verzeichnis auf der Website ansah, staunte sie über die schiere Anzahl von Geschichten, die darauf katalogisiert waren. So viele Sagen und Legenden konnte es doch gar nicht geben, oder?

Kein Wunder, dass Bianca einen Master in diesem Bereich machte. Man konnte Jahre damit verbringen, all die Informationen zu durchforsten, die allein auf dieser einen Website versammelt waren.

„Clare? Clare MacBride?"

Clare zuckte bei der Nennung ihres Namens zusammen und blickte von ihrem Laptop auf. Ihr gegenüber stand eine alte Frau mit reinweißem Haar, das ihr bis über die Schultern fiel, mit wachen braunen Augen und einem Lächeln, bei dem Clare sofort den Impuls verspürte, ihr ihr ganzes Herz auszuschütten.

„Ja, das bin ich. Kann ich Ihnen helfen?", fragte Clare freundlich und vermutete, dass die Frau wohl irgendwann einmal im Kristallladen vorbeigekommen sein musste. Nach den Steinen zu urteilen, die ihr um den Hals hingen, und den vielen Armreifen, die ihre Arme bedeckten, waren ihr Kristalle nichts Unvertrautes.

„Nun, ich glaube, ich bin diejenige, die dir helfen soll", sagte die Frau. Sie deutete auf den Mann an ihrer Seite, der näher trat und Clare zunickte. „Das ist John, die Liebe meines Lebens."

Clare betrachtete das Paar einen Moment lang und hob bei der Bemerkung über die Liebe eine Augenbraue. Es war schon eine seltsame Art, jemanden vorzustellen.

„Kennen wir uns?", fragte Clare schließlich, wobei sie langsam nervöser wurde. Der Mann lächelte sie freundlich an. Seine Tweedweste und die Hosen mit Bügelfalte verliehen ihm einen Hauch von Aristokratie, während seine Augen vor Leben und Humor leuchteten.

„Tut mir leid, ich freue mich einfach so, dass wir dich

gefunden haben." Die Frau deutete auf die Plätze gegenüber von Clare. „Dürfen wir uns dazusetzen?"

„Ich denke schon?" Clare ließ den Satz als Frage stehen, um anzudeuten, dass sie vielleicht nicht ganz so begeistert von der Idee war, Gesellschaft zu haben.

„Möchten Sie einen Tee?", fragte Cian, als er an ihrem Tisch vorbeikam.

„Eine Kanne bitte. Mit einem Schuss von irischem Whiskey", sagte die Frau, zog ihren gewebten, grünen Schal aus und breitete ihn über der Rückenlehne ihres Stuhls aus.

Clare lehnte sich zurück, nachdem sie den Laptop zugeklappt hatte, und verschränkte die Arme vor der Brust.

„Na, na, jetzt schau mich nicht so an. Du wirst hören wollen, was ich zu sagen habe." Die Frau lachte.

„Wollen wir vielleicht mit Ihrem Namen beginnen?"

„Ach so, ja, Entschuldigung. Ich bin Fiona O'Brien, und dieser reizende Mann hier ist mein Liebster, John O'Brien."

Clare erwärmte sich langsam für Fiona. Die Frau war eindeutig in ihren Mann vernarrt. Ein Teil von ihr hoffte, dass auch sie eines Tages diese Art von Liebe erleben dürfte.

„Und ich bin Clare MacBride, wie Sie bereits zu wissen scheinen", sagte Clare. Sie hielt inne, als Cian kam, um eine gedrungene marineblaue Teekanne in die Mitte des Tisches zu stellen und alle Utensilien auf einem kleinen Tablett daneben zu platzieren.

„Sonst noch etwas?"

„Ich glaube, das wäre alles", sagte Clare und schenkte ihm ein Lächeln, bevor sie ihren Blick wieder auf Fiona richtete. John hatte immer noch nichts von sich gegeben, die Dame schien das Sagen zu haben.

„Nun, ich muss mich wohl entschuldigen, dass ich auf diese Weise auf dich zukomme. Aber ich habe erst vor kurzem erfahren, dass wir hier ein bisschen in Zeitnot sind, also dachte ich, es wäre das Beste, dich so schnell wie möglich zu finden", sagte Fiona und drehte die Kanne mit dem Tee ein paar Mal, goss ihn aber nicht ein. Eine gute Irin ließ den Tee immer ziehen.

„Nun, jetzt haben Sie mich gefunden. Was kann ich für Sie tun?", fragte Clare erneut.

„Ja, so scheint es", sagte Fiona, legte den Kopf schief und musterte Clare. Für einen Moment hätte Clare schwören können, dass sie ein Kribbeln von Energie spürte, ähnlich der Energie, die von den Steinen ausging und die sie durchströmte.

„Was war das?", fragte Clare, und Fiona hob eine Augenbraue, bevor ein freudiges Lächeln ihr Gesicht zierte.

„Ah, dann hast du also die Fähigkeiten. Du bist die Richtige."

Clare schaute sich um und beugte sich dann vor.

„Ich bin mir nicht sicher, was Sie mit diesen Fähigkeiten meinen, aber ich bitte Sie, nicht so laut zu sprechen. Ich komme öfter hierher."

„Was weißt du über deine Familie?", entgegnete Fiona, nahm schließlich die Kanne mit dem Tee und schenkte sich und John eine Tasse ein. Clare hatte noch Espresso in ihrer Tasse und lehnte das Teeangebot mit einem Winken ab.

„Es sind einfache Leute aus Clifden. Sind sie in Schwierigkeiten?", fragte Clare und begann, sich Sorgen zu machen.

„Nein, nicht dass ich wüsste. Ich hätte wohl fragen sollen: Was weißt du über die Geschichte deiner Ahnen?"

„Die MacBrides sind eine stolze irische Familie, die vom Clan der großen Grace O'Malley abstammt. Auch wenn wir im Laufe der Jahre viel von ihrer Strahlkraft verloren haben, sind wir immer noch stolze Leute", sagte Clare und zuckte mit einer Schulter.

„Ach, ja, dann sind wir gewissermaßen Cousinen!" Fiona lächelte sie wieder an und nippte an ihrem Tee.

„Tatsächlich? Ah, jetzt verstehe ich, warum Sie mich aufgesucht haben. Sie betreiben Ahnenforschung, nicht wahr? Nun, ich habe der Geschichte nicht viel hinzuzufügen: Ich mache meinen Doktor in Geologie am Trinity College und lebe schon seit einer Weile in Dublin." Die Nervosität war von Clare abgefallen. Es war nicht ungewöhnlich, dass lange verschollen geglaubte Verwandte Familienmitglieder auf der anderen Seite der Insel aufsuchten. Schließlich war das Land nicht besonders groß.

„Ich finde es interessant, dass du einen Abschluss in Geologie anstrebst. Heißt das, du weißt etwas über den Schatz?"

Okay, vielleicht war sie doch nicht hier, um Ahnenforschung zu betreiben.

„Wie bitte? Ein Schatz? Ich bin sicher, Sie haben die falsche Person gefunden. Wenn es Schätze zu finden gäbe, hätte ich mich nicht für Stipendien bewerben und drei Jobs annehmen müssen." Clare lachte und strich sich eine Locke hinters Ohr. „Ein Schatz." Sie schüttelte den Kopf und griff nach ihrem Espresso, um einen weiteren Schluck zu nehmen.

Fiona blickte kurz zu John, bevor sie Clare über den Tisch hinweg fest in die Augen sah. Sie zuckte zusammen –

es war, als würde sie gleich von einer Lehrerin ausgeschimpft werden.

„Was glaubst du, warum du die Kraft der Steine spüren kannst?", fragte Fiona unverblümt, und Clare verschluckte sich an ihrem Espresso. Sie hustete in ihre Serviette und hatte einen Moment lang Tränen in den Augen, bis sie wieder zu Atem kam und sich zu sammeln versuchte. Wer war diese Frau und woher kannte sie Clares Geheimnis?

„Ich bin selbst Heilerin. Und ich habe selbst ein breites Spektrum an Fähigkeiten. Zum Beispiel kann ich deine Gedanken lesen, wenn mir danach ist", sagte Fiona leichthin und lächelte Clare über ihre Tasse Tee an.

Clare schaute sich im Café um, bevor sich mit gesenktem Kopf über den Tisch beugte.

„Könnten Sie bitte etwas leiser sprechen? Irgendjemand muss Ihnen diese...diese Geschichte über mich erzählt haben."

Fiona sah Clare einfach geduldig an.

„Ich weiß es, weil ich es an dir ablesen kann. Du hast auch das Kribbeln meiner Kraft gespürt, als ich deinen Geist abgetastet habe. Du hast eine ziemlich große Macht. Größer, als dir bewusst ist. Sag mir, was weißt du über *Na Sirtheoir* – die Suchenden?"

„*Na Sirtheoir?* Ich kann Ihnen nicht ganz folgen", sagte Clare und schüttelte verwirrt den Kopf.

Aber irgendetwas hatte sich in ihr verändert, wie ein Phönix, der aus der Asche aufgestiegen war und nun mit seinen leuchtenden, bunten Flügeln schlug. Ihr Magen begann sich drehen – vor Angst – vor Erkenntnis, als eine kleine Stelle an ihrem Haaransatz zu pochen begann. Clare fasste sich unbewusst an die Stelle und massierte sie – ein kleiner Bereich unterhalb ihres Haaransatzes im Nacken, der oft verspannt war. Es war nicht ungewöhnlich, dass sie diese Stelle während einer besonders schwierigen Prüfung oder nach einer stressigen Schicht im Pub massierte.

„Wenn dir zu den *Na Sirtheoir* nichts einfällt, was ist dann mit den *Na Cosantoir*?"

Es fühlte sich für Clare an, als finge die Stelle in ihrem Nacken jetzt an zu brennen. Sie wollte aufschreien – ob vor Schmerz oder vor Freude, konnte sie nicht sagen. Fionas Worte stellten ihre Welt völlig auf den Kopf.

Und doch hatte Clare keine Ahnung, warum.

„Ich habe noch nie etwas von diesen Dingen gehört. Was machen Sie mit mir? Warum fühle ich mich so?", zischte Clare über den Tisch.

Fiona streckte die Hand aus und packte Clare am Arm. Ihr Griff war überraschend stark, als Clare versuchte, ihn wegzuziehen. Doch Sekunden später schien ein kühler Balsam durch sie zu sickern und beruhigte das Energiebündel, das wie wild in ihrem Magen herumgewirbelt war. Als Fiona sie losließ, zog Clare ihren Arm zurück über den Tisch und verschränkte ihn vor ihrer Brust.

„Danke. Was auch immer das war", murmelte sie.

„Du hast noch nie etwas von diesen beiden Gruppen gehört? Oder von der Legende?", fuhr Fiona fort.

„Ich...Ich weiß wirklich nicht, was ich Ihnen sagen soll. Nein, habe ich nicht."

„Clare, du trägst ein Mal. Du bist *Na Sirtheoir*. Der Grund, warum du die Macht der Steine spüren kannst, ist, dass es deine Bestimmung ist, den einen Stein zu finden. Den mächtigsten aller Steine: den Stein des Schicksals, den ersten der Vier Schätze. Es ist deine Aufgabe, ihn zu finden.

Es ist deine Aufgabe, ihn zu schützen. Es ist deine Aufgabe, ihn davor zu bewahren, in die falschen Hände zu geraten."

Es war, als wäre das Café im Hintergrund verschwunden. Es gab nur noch Fiona – ihre Augen waren immer noch gütig, aber ihre Worte veränderten das Gefüge von Clares Schicksal für immer.

Oder zumindest den Pfad, den sie für sich selbst vorgesehen hatte.

„Ich weiß nicht, was das alles bedeutet. Ich kann... Ich kann Ihnen nicht helfen. Mit dem hier. Mit alldem. Ich glaube, Sie liegen falsch. Ich bin nicht die, für die Sie mich halten", platzte es aus Clare heraus, die plötzlich aus der ganzen Situation flüchten wollte.

„Du trägst ein Mal. Du hast das Zeichen der *Na Sirtheoir* an dir. Es ist unter deinem Haaransatz und pulsiert, wenn es dir etwas sagen will", sagte Fiona mit fester Stimme, während Clare den Kopf schüttelte.

„Nein, nein, das stimmt nicht."

„Doch, es ist wahr. Du wirst schon sehen. Sobald du nach Hause kommst und dir die Zeit nimmst, nachzuschauen. Du wirst es erkennen. Die Sache ist nur... du hast nicht viel Zeit. Es ist schon zu viel Zeit verstrichen. Der Stein muss gefunden werden – und du bist diejenige, deren Aufgabe es ist, ihn zu finden."

Clare stand plötzlich auf, stieß mit den Oberschenkeln gegen den Tisch und verschüttete den Tee. Sie schnappte sich ihren Laptop, ohne sich die Mühe zu machen, ihn in die Tasche zu stecken, und griff schnell nach ihrem Rucksack und Mantel.

„Ich habe es Ihnen bereits gesagt. Ich bin nicht die, für

die Sie mich halten. Und jetzt bitte ich Sie höflichst, mich in Ruhe zu lassen", zischte Clare.

„Wir wohnen im Cherry Hill Hotel. Wir werden nicht gehen, bis du mit uns gesprochen hast", sagte Fiona.

Clare schüttelte erneut den Kopf. „Nein, ich werde nicht kommen. Bitte, wahrscheinlich sind Sie verwirrt. Es ist das Beste, wenn Sie sich Hilfe suchen." Sie verließ eilig den Tisch, ohne sich umzudrehen, und sah kaum Cians bestürzte Miene, als sie an ihm vorbeirannte und ein paar Euro auf den Tresen warf.

Fionas Worte schwebten hinter ihr her und legten sich wie eine Drohung auf ihre Schultern.

„Irlands Schicksal liegt in deinen Händen."

KAPITEL SIEBEN

Das Feuer in Clares Magen brannte noch während des gesamten Wegs zum Kristallladen. Was diese Frau gesagt hatte, konnte auf keinen Fall wahr sein. Offenbar war sie einfach auf eine kostenlose Tasse Tee und ein warmes Plätzchen abseits der stürmischen Straße aus gewesen.

Nur hatte sie nicht wie eine Obdachlose ausgesehen.

Und ihre intelligenten Augen hatten Clare nicht das Gefühl vermittelt, dass die Frau geistesgestört war.

Die Wahrheit war, dass das, was Fiona gesagt hatte, Clare auf einer unterschwelligen Ebene berührte, die sie noch nicht ganz verstand. Allein diese Worte zu hören – *Na Sirtheoir* – hatte sich so angefühlt, wie sich ein Schwert anfühlen musste, wenn es in seine Scheide glitt. Es hatte etwas Stimmiges an sich – wie eine Wahrheit, die Clare fast in eine leichte Panik versetzte.

Sie würde ganz bestimmt nicht sofort ins Bad rennen und ihren Haaransatz prüfen, so viel war sicher. Wenn sie das täte, würde sie dieser Geschichte – diesem Wahnsinn – eine Glaubwürdigkeit verleihen, die sie nicht verdiente.

„Hallo Karen", rief Clare, als sie durch die Tür kam, und nickte der Studentin zu, die an der Theke arbeitete.

„Oh, wunderbar. Du bist früh dran. Was dagegen, wenn ich mich dann schon mal aus dem Staub mache? Ich habe morgen eine große Prüfung", sagte Karen und schob sich die Brille auf ihrer sommersprossigen Nase hoch.

„Nur zu, kein Problem. Ich komme schließlich oft genug zu spät", sagte Clare und schenkte Karen ein fröhliches Lächeln, während sie ihre Handtasche in ein Fach legte und ihren Mantel an einen Haken hängte.

„Ach übrigens, da liegt ein Umschlag für dich auf dem Tisch. So ein Typ kam vorbei – einer, den ich wohlgemerkt nicht von der Bettkannte stoßen würde – und hat ihn für dich abgegeben. Er sagte, sein Name sei Blake", sagte Karen, als sie zur Tür hinausging, während das Glockenspiel nach der Bombe, die sie gerade hatte platzen lassen, fröhlich klingelte.

„Ich werde es nicht lesen", sagte Clare laut im Laden. „Das muss ich auch nicht. Ich kann mein Leben so lassen, wie es ist."

Die nächsten vierzig Minuten verbrachte sie damit, die Regale abzustauben und den Laden aufzuräumen, wobei ihr Blick mehr als einmal zum Umschlag wanderte. Nachdem sie den dritten Kunden abkassiert hatte, kehrte für einen Moment Ruhe ein, und sie ließ sich auf ihrem Stuhl am Tisch nieder. Ihr Blick glitt zum Umschlag.

„Verdammt", fluchte Clare und hob ihn auf.

Sie hatte die ganze Zeit gewusst, dass sie ihn öffnen würde. War es nicht merkwürdig, wie wir uns immer wieder selbst zu täuschen versuchten? Clare schob ihren Daumen unter den Rand des Umschlags, öffnete die

Klappe und zog das gefaltete Stück Papier heraus. Falls sie spürte, dass vom Papier ein Strom von Energie ausging, ignorierte sie es.

Die Silberäugigen wollen dir Schaden zufügen. Sei wachsam. Ich kann dich nicht beschützen, wenn du nicht akzeptierst, wer du bist.

Clares Hand zitterte, als sie das Stück Papier auf ihren Schoß fallen ließ und sie sich die Handrücken an die Augen presste. War das, was sich in den letzten vierundzwanzig Stunden ereignet hatte, wirklich geschehen? Noch gestern Morgen hatte sie einen neuen Forschungsansatz für ihre Dissertation erkundet. Jetzt sah sie Menschen mit silbernen Augen, mysteriöse Fremde hielten nach ihr Ausschau, und irgendeine Oma wusste, wie sie hieß und konnte ihre Gedanken lesen.

Clare wischte sich noch einmal mit den Händen über das Gesicht, dann holte sie tief Luft, nahm das Papier wieder in die Hand und speicherte die Nummer darauf in ihrem Telefon. Es konnte nicht schaden, sie bei Bedarf zur Hand zu haben, dachte sie. Clare sah sich im Laden um und fühlte sich von ein paar blauen Chalzedonen angezogen, ein Stein, der als Schutzstein verwendet wurde. Sie ließ einen in ihre Tasche gleiten und versuchte, daran zu denken, ihn später zu ihrer Rechnung hinzuzufügen.

Als das Glockenspiel an der Tür klingelte, um einen neuen Kunden anzukündigen, setzte Clare ein Lächeln auf und machte sich wieder an die Arbeit. Das Enträtseln der Geheimnisse würde warten müssen.

Wenn sie überhaupt die Zeit dazu finden würde, korrigierte Clare ihren Gedanken, als sie sich Stunden später ihren Rucksack über die Schulter warf und abschloss. Im

Laden war an diesem Tag unglaublich viel los gewesen – vermutlich Fluch und Segen zugleich – und sie hatte keine Zeit gehabt, um überhaupt irgendwas zu recherchieren. Weder für die Uni noch zu irgendeinem anderen Unsinn, der ihr in den vergangenen Tagen über den Weg gekommen war.

Mit einem Seufzer der Erleichterung, dass ihr Arbeitstag endlich vorbei war, drehte sich Clare um und schrie auf, als sie fast mit einem schwarzen Berg aus Leder zusammenstieß.

„Tut mir leid", sagte Blake und trat mit entschuldigender Geste einen Schritt zurück.

Clare legte eine Hand auf ihr Herz und versuchte, ihre Atmung zu beruhigen, während sie ihre unmittelbare Reaktion auf seine Nähe wahrnahm. Ihr Körper war in vollständiger Alarmbereitschaft, und obwohl er alles verkörperte, was ihr im Moment Angst machte, regte sich ihre innere Göttin und flehte darum, dass er näherkommen möge.

„Du kannst dich nicht einfach so an Frauen heranschleichen. Das geht nicht", sagte Clare steif.

„Wenn ich mich nicht an dich heranschleiche, entkommst du mir zu leicht", sagte Blake und hielt Schritt mit ihr, als sie sich vom Laden entfernte.

Clare legte den Kopf schief und sah ihn durch ihre Haare an.

„Du weißt schon, dass das immer noch unheimlich klingt, oder?"

Blake seufzte und presste die Lippen aufeinander, bevor er sprach.

„Unter normalen Umständen, ja. Aber dies sind keine normalen Umstände, und du bist keine normale Frau", sagte Blake, als sie um eine Ecke in eine belebtere Straße einbogen. Menschen eilten umher, Studenten waren auf dem Weg in Pubs, andere schleppten Einkaufstaschen auf dem Weg nach Hause, um das Abendessen zu machen. Der Wind und die Nässe hatten kaum nachgelassen, aber für die Dubliner war das der übliche Lauf der Dinge.

„Das hört sich ja an, als würdest du glauben, mich zu kennen", sagte Clare und zog sich die Mütze auf, um zu versuchen, die Haarmenge zu reduzieren, die ihr ums Gesicht peitschte.

„Ich weiß mehr, als du denkst, Clare MacBride aus Clifden", sagte Blake, und Clare lief ein Schauer über den Rücken, als er einfach so ihren Namen aussprach.

„Warum verfolgst du mich?", verlangte sie, die Hände fest um die Riemen ihres Rucksacks gekrallt. Sie wollte nach etwas oder jemandem treten, biss sich stattdessen aber auf die Zähne, während ihr Gehirn auf Hochtouren arbeitete, um zu entscheiden, ob sie vor Blake in Gefahr war oder nicht.

Abgesehen von der Gefahr, vor Verlangen nach ihm den Verstand zu verlieren.

Blake atmete ungeduldig aus und fuhr sich mit der Hand durch sein dunkles Haar.

„Ich verfolge dich nicht, ich beschütze dich. Wir haben das schon besprochen. Gestern Abend."

Clare blieb stehen, und Blake ging noch ein oder zwei Schritte weiter, bevor er bemerkte, dass sie nicht mehr neben ihm war. Als er sich umdrehte, um sie anzusehen, hob der goldene Schimmer der Straßenlaterne das Blau seiner Augen hervor, und Clare spürte, wie sich sein Blick förmlich in ihr Innerstes brannte.

„Du hast letzte Nacht jemanden umgebracht. Meinetwegen. Du hast einen Mann wegen mir getötet." Clare spuckte die Worte aus, die schreckliche Wahrheit, die sie den ganzen Tag über absichtlich verdrängt hatte, kam plötzlich hoch und drohte sie zu überwältigen.

Blake fluchte, sah sich um, dann packte er Clare am Arm und zog sie an sich, während er sich mit dem Rücken an eine Wand lehnte. Für jeden, der vorbeikam, würden sie wie ein Liebespaar aussehen, das sich auf der Straße umarmte.

Clare zwang sich zu atmen, die Nähe zu ihm brachte sie plötzlich in einen extremen Nachteil. Ihr wurde nicht nur bewusst, wie sehr er ihr körperlich überlegen war – sowohl in der Höhe als auch in der Breite –, die unmittelbare Nähe schien auch die Schaltkreise in ihrem Gehirn durcheinander zu bringen. Ein Teil von ihr wollte dringend ihre Hände unter seine Lederjacke gleiten lassen und ihm über die Brust streichen, um zu sehen, ob die Muskeln, die sich unter seinem Mantel verbargen, auch wirklich so waren, wie in ihrer Vorstellung.

Clares Kinnlade fiel nach unten. Was war nur los mit ihr? Sie war eine besonnene Wissenschaftlerin mit klarem Verstand, und keine, die in einer regnerischen Nacht in den dunklen Straßen Dublins von der Lust überwältigt wurde.

„Es war kein Mann", sagte Blake, und sein Atem war ein warmes Kitzeln an ihrem Ohr. Clare schluckte, während sie tiefes Verlangen durchströmte.

„Tut mir leid, wie war das? Du willst mir also sagen, dass es kein Mann war?" Clare schnappte nach Luft und verdrängte die Idee, an Blakes Unterlippe zu knabbern, aus ihrem Kopf.

„Lösen sich gewöhnliche Männer in einer silbernen Pfütze auf, wenn man sie mit einem Dolch durchbohrt?", fragte Blake.

„Nun, ähm, nein, das tun sie ganz sicher nicht", stimmte Clare zu und versuchte ihn bloß nicht anzublicken. Der Wind blies ihr kalt in den Rücken und Blake zog sie näher zu sich heran, um sie vor seinem Angriff zu schützen.

„Die Domnua", sagte Blake einfach, und Clare blickte schließlich verwirrt zu ihm auf.

„Domnu? Wie die Göttin?"

„Die Domnua, ihre Kinder. Feen – allerdings nicht die guten. Wie das Licht zur Dunkelheit, der Winter zum Frühling, der Tod zum Leben – die Domnua sind die Silberäugigen. Du kannst sie sehen. Die meisten können es nicht."

„Ich... und warum kann ich sie sehen?", fragte Clare verwirrt. Sie war immer noch im Informationserfassungsmodus eines Wissenschaftlers, obwohl das, was ihr Verstand jetzt zu erfassen versuchte, der Stoff war, aus dem die lebhaftesten Märchen gemacht waren.

„Du bist *Na Sirtheoir*. Eine Suchende."

Clare spürte, wie die Stelle an ihrem Haaransatz wieder zu brennen begann und etwas in ihrem Magen drehte sich um, als sie das Worte wiedererkannte, das Fiona früher am Tag zu ihr gesagt hatte.

„Ich weiß nicht, was das bedeuten soll. Und ich habe auch nicht vor, es herauszufinden", sagte Clare. Als Blake den Mund öffnete, hob sie die Hand. „Du hast die falsche Frau. Ich bin Wissenschaftlerin und nicht irgendeine Jägerin. Ich will einfach nur meinen Abschluss machen und einen Job in dem Bereich finden, den ich liebe."

„Wissenschaft, sagst du. Ist das nicht auch eine Art von Suchen? Suchen nach Wissen? Sucher nach der Wahrheit? Du jagst nach Antworten?" Ein kleines Lächeln umspielte Blakes Lippen.

„Gut, ein Punkt für dich. Hut ab", sagte Clare sarkastisch und stieß sich von ihm ab. Sie trat zurück und hielt kurz inne, um ihren Blick über ihn wandern zu lassen – von seinen abgewetzten Lederstiefeln über seine enge Jeans bis hin zu der Lederjacke, die ihm wie eine zweite Haut saß.

„Du hast die falsche Frau", sagte Clare erneut und betonte jedes Wort, damit er verstand, dass sie es ernst meinte.

„Nein, habe ich nicht. Aber ich werde dich so lange beschützen, bis es dir selbst klar geworden ist", sagte Blake leichthin.

Clare hob die Fäuste an ihren Kopf und wollte vor Frustration schreien.

„Ich bitte dich, mich in Ruhe zu lassen", sagte Clare, so als ob Blake nicht in der Lage wäre, komplexe Gedanken nachzuvollziehen.

„Und ich sage dir, dass ich dich so lange beschützen werde, bis du deinen Hintern hochbekommst und endlich begreifst, dass hier wichtigere Dinge auf dem Spiel stehen, als die Frage, ob du es endlich schaffst, mit deinem wissenschaftlichen Gehirn die Tatsache zu begreifen, dass es Feen gibt – sowohl gute als auch böse – und dass die bösen gerade dabei sind, dafür zu sorgen, dass du bald deinen letzten Atemzug auf dieser schönen Existenzebene, auf der wir uns befinden, nimmst. Und solange du deinen hübschen Verstand nicht dazu zwingst zu verstehen, dass du an der Erfüllung deiner Mission arbeiten musst, ist unser Untergang so gut wie besiegelt."

Clare blieb der Mund offen. Ihr Atem stockte. „Unser Untergang?"

„Unser Untergang. Meiner, deiner und das Schicksal Irlands. Die Zeit läuft ab, Doc. Was wirst du dagegen unternehmen?"

Clare schüttelte den Kopf, denn seine Worte waren so ungeheuerlich, ja absurd, dass sie einfach nicht verstehen konnte, was er sagte.

„Ich gehe jetzt nach Hause, lege mich in mein Bett und denke nach."

„Lass dir nicht zu viel Zeit, Doc. Die Zeit rinnt uns davon."

Den Rest des Heimwegs rannte Clare und ignorierte dabei die erschrockenen Blicke der Leute, an denen sie vorbeihuschte.

Dabei wurde sie von Blake, wie in der Nacht zuvor, auf dem gesamten Weg beschattet.

KAPITEL ACHT

Bianca war zu Hause, als Clare in die Wohnung platzte. Ihre Füße steckten in Hüttensocken und sie hatte die Beine auf den Wohnzimmertisch gelegt. Neben ihr lag ein Stapel Bücher und ein Laptop auf der Couch. Ihre hübschen blauen Augen weiteten sich überrascht, als Clare eintrat.

„Der zweite Tag, an dem du in die Wohnung gerannt kommst, als würdest du gejagt werden. Was ist los mit dir?"

Clare schob den Riegel sorgfältig zu, bevor sie sich in den Sessel fallen ließ, den Mantel noch immer zugeknöpft.

„Ich glaube, ich stecke in Schwierigkeiten", sagte Clare und blickte ihre Mitbewohnerin fest an.

Bianca lächelte nicht ansatzweise, was ihr hoch anzurechnen war. Stattdessen richtete sie sich auf der Couch auf und nahm einen Notizblock und einen Stift zur Hand.

„Hat es etwas mit *Na Sirtheoir* zu tun?"

Clare blieb der Mund offen stehen. „Woher weißt du das?"

„Naja, dafür habe ich doch studiert. Du hast mir gesagt,

ich soll es recherchieren." Bianca breitete ihre Hände aus, um auf den Bücherstapel neben ihr zu zeigen.

„Was hast du herausgefunden?"

Bianca hob eine Augenbraue und blickte sie an. „Wie viel Zeit hast du?"

Clare atmete aus und zog sich ihre Mütze vom Kopf. „Lass mich etwas Bequemeres anziehen."

„Ich habe eine Lasagne im Ofen. Es schien genau der richtige Abend dafür zu sein", rief Bianca ihr hinterher, als Clare den schmalen Flur entlang zu ihrem Zimmer ging.

„Du bist ein Engel, wirklich. Ein lebendiger, atmender Engel", rief Clare zurück, bevor sie die Tür zu ihrem Zimmer öffnete.

Clares Schlafzimmer war ordentlich und bestenfalls zweckmäßig. Neben einem Fenster mit weißen Leinenvorhängen stand ein Doppelbett, über dem eine Steppdecke in Erdtönen – ein Geschenk ihrer Mutter – lag, und ein Bild ihrer Familie hing neben ihrem Lieblingsgemälde von den Cliffs of Moher. Die einzige kleine Besonderheit im Zimmer war ein hübsches Kristallprisma, das ihr Branna geschenkt hatte und das so aufgehängt war, dass es die Lichtstrahlen einfing, die zum Fenster hereinkamen.

Clare öffnete ihren schmalen Kleiderschrank und hängte ihre Arbeitskleidung sorgfältig hinein, bevor sie sich bequeme Leggings und einen übergroßen Pulli anzog. Sie knotete ihre Locken zu einem Dutt und machte sich wieder auf den Weg zurück zu Bianca.

„Ich habe einen Roten aufgemacht. Ich dachte mir, italienisches Essen braucht einen Rotwein." Bianca deutete auf das Glas, das sie auf den Couchtisch gestellt hatte. Clare schob ein paar der Bücher beiseite und ließ sich neben

Bianca auf der Couch nieder. Sie brauchte gerade die Nähe ihrer Freundin.

Jemand, dem sie immer vertrauen konnte.

Bianca warf Clare einen Blick über den Rand ihres Weinglases zu.

„Willst du mir von deinem Tag erzählen, oder soll ich anfangen?"

Clare überlegte einen Moment lang, entschied dann aber, dass Bianca alle Informationen haben musste. Kurzerhand schilderte sie das ganze Ausmaß ihres Treffens mit Blake am Vorabend und ließ nichts aus, bis zum Ende ihres heutigen Tages. Sie erzählte alles, auch von Blake, der vor dem Laden auf sie gewartet hatte. Als sie fertig war, hatten beide ihre Weingläser geleert.

„Es ist ein Beweis meiner unsterblichen Liebe und Hingabe zu dir, dass ich dich jetzt nicht für verrückt erkläre", betonte Bianca und beugte sich vor, um nach der Weinflasche auf dem Tisch vor ihnen zu greifen. Ihr blondes Haar war zerzaust, nachdem sie immer wieder mit den Fingern hindurchgefahren war.

Clare betrachtete sie schweigend, während sie mehr Wein in die beiden Gläser goss. Auch wenn sie wusste, dass Bianca unbeständig und dramatisch rüberkommen konnte, hatte ihre Freundin einen scharfen Verstand und urteilte nicht vorschnell.

„Da ich nun schon seit etwa acht Jahren mit dir befreundet bin, bin ich wahrscheinlich die Erste, die dich darauf hinweist, wenn dein Leben aus den Fugen gerät. Aber du bist nicht verrückt. Und du meinst es todernst mit dem, was du mir erzählst. Ehrlich gesagt, bin ich überrascht, dass du dich überhaupt mit all diesen Dingen beschäftigst. Es liegt so weit außerhalb dessen, was du dir selbst zu glauben gestattest."

Interessante Wortwahl, dachte Clare.

„Hätte ich nicht gesehen, wie sich ein Mann zu meinen Füßen in eine silberne Pfütze aufgelöst hat, würde ich mich wahrscheinlich keine einzige Sekunde mit diesem Thema beschäftigen."

„Wenn du wirklich *Na Sirtheoir* bist, dann trägst du ein Mal", sagte Bianca sachlich.

Da war sie wieder, die Erwähnung eines Mals.

Clare schüttelte den Kopf, obwohl die besondere Stelle in ihrem Nacken wieder warm zu werden schien.

„Du kannst doch nicht denken, dass ich eine mythologische Figur bin, die vom Schicksal dazu vorherbestimmt ist, irgendetwas zu tun, oder?" Clare lachte und nahm einen Schluck von ihrem Wein. Das Lächeln verschwand von ihren Lippen, als sie den ernsten Ausdruck auf Biancas Gesicht sah.

„Nun, ich meine... doch, vielleicht kann ich das. Schau mal, es erscheint dir als Wissenschaftlerin so irrational, was ich vollkommen verstehe. Aber du solltest bedenken, dass in allen großen Mythen und Legenden immer ein Körnchen Wahrheit steckt. Aus diesen Körnern der Wahrheit erblühen und wachsen Geschichten, die sich drehen und winden, wie die Ranken einer Weinrebe, die an einer Wand emporklettert, bis das Endergebnis oft weit von der Wahrheit entfernt und nicht mehr ganz glaubwürdig ist. Aber tief in all den fantastischen Geschichten liegt ein winziger Keim Wahrheit verborgen."

„Und auf welche Weise sollte ich gezeichnet sein? Und wenn ich es bin – was würde das bedeuten?"

Biancas Gesicht strahlte vor lebhafter Begeisterung. „Nun, meine Liebe, mach es dir gemütlich. Es ist Zeit für eine Geschichte."

Clare warf einen Blick auf die Weinflasche, die nun fast leer war. „Glaubst du, ich brauche dafür noch mehr Wein?"

„Oh, du wirst sicher noch eine Flasche wollen. Es steht noch eine auf dem Tresen in der Küche."

„Ich schnappe sie mir. Dann mache ich es mir bequem."

„Gut, denn es ist an der Zeit, dass du etwas mehr über dein Erbe erfährst."

Clare konnte nur hoffen, dass ihr Erbe nicht beinhaltete, in einen mythischen Kampf zwischen Menschen und Feenwesen hineingezogen zu werden.

Denn das war sicher nicht Teil ihres Lebensplans.

KAPITEL NEUN

„Vor langer Zeit, vielleicht so vor 1600 Jahren? Wobei, wenn ich darüber nachdenke, müssen wir schon genau sein, denn es waren ja vier Städte und vierhundert Jahre und vier Frauen, vier Schätze, vier Monate...", grübelte Bianca und schaute in die Luft, während sie zählte. Clares Augen weiteten sich.

„Lass uns einfach weitermachen. Ich brauche kein genaues Datum", sagte Clare sanft.

„Richtig, Entschuldigung. Also, ein berühmter keltischer Schöpfungsmythos handelt davon, dass die Göttin Danu ihre Kinder zusammen mit vier Schätzen aus vier großen Götterstädten auf die Insel des Schicksals schickte, damit sie, nun ja, ihr Schicksal erfüllten."

„Inisfail. Ich habe die Geschichte schon einmal von dir gehört. Daher kommt der Name Irlands."

„Genau. Also, die Kinder der Göttin sind mit diesen großen Schätzen ausgestattet, weil sie Schutz vor denen brauchten, die die Insel bereits bewohnten."

„Es waren schon Leute da?"

„Andere Götter, um genau zu sein. Die Kinder von Danus Schwester."

„Oh, sie gehörten also zur Familie." Clare nickte und nahm noch einen Schluck von ihrem Wein. Der Alkohol hatte einige der Nerven, die in ihrem Magen brannten, betäubt, und sie war bereit, ohne Vorurteile zuzuhören.

„Nicht die gute Art von Familie. Mehr wie die schwarzen Schafe der Familie, über die man lieber nicht spricht oder mit denen man sich nicht abgeben möchte", ergänzte Bianca.

Clare hob eine Augenbraue. „Erzähl weiter."

„Während Danu das Gute und das Licht war, verkörperte ihre Schwester Domnu die Dunkelheit. Sie waren polare Gegensätze."

Clare spürte, wie ihr kalt wurde, als sie sich an Blakes Worte erinnerte.

„Wie der Winter zum Sommer."

„Wie die Nacht zum Tag", stimmte Bianca zu.

„Die Dunklen herrschten also über die Insel", sagte Clare und setzte sich in den Schneidersitz.

„Domnus Kinder regierten. Und so kam es natürlich zu vielen großen Schlachten. Ich meine, ich könnte hier stundenlang weitermachen. Hier haben die Kobolde, die Leprechauns, ihren Ursprung, die Feen, das Hügelvolk ... das alles stammt aus dieser großen Zeit der Auseinandersetzung zwischen den Kindern Domnus und Danus."

„Erzähl mir von den Feen", sagte Clare.

Bianca hielt eine Hand hoch. „Es ist alles miteinander verbunden. Und ich will dich nicht langweilen – nun, du weißt, dass ich nichts davon langweilig finde, aber ich werde mich auf die Legenden beschränken, die mit deiner

Sache zu tun haben. Im Grunde ist es so: Danus Kinder kommen, sie bringen diese Schätze mit, die Schätze verstärken ihre Macht, und sie vertreiben Domnus Clan in die Berge."

„Die Feen."

„Nun, irgendwann wird das Land von Menschen übernommen und alle werden Teil des Feenvolks. Also, du weißt schon, gute Feen und schlechte Feen. Aber ich will nicht vorgreifen." Bianca wurde vom Surren des Küchenweckers unterbrochen.

„Ich helfe dir. Erzähl weiter", sagte Clare, stand auf und folgte Bianca in die winzige Küche. Der Duft von Knoblauch ließ ihr das Wasser im Mund zusammenlaufen und ihr Magen knurrte.

In der kombüsenartigen Küche standen ein winziger Tisch mit zwei Stühlen und einem eingetopften Veilchen, das Bianca irgendwie am Leben hielt. Himmelblau gestrichen und mit weißen Schränken ausgestattet, war es ein heller und freundlicher, wenn auch kleiner Raum. Daran gewöhnt, in dem engen Raum umeinander herumzumanövrieren, hatten sie in wenigen Augenblicken das Abendessen auf den kleinen Tisch gebracht, an dem sie nun saßen.

„Nun war es also so, dass eine der großen Schlachten, in denen Danus Kinder über Domnus Kinder triumphierten, mit einem großen Fluch verbunden war. Das volle Magie-Programm, sozusagen."

Clare schnitt in eine Ecke des Lasagne-Quadrats auf ihrem Teller, Dampf stieg von den Nudeln auf, aus der Mitte lief der Käse. Sie seufzte und rollte beim ersten Bissen mit den Augen.

„Tut mir leid, wenn ich dich unterbreche, aber du hast dich mal wieder selbst übertroffen. Das ist fantastisch."

„Danke schön! Ich habe länger an diesem Rezept gearbeitet und es Stück für Stück verfeinert. Ich glaube, es beginnt langsam wirklich in vollem Glanz zu erstrahlen."

„Nach meinem Tag heute könnte ich das ganze Essen verschlingen. Gut, mach weiter. Ich werde deinem Mahl hier huldigen, während du die Geschichte erzählst."

Bianca gluckste, und ihre Wangen färbten sich rosa, was Clare verriet, dass sie sich über das Kompliment freute.

„In der großen folgenden Schlacht wird das Land mit einem Fluch belegt. Nun, ein Fluch, der das Land irgendwann treffen *könnte*, wenn nicht alle Bedingungen erfüllt werden. Im Grunde war es so, dass sich Domnus Kinder geschlagen gaben und in den Hügeln verschwanden. Es wurde Frieden vereinbart und versprochen, dass Danus Kinder sicher im Land leben könnten – aber nur für sechzehnhundert Jahre. Falls Domnus Kinder nach Ablauf der sechzehnhundert Jahre die vier Schätze zurückerobert hätten, würden sie wieder über das Land herrschen dürfen."

Clare dachte einen Moment lang darüber nach und zuckte dann mit den Schultern.

„Ich verstehe nicht, was das große Problem sein soll – die Schätze müssen einfach unter Verschluss bleiben. Um welche Schätze geht es eigentlich?"

„Ein Stein, ein Speer, ein Schwert und ein Kessel", rezitierte Bianca.

„Die sollten nicht allzu schwer zu schützen oder zu verstecken sein."

„Aber wie bei allen magischen Dingen ist es praktisch

unmöglich, sie sicher zu verwahren. Sie sind fließend, unbeständig und launenhaft, wenn es um die Frage geht, wer ihre Herren sind. Innerhalb der ersten vierhundert Jahre sind sie wohl aus dem Blickfeld verschwunden. Und so salbte Danu höchstpersönlich die *Na Sirtheoir* - ebenso wie die *Na Cosantoir*."

Clare legte daraufhin den Kopf schief. „Mein Gälisch ist nicht das Beste. Was heißt das?"

„Die Beschützer. Die Suchenden wurden gesalbt, um die Schätze zu finden. Die Beschützer wurden gesalbt, um die zu beschützen, die suchten. Das ist alles sehr mystisch und romantisch, finde ich", sagte Bianca, nippte an ihrem Wein und starrte einen Moment lang verträumt in die Luft.

Clare schnippte mit den Fingern, was Bianca zusammenzucken ließ.

„Du sagst also, dass es im Grunde genommen eine Gruppe von Menschen gibt, die die Aufgabe haben, diese Schätze zu finden, bevor die Zeit abläuft. Und eine andere Gruppe, die sie bei ihrer Suche beschützt."

„Ja, aber ich bin mir nicht sicher, ob ich sagen würde, dass es Menschen im eigentlichen Sinne sind." Bianca biss sich mit besorgter Miene auf die Lippe.

„Was soll das heißen?"

„Damit meine ich, dass die Suchenden und die Beschützer nicht ganz menschlich sind. Ihnen wurden einige... zusätzliche Fähigkeiten gegeben, die ihnen bei der Suche behilflich sind."

Clare spürte, wie ihre Ohrenspitzen heiß wurden, während ein Energiestrom in ihrer Magengrube zu vibrieren begann. Irritiert schob sie ihr Weinglas beiseite und betrachtete Bianca.

„Kurz gesagt heißt das also: Diese Halbmenschen, oder wie man sie auch immer nennen will, müssen zusammen mit ihren tapferen Beschützern die Schätze finden, ja? Und was... was passiert sonst?"

„Das böse Feenvolk verlässt die Hügel und herrscht wieder über das Land."

„Ach, natürlich, genial. Einfach genial", murmelte Clare, deren Verstand krampfhaft versuchte, die Geschichte, die sie hörte, in Zweifel zu ziehen.

Doch ihr Herz sagte ihr etwas anderes.

„Ja, ich meine, es ist wirklich ziemlich dramatisch. Im 1600sten Jahr erhält jeder der *Na Sirtheoir* eine Chance, den ihm zugeteilten Schatz zu bergen. Und alles muss in diesem Zeitraum geschehen, oder die bösen Feen – die Domnua – gewinnen."

„Die Domnua?"

„Ja. Die, ähm... die Kinder von Domnu. Die Silberäugigen. Du weißt schon, der, dem du neulich abends begegnet bist? Das war einer von den Bösen. Die Danula sind die Kinder von Danu, die Guten."

Clare atmete aus und fuhr sich mit der Hand durchs Haar, wobei sie über die Stelle an ihrem Haaransatz strich, die unaufhörlich zu jucken schien.

„Okay, aber wie kommt es, dass jeder der *Na Sirtheoir* im letzten Jahr nur vier Monate bekommt? Sind sie nicht schon seit Ewigkeiten auf der Suche nach diesen Schätzen?"

„Das war eine der Eigenarten des Fluchs. Diejenigen, die vor dem letzten Jahr suchten, fanden nur Hinweise – aber niemals die Schätze selbst. Es ist alles sehr mystisch und verwirrend, wie bei den meisten Legenden und Flüchen."

„Das klingt verflixt kompliziert, nicht wahr?"

„Tja, du weißt schon, uralte Flüche und all das. Sie können es einem halt nicht zu leicht machen, oder?" Bianca lächelte sie an.

„Jetzt hör mir mal zu, ich bin nicht dumm. Ich glaube, ich weiß, worauf du hinauswillst. Was du sagen willst, ist, dass ich..." Clare brach ab, als ihr die Tragweite dessen, was sie sagen wollte, bewusst wurde. Wenn sie diese Geschichte als Realität akzeptierte – und wenn sie darin verwickelt war – würde die Welt, wie sie sie kannte, nicht mehr dieselbe sein. Sie hob ihre Hand, um Bianca zum Schweigen zu bringen.

„Hattest du jemals einen dieser Momente im Leben? Diese einschneidenden Momente – wenn du zum Beispiel ins Ausland ziehst oder jemand, den du liebst, stirbt? Wendepunkte, die das Leben in eine Art Vorher und Nachher teilen. Sie sind kennzeichnend für dein Leben. Bevor ich aufs College ging, war ich diese Person. Bevor dieser oder jener mit mir Schluss gemacht hat, war ich dieser Mensch." Clare merkte, dass sie anfing auszuschweifen, und blickte hilfesuchend über den Tisch zu Bianca. „Warum habe ich das Gefühl, dass dies einer dieser Momente sein wird? Du versuchst mir schonend beizubringen, dass... dass ich..."

„Du bist eine der *Na Sirtheoir*."

KAPITEL ZEHN

Man musste Clare zugutehalten, dass sie weder ohnmächtig wurde noch sich übergeben musste. Stattdessen starrte sie Bianca stumpfsinnig an, während die Wahrheit über sie hereinbrach wie ein Güterzug.

„Hey, Clare, sieh mich an. Clare", sagte Bianca scharf und schnippte mit den Fingern vor Clares Gesicht.

„Entschuldigung, Entschuldigung, was?", fragte Clare kopfschüttelnd, als sie Biancas besorgtes Gesicht näher betrachtete.

„Du musst dich zusammenreißen. Wenn du die Welt retten willst und so", betonte Bianca, und Clare spürte, wie das seltsame Summen in ihrem Kopf wieder einsetzte.

„Ich brauche eine Pause. Ich muss einfach einen verdammten Moment innehalten und versuchen, das alles zu verarbeiten", sagte Clare, holte tief Luft und versuchte, sich zu sammeln.

„Setz dich einfach. Ich räume den Tisch ab und mache uns einen Tee. Ich denke, wir könnten auch ein Tröpfchen

Whiskey vertragen. Lass es uns gemütlich machen und alles zu verstehen."

Bianca wuselte herum, räumte die Teller ab, setzte das Wasser auf und holte Clares Lieblingstee für die Abendstunden hervor. Sie plauderte die ganze Zeit über dies und jenes und erwähnte nicht ein einziges Mal die *Na Sirtheoir*.

Solche Freunde waren Gold wert, dachte Clare. Sie drehte den Namen *Na Sirtheoir* in ihrem Kopf hin und her, suchte seine Bedeutung, und stellte fest, dass er irgendwie stimmig war, dass seine Wahrheit wie ein kühler Fluss der Erkenntnis durch sie hindurchfloss.

Oder wie ein Schlüssel, der in sein Schloss passte.

Schließlich sah Clare zu Bianca auf. „Du kannst aufhören, Smalltalk zu machen. Ich bin bereit, es zu akzeptieren. Bis zu einem gewissen Punkt, nehme ich an. Aber ich kann nicht leugnen, dass es wahr ist. Zumindest sagt mir das mein Bauchgefühl." Clare ballte die Hand über ihrem Bauch zu einer Faust. „Diese Stelle? Hier fühle ich, dass es wahr ist. Eine Art Brennen und Vibrieren und diese ganze Energie – genau hier. Also, nein, ich kann mich nicht weiter selbst belügen."

Erleichtert aufatmend nahm Bianca das Wasser vom Herd und begann, den Tee zuzubereiten.

„Ich bin wirklich froh, das zu hören. Denn wenn es stimmt – wenn du wirklich *Na Sirtheoir* bist? Dann haben wir eine Menge Arbeit vor uns."

„*Ich* habe eine Menge Arbeit vor mir", stellte Clare klar und sah ihre Freundin fest an. „Du nicht. Ich werde dich nicht in diesen Schlamassel hineinziehen."

Bianca stemmte die Hände in die Hüften, ihre Augenbrauen hoben sich fast bis zum Haaransatz.

„Du glaubst doch nicht wirklich, dass ich hier zu Hause sitze, während du da draußen unterwegs bist, um die Welt zu retten, oder?", fragte Bianca mit erhobener Stimme. „Ich bin das treue Ross. Die Freundin, die dir an den schwierigen Stellen hilft. Weißt du denn gar nicht, wie Sagen funktionieren? Ich bin der Sam zu deinem Frodo. Die Pippa zu deiner Catherine, die Kit zu deiner Vivian."

Clare hatte Mühe, ihr zu folgen. „Moment, *Herr der Ringe* habe ich verstanden, aber die Herzogin und ihre Schwester? *Pretty Woman?* Ich weiß nicht, ob das alles vergleichbare Geschichten sind", sagte Clare, die bemerkte, wie sich ihre Lippen zu einem Lächeln formten und ein Teil ihrer Last von ihr abfiel.

„Der Punkt ist, dass du auf mich zählen kannst. Ich bin die Person, die dir zur Seite stehen wird."

Clare lächelte ihre Freundin an, als sie den Tee an den Tisch brachte. Sie blickte zu Bianca auf und hob fragend eine Augenbraue. „Aber wäre das nicht dieser Beschützer-Typ?"

„Wer sagt, dass man nicht mehr als einen Freund haben kann, der hilft?"

Da war was dran, dachte Clare. Der Krieger gewinnt die Schlacht nicht allein, oder? Warum dachte sie, dass sie diese Legende allein meistern musste?

„Du kannst gerne helfen. Von mir aus kannst du auch den Schatz finden. Es fällt mir immer noch schwer, diese Neuigkeiten zu verkraften."

„Warum schauen wir nicht nach deinem Mal? Dann wissen wir sicher, ob wir uns auf die Suche nach dem Schatz machen müssen – und wenn nicht? Dann gehen wir ein Bierchen trinken."

„Ich wüsste nicht einmal, wo ich mit der Suche nach einem Schatz anfangen sollte", sagte Clare, als sie beide aufstanden. „Woher soll ich überhaupt wissen, welchen ich suchen soll?"

Bianca sah sie erstaunt an.

„Deiner ist der Stein. Das kann sogar ich sehen."

„Ach, ich glaub ich hab ein Brett vorm Kopf, oder?", sagte Clare und kam sich dumm vor. Sie gingen zurück ins Wohnzimmer und stellten den Tee und eine Flasche Middleton auf dem Tisch ab.

„Du bist nur noch nicht im Suchmodus. Du wirst schnell Fortschritte machen", versicherte Bianca ihrer Freundin treuherzig.

Clare verdrehte die Augen. „Das könnte eine Katastrophe werden. Wie auch immer – wie finden wir das Mal?"

„Nun, dem Buch zufolge sollte es so aussehen", sagte Bianca, griff nach ihrem Laptop und tippte auf ein paar Tasten. Sie drehte den Bildschirm und hielt ihn Clare wortlos hin.

Clare blinzelte, als sie das Symbol auf dem Laptop untersuchte. Es war eine Variation des keltischen Knotens: Vier Schleifen, die sich in einem Kreis in der Mitte überkreuzten, der die vier Ecken verband.

Erst gestern hatte sie es gesehen, als Branna ihr die Halskette mit demselben Symbol schenkte. Clare zog sie unter ihrem Oberteil hervor und hielt sie Bianca hin, damit sie sie sehen konnte.

„Nein!", schoss es aus Bianca hervor, und sie beugte sich nach vorne, um den Anhänger genauer zu untersuchen. „Wann hast du den bekommen?"

„Branna hat ihn mir gestern gegeben. Sie sagte, ich würde das Symbol zu würdigen wissen."

„Ach du meine Güte, Branna. Sieht so aus, als müssten wir uns mal mit ihr unterhalten, nicht wahr?", fragte Bianca.

„Und mit Fiona. Ich glaube, die alte Frau weiß mehr, als sie durchblicken lässt."

„Außerdem dürfen wir Blake nicht vergessen", betonte Bianca, als sie Clare den Laptop aus der Hand nahm und ihn zurück auf die Couch legte.

„In meinem Kopf dreht sich bereits alles", gab Clare zu, während sie versuchte, all die verschiedenen Wege zusammenzufügen, die sie nun in ihrem Leben einzuschlagen hatte. Vorausgesetzt, dass sie eine *Na Sirtheoir* war.

„Apropos Kopf, hier steht, dass das Mal direkt unter dem Haaransatz sein soll", sagte Bianca.

Clare presste automatisch eine Hand auf die Stelle in ihrem Nacken, die sie in letzter Zeit so oft berührt hatte.

Auf Clares Geste hin neigte Bianca ihren Kopf. „Ähm, ich nehme an, dass du schon weißt, wo es ist?"

„Ich weiß nicht genau. Ich habe nie nachgesehen. Aber wenn mein Tag so weiterläuft wie bisher, nun ja ... dann glaube ich, es müsste genau hier sein." Clare drehte sich um und zeigte auf die Stelle.

„Lass mich nachsehen", sagte Bianca und stellte sich hinter Clare. Sie teilte Clares Haar sanft mit ihren Fingern und musste nichts sagen, damit Clare wusste, was sie gefunden hatte. Das Stocken von Biancas Atem sagte alles.

„Es ist da, nicht wahr?", fragte Clare leise.

„Ja, das ist es. Lass mich ein Foto mit meinem Telefon machen, warte", sagte Bianca. Clare wartete, während

Bianca ihr iPhone nahm und ein Foto schoss. Einen Augenblick später saßen sie zusammen auf der Couch und starrten auf den kleinen Bildschirm des Telefons.

„Es sieht fast wie eine Tätowierung aus", sagte Bianca schließlich.

„Aber ich verstehe das nicht. Ich dachte, es wäre vielleicht, wenn überhaupt, wie ein kleines Muttermal. Ich habe es manchmal gespürt, wenn ich mir die Haare gemacht habe. Aber ein Symbol? Man sollte meinen, mein Friseur hätte es bemerken müssen."

„Oder deine Eltern, als du noch ein Baby warst", sagte Bianca.

„Ja, da hast du vollkommen Recht. Was war, als ich ein Baby war?", stimmte Clare zu und griff nach ihrer Tasse Tee. Nach kurzem Überlegen griff sie nach der Flasche Middleton und kippte einen Schuss der bernsteinfarbenen Flüssigkeit in ihre Tasse. Wenn es einen Anlass gab, der nach Whiskey verlangte, dann war es dieser.

„Vielleicht taucht es nur auf, wenn deine Zeit gekommen ist? Deine Zeit für die Mission?", überlegte Bianca und goss sich ebenfalls eine großzügige Menge Whiskey in ihren Tee. Sie nippte kurz daran und betrachtete Clare über den Rand ihres Bechers hinweg.

„Hmm, ein unsichtbares Zeichen, das nur auftaucht, wenn es Zeit für die Erfüllung der Legende ist. Klar, völlig normal", nickte Clare.

„Ich glaube, wir sind vor etwa dreißig Minuten an der Normalität vorbeigerauscht und in die Welt des Fantastischen eingebogen", sagte Bianca, woraufhin Clare prustete und den Kopf schüttelte. Sie drehte sich um und sah ihre Freundin an.

„Angenommen, dies ist wirklich und kein wilder Traum, was bedeutet das alles? Wo soll ich anfangen? Ich weiß nicht einmal, warum dieser Stein so wertvoll ist oder wie er aussieht. Und übrigens auch nicht, woraus er besteht. Soll ich mein Leben einfach auf Eis legen? Die Arbeit sausen lassen, meine Dissertation abbrechen und einfach... auf eine Suche gehen? Das ergibt für mich überhaupt keinen Sinn. Es ist so weit weg von allem, was ich auch nur ansatzweise begreifen kann. Und du sitzt einfach hier und nickst mir zu", sagte Clare hilflos und nahm einen großen Schluck von ihrem Tee, um ihren Redeschwall zu unterbrechen.

„Ja, ich glaube, das ist es, was du tun musst. Alles unterbrechen und diesen Stein finden. Denn – falls diese Legende wahr ist – wird das Leben, wie wir es kennen, zu Ende gehen, wenn die Domnua die Macht übernehmen."

Clare schnaubte. „Die Domnua. Feenvolk. Märchen. Feen, die die Weltherrschaft an sich reißen wollen. Das ist alles so... so weit hergeholt."

„Und warst du nicht diejenige, die einen silberäugigen Mann gesehen hat, der sich auf der Straße in eine Pfütze aufgelöst hat? Vielleicht ist es doch nicht so weit hergeholt."

Clare seufzte und nahm einen weiteren Schluck ihres mit Whiskey versetzten Tees, während sie auf der Couch die Füße unter ihre Beine schob.

„Wir brauchen einen Plan."

„Oh, ich habe schon angefangen, Dinge zu skizzieren. Unter der Annahme, dass du eine *Na Sirtheoir* bist. Also, du benötigst einen Crashkurs darüber, wer die guten und bösen Feen sind, ihre Stärken und Schwächen, woran man sie erkennt und so weiter. Dann müssen wir uns mit den Eigenschaften des Steins befassen und versuchen, seine Geschichte nachzuvollziehen. Schließlich sollten wir uns mit diesem Blake beschäftigen und ihn ausfragen. Du sagtest, er sei überrascht gewesen, dass du nichts über ihn wusstest? Das sagt mir, dass er viel mehr weiß, als er bisher verraten hat."

Bianca machte sich Notizen auf dem Block, den sie in der Hand hielt, und ihr Stift flog über das Papier. Ihre Stimme vibrierte vor freudiger Erregung, während sie die Liste der Dinge, die es zu erledigenden gab, abhakte.

„Bianca, ich weiß nicht, wie du das hinbekommst... ich weiß es wirklich nicht. In meinem Kopf dreht sich alles", gab Clare zu.

Bianca streckte die Hand aus und tätschelte ihr Knie.

„Ich bin dein R2D2."

„Mein ... was?" Clare hob eine Augenbraue.

Bianca lachte nur und beugte ihren Kopf wieder über den Notizblock.

„Das wirst du schon herausfinden."

KAPITEL ELF

Clare hatte nicht schlafen wollen. Nachdem sie akzeptiert hatte – zumindest ein Stück weit –, dass sie *Na Sirtheoir* war, wollte sie die ganze Nacht aufbleiben und lernen. Es war, als würde sie sich auf die größte Prüfung ihres Lebens vorbereiten, und sie wusste nicht einmal, was der Lernstoff war.

Bianca hatte sie schließlich ins Bett geschleppt und versprochen, ihr alles, was sie wissen musste, in Kurzform zu erzählen. Sie hatten beschlossen, am nächsten Morgen als Erstes Fiona einen Besuch abzustatten. Danach würden sie Blake aufspüren. Von dort aus würden sie sich aufteilen; Bianca würde sich einige der historischen Texte ansehen, zu denen sie am Trinity College Zugang hatte, und Clare würde im Kristallladen Station machen, um mit Branna zu sprechen.

Bis zum Einbruch der Dunkelheit sollten sie also über deutlich mehr Informationen verfügen.

Und danach – wer wusste das schon?

Clare hatte es geschafft, ein paar Stunden Schlaf zu

bekommen, zwischen der Sorge um die Zukunft ihres Universitätsabschlusses und der Sorge um die Zukunft Irlands. Gewissermaßen also um die Zukunft im Allgemeinen. Von allem. Überhaupt. Keine große Sache, oder?

Anzeichen einer unruhigen Nacht traten zutage, als Clare in den winzigen Spiegel über dem Waschbecken ihres Badezimmers blickte. Sie stöhnte beim Anblick der Tränensäcke unter ihren Augen auf.

„Wie lange brauchst du noch?", rief Bianca von der anderen Seite der Tür.

„Wie lange dauert es, bis die Tränensäcke unter meinen Augen verschwunden sind?"

„Probier mal mein Gurken-Augengel. Und benutze den Abdeckstift aus meiner Schminktasche."

„Dann in fünfzehn Minuten oder so", rief Clare, zog ihr Handtuch aus und trat unter den lauwarmen Strahl, der aus ihrem Duschkopf plätscherte. Die Nachteile dieser Wohnung waren der miserable Wasserdruck und die winzige Küche. Aber die Lage war hervorragend und der Preis stimmte – also gingen sie den Kompromiss ein.

Aber an einem Morgen wie diesem? Sie wäre bereit gewesen, die Namensrechte an ihrem Erstgeborenen gegen eine heiße, dampfende Dusche einzutauschen.

Clare hielt sich nicht lange mit dem Rest ihrer Morgenroutine auf, staunte kurz über die kühlende Wirkung des Gurkengels und trug dann noch schnell ein einfaches Make-up auf. Da sie mit samtiger Haut, ein paar Sommersprossen und dunklen, spitzen Wimpern gesegnet war, trug Clare nur selten mehr Schminke auf als einen Hauch von Wimperntusche oder eine Spur Lipgloss. Sie winkte Bianca kurz zu, als sie auf dem Weg zurück in ihr Zimmer an ihr vorbeiging.

Sie überlegte, was sie anziehen sollte. Ein Blick durch den Vorhang hatte einen weiteren grauen Tag offenbart, also holte Clare ihre dunkle Lieblingsjeans, flache schwarze Stiefel, die ihr bis zu den Knien reichten, und einen schwarzen Rollkragenpullover hervor. Sie schnappte sich ihre schwarze Lederjacke vom Haken an der Rückseite der Tür und folgte dem Duft von Kaffee in die Küche.

Bianca sah sie an und prustete.

„Du siehst aus, als wolltest du jemanden ausrauben. Oder vielleicht eine Motorradtour machen."

Clare warf einen Blick auf ihr dunkles Outfit und grinste.

„Vielleicht versuche ich den harten Kerl in mir heraufzubeschwören. Ich meine, wenn ich die Welt retten muss – dann sollte ich auch so aussehen, oder?"

„Das ist die richtige Einstellung! Hier, lies das mal durch. Ich mache uns einen Toast", sagte Bianca und ließ ein Bündel Zettel auf den Tresen fallen. Clare nahm sie zusammen mit einer Tasse Kaffee in die Hand und setzte sich an den kleinen Tisch.

„Gute Feen im Vergleich zu bösen Feen. Die Danula verglichen mit den Domnua. Ich werde mir diese Namen merken müssen", murmelte Clare, während sie an ihrem Kaffee nippte. Schwarz, wie ihr Outfit.

„Es ist wichtiger, dass du dir merkst, wie man sie identifiziert und tötet, als daran, wie man sie nennt", betonte Bianca.

Clare stellte ihre Tasse vorsichtig ab und drehte sich um, um ihre Mitbewohnerin anzustarren.

Heute trug Bianca eine türkisblaue Strickjacke und darunter ein leuchtend rotes Spitzentop. Mit ihren blonden Haaren, die zu zwei Zöpfen geflochten waren, und nur einem Hauch von Make-up sah sie aus wie eine fröhliche Sechzehnjährige, die mit ihren Freundinnen auf Shoppingtour gehen wollte.

Nicht wie jemand, der in aller Ruhe bei Toast und Kaffee das Töten von Feenwesen besprechen würde.

„Was? Was siehst du mich so an? Willst du nicht wissen, wie man sie tötet, wenn sie hinter dir her sind?"

„Ist wahrscheinlich ratsam", stimmte Clare zu und überflog die Notizen, die in Biancas präziser, sauberer Handschrift geschrieben waren.

„Silberne Augen und ein silbernes Leuchten. Das sind die Bösen", sagte Clare und sah zu Bianca auf.

„Ja, oder jeder, der komplett in Silber gekleidet ist. Feen finden glänzende Sachen anziehend, also kommt jeder, der auffällig silbern daherkommt, in Frage. Aber achte einfach auf den Silberschimmer in den Augen und du solltest es wissen."

„Wirst du sie sehen können?", fragte Clare, die plötzlich neugierig war, wie das alles funktionierte.

Bianca schüttelte den Kopf und hatte einen traurigen Gesichtsausdruck.

„Nein, leider nicht. Es scheint, dass das Teil deiner Gabe ist. Du kannst sie ganz leicht aus der Menge herauslesen. Für gewöhnliche Leute wie mich sehen sie wie normale Menschen aus."

„Wie kommt es, dass ich sie nicht schon früher gesehen habe?"

„Die Uhr hat für dich vor etwa zwei Wochen angefangen zu ticken, deshalb. Sie beginnen ihre Kreise zu ziehen."

In Clares Magen kribbelte es, und sie schluckte gegen ihre plötzlich trockene Kehle an.

„Bianca, du solltest für eine Weile nach Hause gehen. Nur bis... bis das hier vorbei ist. Ich kann dich nicht in Gefahr bringen", sagte Clare, und ihre Stimme klang wie Stahl.

„Tut mir leid, das geht nicht. Ich bin Bonnie und du bist Clyde", sagte Bianca fröhlich.

„Warum bin ich Clyde?", verlangte Clare.

„Weil dein Name mit einem C beginnt", sagte Bianca und setzte sich Clare gegenüber. „Also, pass auf. Böse Feen werden komplett silbern sein. Gute Feen werden dagegen violett sein. Violette Augen, violetter Farbton, violette Kleidung. Das hat etwas mit Königtum oder Aura zu tun, ich bin mir da nicht ganz sicher."

„Werden mir die Violetten helfen?"

„Ich glaube schon. Aber ich würde trotzdem Vorsicht walten lassen. Du solltest immer deine Waffen tragen."

„Und welche Waffen sind das?", fragte Clare, während sie Orangenmarmelade auf ihrem Toast verteilte und Bianca betrachtete.

„Nun, zunächst einmal Eisen. Feen hassen Eisen. Das ist selbstverständlich."

„Ist es das? Das muss ich während meines Studiums verschlafen haben", sagte Clare trocken.

Bianca lachte. „Eisen, das, woraus der Stein selbst besteht, Eis und Smaragde", fuhr sie sachlich fort.

„Moment mal. Eis?"

„Ja. Es scheint, man kann sie zu Tode frosten. Feen hassen die Kälte."

„Tun wir das nicht alle?", brummte Clare, nahm einen weiteren Schluck ihres Kaffees und spürte, wie das Koffein begann, sich seinen Weg durch ihren Körper zu bahnen.

„Die Sache mit den Smaragden hat mich allerdings überrascht. Ich meine, Smaragde? Ist Irland nicht die grüne Insel? Man sollte meinen, dass sie durch Smaragde große Macht erlangen, nicht das Gegenteil."

„Weißt du, ich habe einen kleinen Smaragdring, den mir meine Großmutter geschenkt hat", überlegte Clare.

Bianca zeigte mit dem Finger über den Tisch auf sie. „Zieh ihn an. Und dann gehen wir in den Laden, bevor wir dieser Fiona einen Besuch abstatten. Es ist Zeit, uns mit etwas Eisen zu bewaffnen."

„Aye, aye, Captain. Los geht's."

Auf dem Weg ins Geschäft rief Clare im Pub an und teilte ihnen mit, dass sie kündigen würde. Die Universität wäre eine andere Geschichte – aber da sie erst nächste Woche wieder unterrichtete, dachte sie, dass sie sich noch ein wenig Zeit lassen konnte, um das zu regeln. Und da sie Branna im Laufe des Tages persönlich treffen würde, konnten sie dann die Einzelheiten der Kündigung besprechen. Clare fragte sich, wie viel Branna über die Legende wusste. Immerhin war sie eine große Bewunderin von Steinen, und sie hatte Clare diesen Anhänger geschenkt. Die Wahrscheinlichkeit war groß, dass Branna über solide Informationen verfügte.

Der Mann im Eisenwarengeschäft warf den beiden

einen verwunderten Blick zu, während sie ihre Rucksäcke mit unterschiedlichem Werkzeug aus Eisen beluden – kleine Gartenschaufeln, Nägel, ein paar Ketten und handliche Pflöcke.

„Baut ihr Mädels grade irgendwas?" Der Mann lehnte sich zurück und verschränkte die Arme vor der Brust.

„Wir spielen in einem Theaterstück an der Uni mit", sagte Clare ruhig.

Der Mann nickte. „Muss wohl eine Gärtnerszene sein."

„Ja, Blumen beim Wachsen zuzusehen ist zauberhaft", witzelte Bianca. Sie kicherten auf ihrem Weg aus dem Laden, während der Mann ihnen nur kopfschüttelnd nachsah.

„Hier, steck dir auch ein paar Nägel in die Tasche. Es ist wahrscheinlich gut, sie schnell bei der Hand zu haben", wies Bianca an. Kurz darauf hatte Clare Eisenstücke über ihren ganzen Körper verteilt.

„Ich bin völlig eingedeckt. Und es fühlt sich echt komisch an. Ich habe das Gefühl, ich sollte jetzt anfangen, alles nach Feen abzusuchen."

„Glaubst du, sie kommen auch tagsüber raus?", fragte Bianca.

„Du glaubst nicht wirklich, dass ich die Antwort darauf kenne!", rief Clare aus, als sie an einer Gruppe von Touristen vorbeikamen, die vor der Christ Church Kathedrale herumliefen, während der Reiseführer die Geschichte der Kirche herunterleierte.

„Gut, nächste Frage. Hätten wir diese Fiona vorher anrufen sollen?"

„Ich habe den Eindruck, dass sie uns bereits erwartet. Sie hat übrigens auch Kräfte."

Bianca quietschte und umklammerte Clares Arm vor Freude. „Zwei Menschen mit besonderen Kräften! Oh, das ist so aufregend", erklärte Bianca und zwinkerte einem süßen Typen zu, der sie im Vorbeigehen anlächelte.

„Du hast mir immer noch nicht gesagt, welches meine besondere Kraft ist, abgesehen davon, dass ich Feen sehen kann", sagte Clare, als sie vor dem Hotel anhielten, das um die Ecke des angesagten Galerienviertels lag.

„Schicker Laden", murmelte Bianca, während sie hineingingen.

„Weichst du der Frage aus?", fragte Clare.

„Nein, ich dachte nur, du willst das besprechen, wenn nicht alle zuhören", sagte Bianca und lächelte jemandem über die Schulter zu.

Clare drehte sich um und sah einen Mann mit gepflegtem Bart und maßgeschneidertem Anzug, der sie von der langen Theke aus anlächelte, die sich an einer Seite der Empfangshalle entlangzog und die in schlichtem Weiß mit neongrünen und grauen Akzenten gehalten war.

„Kann ich den Damen behilflich sein?"

„Wir suchen eine Dame namens Fiona..." Clare zögerte. Sie wusste, dass ihr Fiona ihren Nachnamen genannt hatte, aber konnte sich beim besten Willen nicht mehr daran erinnern, wie er lautete.

„Clare MacBride?", fragte der Mann mit einem leichten Lächeln.

„Ja, das bin ich", sagte Clare und warf Bianca einen Blick zu.

„Sie werden oben im Penthouse erwartet. Fiona hat Frühstück für Sie vorbereitet. Sagen Sie mir bitte Bescheid, wenn es noch etwas gibt, das wir während Ihres Aufenthalts bei uns für Sie tun können."

Clare nickte als Antwort und wandte sich dem Aufzug zu. Ihr Kopf schwirrte. Das Penthouse? Die Frau war ihr nicht als jemand vorgekommen, der besonders reich war.

Bianca blieb ruhig, bis sie im Aufzug waren, dann stieß sie einen weiteren schrillen Quietscher aus.

„Das Penthouse! Ich wollte schon immer mal ein Penthouse von innen sehen. Und dann auch noch in diesem schicken Hotel? Ich sterbe vor Freude", schwärmte sie, während sie sich Luft zufächelte.

„Halte lieber das Eisen griffbereit. Wir haben keine Ahnung, worauf wir uns da einlassen", sagte Clare und zog einen kleinen Pflock aus ihrer Tasche.

Bianca wurde augenblicklich nüchtern. „Du hast völlig Recht. Ich muss mein Pokerface behalten, so viel ist sicher."

Die Aufzugstüren öffneten sich geräuschlos. Vor ihnen lag ein kleiner Korridor, der zu einer einzigen Tür führte. Noch bevor sie anklopfen konnten, schwang die Tür auf.

„Clare, Bianca, seid willkommen."

KAPITEL ZWÖLF

Fiona sah aus wie jedermanns Lieblingsgroßmutter, nur etwas aufgepeppt. Ihr Haar war länger als das der meisten Frauen in ihrem Alter, und mit ihrer schicken weißen Bluse, die in eine schmale Khakihose gesteckt war, wirkte ihr Auftreten irgendwie weltläufig. Clare konnte nicht anders, als die Halskette aus Amethyst und Quarz zu bewundern, die sie um ihren Hals trug.

Clare hielt den Pflock fest umklammert.

Fiona blickte auf Clares Hand herab und sah ihr dann in die Augen.

„Wie gesagt, ihr seid hier willkommen. Und sicher. Sicherer, als ihr es auf der Straße wärt. Ihr habt keinen Grund, mich zu fürchten."

„Sagt jeder Bösewicht im Film", scherzte Bianca. Fiona kicherte, und es klang wie das Plätschern eines Bachs.

„Ich bin hier, um zu helfen. Meine Rolle in diesem Spiel ist es, nichts anderes zu tun, als ein Versprechen an einen Geist zu erfüllen und dafür zu sorgen, dass Irland sicher bleibt."

„Ein Geist", schnaufte Bianca und ihre Augen leuchteten vor Neugierde. „Erzählen Sie uns alles."

„Dann kommt, ich habe einen Tisch für uns gedeckt."

Clare folgte ihnen zögerlich, während sie ihren Blick durch das Penthouse schweifen ließ. Das gleiche Farbthema aus Weiß, Grau und Grün wurde aufgegriffen, aber auf eine viel dezentere Weise. Die Böden waren mit weichem, grauem Teppich ausgelegt, und im Wohnzimmer standen weiße Sofas mit dicken grünen Kissen in rechtem Winkel zueinander. Durch die Schlafzimmertür erhaschte Clare einen Blick auf ein blütenweißes Doppelbett.

Sie bogen in einen kleinen Flur ein, der in einen größeren Raum mit einem großen Esstisch und raumhohen Fenstern führte, die eine Aussicht auf den großen Innenhof und die gesamte Stadt Dublin boten. Ein makelloses weißes Leinentischtuch bedeckte den langen Esstisch. Hellgrüne Servietten lagen gefaltet auf den Tellern, und silberne Serviertabletts standen auf einer Anrichte neben dem Tisch.

„Was für eine Aussicht!", rief Bianca aus.

„Ja, nun, ich habe die meiste Zeit meines Lebens einfach gelebt. Jetzt, wo John wieder bei mir ist, dachte ich mir, dass es an der Zeit ist, etwas mehr Geld auszugeben", sagte Fiona schlicht und gab ihnen ein Zeichen, sich zu setzen. Clare fragte sich, wo John abgeblieben war, nachdem Fiona ihn gestern als die Liebe ihres Lebens vorgestellt hatte.

„Tee?", fragte Fiona und sie nickten.

„Fiona, können Sie mir mehr über sich erzählen? Wie haben Sie mich gefunden? Warum sind Sie in diese Sache verwickelt?", fragte Clare, woraufhin Bianca ihr einen bösen Blick zuwarf. „Was ist? Ich versuche nur, Antworten zu bekommen."

„Schon gut, wir können auf die Nettigkeiten verzichten, wenn wichtigere Dinge auf dem Spiel stehen", sagte Fiona sanft. „Warum macht ihr euch nicht eure Teller voll? Ich habe viel zu viel Essen bestellt, und es ist wirklich von allem was dabei."

Das musste sich Clare nicht zweimal sagen lassen. Sie hatte im Allgemeinen einen recht guten Stoffwechsel; bislang war sie damit gesegnet, dass sie essen konnte, was sie wollte. Der Nachteil war, dass sie ziemlich mürrisch wurde, wenn sie mehrere Stunden lang nichts zu essen bekam.

Kurz darauf saßen sie alle an dem hübschen Tisch, auf den Tellern türmten sich geröstete Speckscheiben, dampfende Berge fluffiger Rühreier und zwei verschiedene Arten von Scones.

„Bitte, esst ruhig. Ich glaube, es ist das Beste, wenn ich ein wenig erzähle."

Clare nickte und verkniff sich eine bissige Bemerkung. Es verstand sich von selbst, dass diese Frau einiges zu erklären hatte. Sie war aus dem Nichts gekommen und hatte von Clare erwartet, dass sie ihre unsinnigen Geschichten glaubte? Ja, sie sollte besser anfangen zu reden.

„Ich wohne in den Hügeln in der Nähe eines kleinen Fischerdorfs namens Grace's Cove", begann Fiona.

Clare nickte. „Südlich von dort, wo ich aufgewachsen bin", sagte sie.

„Genau. Es ist ein schöner Ort, die Heimat meiner Familie und meiner Arbeit."

„Was arbeiten Sie?", fragte Bianca höflich, während sie ihren Scone mit Butter bestrich.

„Ich bin Heilerin", sagte Fiona mit einem Lächeln.

„Wie eine Krankenschwester?", fragte Bianca.

Clare lehnte sich zurück und betrachtete Fiona.

„Nein, sie meint es auf die alte Art. Mit ihren Händen."

„Ohhhh", hauchte Bianca und schob sich ein Stück vom Scone in den Mund, wahrscheinlich um den Schwall der Fragen zu unterdrücken, die sie stellen wollte.

Fiona lachte und schob sich eine silberne Haarsträhne hinters Ohr. Hübsche türkisfarbene Ohrhänger, eingefasst in Silber, funkelten dort.

„Sie haben aber noch weitere Fähigkeiten", bemerkte Clare, ihren Blick auf Fiona gerichtet.

„Ja, ich habe noch weitere Fähigkeiten. Meine stärkste ist die Heilung. Aber im Laufe der Jahre habe ich gelernt, viele meiner anderen Kräfte zu entwickeln. Ein bisschen Gedankenlesen, Zaubersprüche, Empathiekräfte und so weiter", erklärte Fiona.

„Und was denke ich gerade?", wollte Bianca wissen.

Fiona sah die Blondine einen Moment lang an, bevor ein Lächeln auf ihrem Gesicht erschien.

„Dass du ein Gebäckstück zerbröseln willst, um die Tauben auf der Terrasse zu füttern", sagte Fiona.

Bianca blieb vor Begeisterung der Mund offen stehen. Sie drehte sich um und packte Clare am Arm. „Hast du das gehört? Sie hat meine verdammten Gedanken gelesen. Das ist so beeindruckend. Ich frage mich, was sie noch alles kann", rief Bianca aus, der gleich darauf die Wangen rot wurden. „Oh, Entschuldigung. Es tut mir leid. Das war sehr unhöflich von mir. Sie sind keine Zirkuskünstlerin, die auf Zuruf Kunststücke vorführt."

„Nein, das bin ich ganz sicher nicht. Ihr werdet mir wohl glauben müssen", sagte Fiona ganz ohne Schärfe.

„Sie leben also im Dorf, wenden Ihre Magie regelmäßig an, und dann... was? Irgendetwas hat Sie veranlasst, sich nach mir auf die Suche zu machen. Was war das genau?" fragte Clare, während sie eine knusprige Scheibe Speck aufgabelte.

„Sagen wir es mal so... mir wurde ein großes Geschenk gemacht. Ein Segen, sozusagen. Und im Gegenzug wurde ich damit beauftragt, dich zu finden und dir bei deiner Suche zu helfen", sagte Fiona bedächtig.

„Dunkle Magie?", fragte Clare.

„Nein, nein, nichts dergleichen. Familiäre Magie. Ich habe dir schon erzählt, dass ich von der großen Grace O'Malley abstamme – und du bist auch ein Zweig dieser Familie. Wir sind Blutsverwandte. Und es war jemand aus Grace O'Malleys Sippe, der darauf bestand, dass ich komme, um dir auf deinem Weg zu helfen. Hier bin ich also."

„War das der Geist?" hauchte Bianca, ihr Gebäck auf halbem Weg zum Mund vergessend.

„Das war der Geist", stimmte Fiona zu und schenkte ihr ein kurzes Lächeln.

„Ich schwöre, ich glaube, ich würde einfach sterben, wenn ich einen Geist treffen würde", sagte Bianca und erschauderte theatralisch.

„Aha, aber damit, Feen zu jagen und zu töten, hast du keine Probleme?", fragte Clare.

„Nun, ja. Ich meine, Feen stellen aber auch eine reale Bedrohung dar, oder? Geister sind ja nicht wirklich bedrohlich."

„Nun ja, meine Liebe, Geister sind schon real und können eine Bedrohung sein, aber sie können auch gut sein. Aber da du schon das Thema der Feen angesprochen hast, können wir genauso gut auf die Details der anstehenden Aufgabe eingehen."

Clare wollte beim Wort „Aufgabe" losprusten. Eine Aufgabe war, zum Laden an der Ecke zu laufen, um Milch zu holen. Eine Aufgabe war das Fertigstellen der Literaturliste ihrer Dissertation. Die Jagd nach einem lange verlorenen Schatz, unter gleichzeitiger Abwehr von bösen Feenwesen, hätte sie nicht als Aufgabe bezeichnet.

„Wir haben ein paar Hausaufgaben gemacht, seit ich Sie gestern gesehen habe", sagte Clare und griff nach einer gedrungenen weißen Kanne in der Mitte des Tisches, um ihrem Tee etwas Sahne hinzuzufügen.

„Ah, ich verstehe. Erzähl weiter." Fiona machte eine Geste mit ihrer Teetasse.

„Wir glauben, ich bin eine *Na Sirtheoir*. Sie hatten recht."

Ein Lächeln ging über Fionas Gesicht – das zufriedene Lächeln der Lehrerin, die von einem Schüler überrascht wurde.

„Das bist du. Aber ich bin froh, dass du das selbst herausgefunden hast. Es ist viel schwieriger einzusehen, wenn man von einem Fremden darauf hingewiesen wird. Das sieht man auch daran, wie du aus dem Café geflüchtet bist."

„Und weil meine Mitbewohnerin eine ausgezeichnete Forscherin ist, hat sie auch herausgefunden, dass es Beschützer gibt. Und dass meine kleine Aufgabe in vier

Monaten erledigt sein muss und dass der Schatz, den ich finden soll, ein magischer Stein ist."

Wieder lächelte Fiona. „Das fasst es ganz gut zusammen, auch wenn du den Teil über die Feen ausgelassen hast."

„Richtig, und die Feen versuchen, mich zu töten", sagte Clare bitter.

„*Einige* der Feen versuchen, dich zu töten", korrigierte Bianca schnell.

Fiona strahlte. „Ihr seid viel weiter, als ich erwartet habe. Warum stellt ihr nicht einfach ein paar Fragen? Es scheint, als hättet ihr schon viel gelernt."

„Was ist das Besondere an diesem Stein?", fragte Clare.

„Ah, ja, ich nehme an, du solltest wissen, wofür du kämpfst, nicht wahr?" Fiona lehnte sich in ihrem Stuhl zurück und verschränkte die Arme vor der Brust. Ihre Augen wurden verträumter, als sie über ihre Worte nachdachte.

„Es ist ein Schatz, der aus der sagenumworbenen Stadt Falias mitgebracht wurde. Er wird oft als der Stein des Schicksals bezeichnet", begann Fiona.

Bianca stockte der Atem. „Der singende Stein!"

„Ja, nun, mittlerweile nicht mehr. Heutzutage gibt es mehr als einen", lachte Fiona.

„Aber ursprünglich hat er gesungen?" Clare sah sich verwirrt um.

„Wenn der rechtmäßige Herrscher diesen Stein in der Hand hielt, so sang er. Er wurde benutzt, um den nächsten würdigen Herrscher des Reiches zu bestimmen", sagte Fiona.

Clare ließ sich diesen Informationshappen durch den

Kopf gehen, während sie über die Kraft nachdachte, die sie oft an Steinen spürte.

„Aber Sie sagen, dass er das nicht mehr tut?", fragte Bianca.

„Bei magischen Gegenständen ist es oft so, dass sich ihr Wesen verändert oder wächst. Der Stein, der nun seit etwa zwölfhundert Jahren verschollen ist, ist durch viele Hände gegangen – sowohl durch die der Feen als auch durch die der Menschen. Er hat Energie aus diesen neuen Quellen geschöpft und sich angepasst. Magie ist kompliziert, und der Stein ist wechselhaft. Ich habe gehört, dass eine seiner größten Kräfte darin besteht, dass er seinem Besitzer erlaubt, die Wahrheit zu erkennen."

Bianca und Clare hielten beide inne, ihre Blicke trafen sich über dem Tisch.

„Wie ein Lügendetektor?"

„Ja, so ungefähr. Aber man muss die Person nicht wirklich befragen, um zu wissen, ob sie lügt. Solange der Stein bei einem ist, kann man jederzeit die Absichten eines Menschen lesen. Man stelle sich vor, der Führer einer Nation hätte diesen Stein in der Hand."

Bianca und Clare saßen bestürzt da und schwiegen.

„Ein Staatsoberhaupt kann den Stein in die Hand nehmen und fragen, ob Nordkorea plant, eine Bombe abzuwerfen, und der Stein wird offenbaren, was Wahrheit ist und was Lüge. Sie müssen sich nicht einmal im selben Raum mit der Person befinden."

„Das ... das ist...", stotterte Bianca.

„Wahnsinn. Viel zu viel Macht für eine einzelne Person", beendete Clare den Satz für Bianca.

„Ganz genau." Fiona nickte ihnen zustimmend zu.

„Und warum denken Sie, dass ich nicht mit diesem Stein durchbrennen und die Welt beherrschen will? Ich meine, ich bin menschlich. Wir haben unsere Schwächen." Clare betrachtete Fiona über den Rand ihrer Tasse.

„Du bist *Na Sirtheoir*. Es ist dein Schicksal, den Stein zu finden und zu beschützen. Deshalb wirst du durch seine Wirkung nicht überwältigt werden", sagte Fiona.

„Mit anderen Worten, pass auf, dass er bloß nicht mir zuerst in die Hände fällt", alberte Bianca, aber Fiona sah sie bedächtig an.

„Leider ist das völlig richtig. Du solltest keinen anderen Menschen den Stein berühren lassen, sobald du ihn hast."

„Aber wohin soll ich diesen Stein bringen? Wie soll ich ihn lagern? Ist er groß?" Die Fragen sprudelten nur so aus Clares Mund. Es gab noch so viel zu lernen, während der Wettlauf gegen die Zeit schon begonnen hatte.

„Ich bin mir nicht sicher, wie groß er ist, um ehrlich zu sein. Ich habe nur bestimmte Informationen bekommen." Fiona breitete ihre Hände entschuldigend aus. „Aber ich weiß, dass man dir auf deinem Weg helfen wird. Du musst nur darum bitten."

„Ähm, also auf die Art: ‚Hey Göttinnen und Götter – zeigt mir, wo der Stein ist'?", fragte Clare.

Ein breites Lächeln spielte über Fionas Gesicht und brachte ihre Schönheit voll zur Geltung.

„Es ist sicherlich einen Versuch wert. Aber ich vermute, es wird nicht so einfach sein. Du hast ja schon von den Feen gehört."

„Ich habe neulich gesehen, wie ein Feenmann getötet wurde", gab Clare zu, während sie sich darauf konzentrierte, ihren Scone mit Butter zu bestreichen, um das Bild des Mannes, der sich zu einer Pfütze auf dem Boden auflöste, zu verdrängen.

„Ein Domnua, hoffe ich?", fragte Fiona.

„Ja, ein silberner."

„Ah, sehr gut. Und du hast ihn nicht selbst umgebracht? Wer dann?"

„Es scheint, dass mein Beschützer hier ist", sagte Clare bitter.

„Und attraktiv ist er auch. Zumindest stelle ich mir das so vor", schwärmte Bianca, die dafür einen bösen Blick von Clare erntete.

„Oh, das ist interessant", sinnierte Fiona, die Lippen schürzend, während ihr Blick über die Skyline von Dublin schweifte, wo die grauen Wolken die Stadt noch immer fest im Griff hatten.

„Inwiefern?", fragte Clare.

„Dass du ihn attraktiv findest, soweit ich das beurteilen kann. Und dass er sich bereits gezeigt hat. Ich vermute, das bedeutet, dass du bereits in größerer Gefahr stecktest, als dir bewusst war. Die *Na Cosantoir* zeigen sich nicht gern, soweit ich weiß. Es scheint, dass sie sich lieber unauffällig verhalten. Häufig merken die *Na Sirtheoir* nicht einmal, dass sie beschützt werden."

„Aber ich habe ihn bereits zweimal gesehen", hielt Clare dagegen.

„Dann warst du dazu bestimmt, ihn zu sehen", sagte Fiona.

„Können Sie uns mehr über die Danula erzählen? Die Guten? Wie können wir sie dazu bringen, uns zu helfen?", fragte Bianca, während ihr Blick zu der Anrichte schweifte, auf der die Teller mit den Speisen standen.

„Na geh schon, hol dir mehr Speck", sagte Clare seufzend, die die Vorliebe ihrer Mitbewohnerin für Schinkenspeck kannte.

„Ist das okay?", fragte Bianca, was Fiona zum Kichern brachte.

„Esst so viel ihr wollt, es ist schließlich für euch."

„Genial", murmelte Bianca. Sie stand auf und winkte mit der Hand. „Fahren Sie fort, bitte."

„Eines darf ich verraten: Die Danula müssen dir helfen, wenn du sie darum bittest. Es ist wichtig, dass du dich an diese besondere Regel erinnerst. Sie könnte dir das Leben retten."

Clare schluckte angesichts des enormen Gewichts, das plötzlich auf ihren Schultern lastete.

„Aber... was wird nun aus meinem Leben? Meinem jetzigen Leben? Meine Arbeit? Unsere Wohnung? Mein Abschluss? Soll ich mich einfach... von allem verabschieden? Auf eine verrückte Schatzsuche gehen und nie mehr zurückkehren – oder, falls ich zurückkehre, das Leben, das ich verlassen habe, als Scherbenhaufen vorfinden?"

„Hast du jemals daran gedacht, dass dein Leben vielleicht eine radikale Veränderung gebrauchen könnte?"

Ein Funke der Wut stieg in Clare auf, als sie diese Worte hörte. Sie hob das Kinn an und sah Fiona fest an.

„Nein, daran habe ich nicht gedacht. Ich habe verdammt hart gearbeitet, um dahin zu kommen, wo ich jetzt bin, und ich bin sehr stolz darauf."

„Das solltest du auch sein, mein Kind. Ich will damit nur sagen, dass sich die Dinge von selbst regeln werden. Vergiss nicht, du kannst um Hilfe bitten. Bei allem. Denke daran, wenn du an einen Scheideweg kommst."

Erst als sie wieder draußen waren, mit Fionas Kontakt in ihren Handys und einem dicken Umschlag in Clares Hand, verstand Clare wirklich, was Fiona meinte.

„Sie denkt also, wir sollen einfach mal machen und der Rest wird sich von selbst ergeben. Wenn wir darum bitten, dass es gut sein möge, wird es auch gut werden", sagte Clare.

„Du sollst dir also keine Sorgen machen um Miete und Arbeit und alles wird sich von selbst regeln?"

Clare öffnete die Klappe des Umschlags und zum Vorschein kam ein Bündel Geldscheine mit einem Zettel, auf dem *Mietgeld* stand.

„Ich glaube, wir haben gerade unsere erste Geste der Hilfe erhalten."

KAPITEL DREIZEHN

„Nun, da das mit der Miete erledigt ist – was steht als nächstes auf der Liste? Mr. Groß, Dunkel und Geheimnisvoll zu finden? Gibt es so etwas wie ein Fledermaussignal, das du aussenden kannst?", fragte Bianca, als sie durch den Stadtteil Temple Bar schlenderten, um zu verdauen, was sie an diesem Morgen gelernt hatten. Jetzt, da sie über ihre neue Realität aufgeklärt worden war, suchte Clare die Touristenmassen ab, um zu sehen, ob sie irgendwelche außerweltlichen Kreaturen unter ihnen erkennen konnte.

„Nein, aber ich denke, es gibt einen noch besseren Weg", murmelte Clare. Ein Teenager mit khakifarbenem Mantel und einem tief ins Gesicht gezogenen Hut, lehnte lässig an einem Gebäude. Ihre Augen trafen sich für eine Millisekunde, bevor er wieder wegschaute.

„Hey!", rief Clare quer über die Straße. Bianca zuckte zusammen und umklammerte ihren Arm.

Der Teenager beachtete sie nicht. Stattdessen wandte er

sich ab und begann zu gehen, seine Schritte waren eilig, aber auffallend gleichmäßig.

„Hey! Du! Komm her!", rief ihm Clare nach, und der Junge wurde immer schneller, ohne sich auch nur einmal umzudrehen. In weniger als einer Sekunde war er um die Ecke geflitzt und verschwunden.

„Heiliger... Was zum Teufel? Hast du gesehen, wie schnell er sich bewegt hat? Es war, als würde er über den Boden gleiten!", rief Bianca mit offenem Mund.

„Er hatte silberne Augen", sagte Clare und richtete ihren Blick auf die Stelle, an der der Junge verschwunden war.

„Und du hieltst es für das Beste, einfach nach ihm zu rufen? Was hast du vor? Willst du uns umbringen?" Bianca schnappte nach Luft.

„Deine Freundin stellt eine ausgezeichnete Frage."

Clare erstarrte, als sie die Stimme hinter sich hörte, aber ihr Timbre schien sich warm um ihren Bauch zu legen. Sie machte sich auf einen Zusammenprall gefasst, drehte sich um und sah Blake direkt in die Augen.

„Oh, ja, jetzt verstehe ich", sagte Bianca mit einem Hauch von Ehrfurcht in ihrer Stimme. „Du musst Blake sein."

„Ja, das bin ich. Es freut mich, dich kennenzulernen, Bianca", sagte Blake, ohne dass seine Augen Clares Gesicht verließen. Er schien in ihrem Gesicht nach Antworten zu suchen, Antworten, die sie nicht geben wollte – oder konnte. Sein dunkles Haar wurde von einer grauen Strickmütze gebändigt, und er trug seine üblichen dunklen Jeans und eine schwarze Lederjacke mit Reißverschluss. Clare versuchte, nicht darüber nachzudenken, wie das Tageslicht das Blau seiner Augen hervorhob und die Farbe zu einem fast ozeanblauen Farbton vertiefte.

Nein, darüber wollte sie überhaupt nicht nachdenken.

„Die Freude ist ganz meinerseits", sagte Bianca automatisch, dann beugte sie sich zu Clare und flüsterte ihr ins Ohr: „Der Typ ist ein Traummann."

Blakes Augenbraue hob sich, aber er sagte nichts.

„Wenigstens weiß ich jetzt, wie ich dich dazu bringen kann, dass du auftauchst, wenn ich dich brauche", sagte Clare und brach das Schweigen, das zwischen ihnen herrschte. Aber es gab noch etwas anderes zwischen ihnen – ein Vibrieren, etwas, das aus der Tiefe kam und sich gar nicht mal unangenehm anfühlte.

„Ach, deshalb hast du den Jungen angeschrien? Du wusstest, dass Blake auftauchen würde!", rief Bianca aus und nickte. „Kluger Schachzug."

„Das war überhaupt kein kluger Schachzug. Anstatt die Domnua auszuschalten, hast du die Aufmerksamkeit auf deinen Standort gelenkt. Außerdem wissen sie jetzt, dass du von ihnen weißt. Mit anderen Worten: Deine Tarnung ist aufgeflogen. In mehr als einer Hinsicht."

Clare zuckte bei seinen Worten zusammen. Sie hasste die Wahrheit, die in ihnen lag.

„Dann war das wohl etwas unüberlegt von mir gewesen, oder? Aber sieh mal, ich habe erst einen Tag mit all dem zu tun. Ich hatte noch keine Gelegenheit, eine Strategie zu entwickeln. Ich bin noch am Aufnehmen und Lernen. Also sei bitte etwas nachsichtig mit mir", sagte Clare und sah Blake an.

„Wenn ich nachsichtig mit dir bin, bist du tot", sagte Blake gleichmäßig, und Clare zuckte wieder zusammen.

„Wenn du mir mehr Hintergrundinformationen gegeben hättest, wäre ich nicht darauf angewiesen, die Hälfte davon allein herausfinden zu müssen", konterte Clare beinahe jammernd.

„Wir müssen hier weg. Jetzt", sagte Blake, packte Clare am Arm und zog sie forsch die Straße hinunter. Bianca eilte den beiden hinterher.

„Hey! So kannst du sie nicht anfassen. Ich ramme dir einen Pflock ins Genick", drohte Bianca von hinten.

Blake blickte sich noch nicht einmal um, während er Clare weiter die Straße hinuntertrieb. Mit einer schnellen Wendung führte er sie in eine weniger belebte Seitengasse. Er drehte Clare zu sich, ließ ihren Arm los und blickte sie Nase zu Nase an.

Nun ja, fast Nase zu Nase. Da er leicht einen halben Kopf größer war als sie, war es eher Kinn zu Stirn. Clares Mund wurde trocken, während ihre Augen über seine lederbekleidete Brust bis hinauf zu seinem entschlossenen Gesicht wanderten.

„So etwas wirst du nicht noch einmal machen. Verstanden? Es geht nicht nur darum, was du in diesem Moment willst oder brauchst. Dass du mich sehen willst, bedeutet nicht, dass du die Zukunft Irlands aufs Spiel setzen darfst. Das ist nicht der richtige Zeitpunkt, um kleinlich oder egoistisch zu sein", belehrte Blake sie.

Clare spürte, wie sich ihre Schultern zusammenzogen, und sie schob ihre Hände tief in die Taschen ihres Mantels.

„Tut mir leid, das war unüberlegt von mir."

„Hörst du? Sie hat gesagt, es tut ihr leid. Genug von dieser Nummer mit dem großen, harten Typen", forderte Bianca neben Clare.

„Nein, er hat recht, Bianca. Es war dumm von mir, so eine Show abzuziehen. Ich hätte daran denken sollen, dass ich seine Telefonnummer habe. Ich bin es nicht gewohnt, an das Allgemeinwohl zu denken. Er hat Recht, wütend auf mich zu sein. Ich hätte alles nach weniger als einem Tag ruinieren können."

Blake griff in seine Tasche, zog ein kleines schwarzes Klapphandy heraus und reichte es Clare.

„Jetzt, wo die Dinge ... eskalieren, ist es am besten, wenn du dein Telefon nicht so oft benutzt. Wenn du mich erreichen willst, rufe mich mit diesem Handy an. Es ist geschützt."

„Ich habe schon seit Ewigkeiten kein Klapphandy mehr gesehen", sagte Bianca und blickte auf das kleine Telefon in Clares Hand herab.

„Genau darum geht es. Es kann nicht von raffinierten Feen gehackt werden."

„Oh, sicher, klar", sagte Bianca und nickte wissend mit dem Kopf.

Clare seufzte und sah wieder zu Blake auf. Der Wind frischte auf und die ersten Regentropfen trafen ihre Wange.

„Können wir irgendwo privat sprechen? Wir haben eine Menge Fragen."

Blake sah sich um und blickte dann wieder zu Clare hinunter.

„Kommt in einer Stunde zu O'Doole's Apotheke. Die Hintertür. Beim Trinity College."

Und damit verschwand Blake. Eben hatte er noch vor ihnen gestanden, nun war er verschwunden.

Bianca legte sich eine Hand aufs Herz und holte tief Luft.

„Ich weiß nicht, ob ich mich an das Zeug mit den schnellen Abgängen gewöhnen werde, die diese magischen Typen hinlegen."

Clare blickte die nun leere Gasse hinunter. Ihre Nackenhaare sträubten sich.

„Lass uns gehen. Ich habe kein gutes Gefühl, hier zu sein. Lass uns mit Branna reden und dann seine Majestät in der Apotheke treffen."

„Ohhh, das gefällt mir. Er ist schon ziemlich traumhaft. Ich glaube, da hast du dir einen guten ausgesucht."

Clare rollte mit den Augen, während Bianca über Blakes Traumhaftigkeit schwadronierte, aber sie behielt einen klaren Kopf und sah sich weiter nach Feen um. Es war der Beginn eines neuen Lebensabschnittes für sie – und sie würde gut daran tun, sich vor Augen zu halten, womit sie es zu tun hatte.

KAPITEL VIERZEHN

Blake bog um die Ecke, den Dolch im Anschlag, und durchbohrte einem Feenmann, der ihr Gespräch belauscht hatte, das Herz. Der Teenager zerfloss zu einer Pfütze am Boden, und mit einer weiteren Bewegung erwischte Blakes Dolch den nächsten, der angerauscht kam.

Er wischte sich das silbrige Blut vom Dolch an seiner dunklen Jeans ab, ließ ihn in die Scheide gleiten und stürmte durch die Straßen der Stadt, wobei die Menschen dem großen Mann, der vor Wut vibrierte, unwillkürlich Platz machten.

Von allen Dummheiten, die sie hätte begehen können, stand das Anschreien eines Domnuas ganz oben auf der Liste, dachte Blake und fluchte erneut.

Hätte der Feenmann nicht gesehen, dass Blake schützend bei ihr stand, hätte sie sich allein gegen ihn wehren müssen.

Blake hätte Clare am liebsten durchgerüttelt oder einfach geschultert und sie mit in sein Versteck genommen, damit er sie immer im Auge behalten konnte.

Die Mitbewohnerin war eine unerwartete Komplikation in diesem Plan. Aber er konnte nicht leugnen, dass er sie mochte, und Clare auch.

Obwohl seine Vorliebe für Clare eher an heißblütige Lust zu grenzen schien. Etwas, das er gut im Zaum halten musste, um die Mission nicht zu gefährden.

Blake erreichte die Apotheke und ging zum hinteren Eingang. An der Tür hielt er inne, um seinen Code einzugeben. Er spürte die leichte Berührung des magischen Schutzwalls auf seiner Haut, als er den geschützten Bereich durch den Hintereingang betrat.

„Boss?"

„Ja", rief Blake und betrat den Apothekenbereich, anstatt in seinen Arbeitsraum zu gehen.

„Hast du sie gefunden?"

„Das naive Ding hat einem Domnua hinterhergerufen. Mitten am helllichten Tag im Temple Bar Distrikt", sagte Blake, während er den Laden betrat. Die Fenster an der Straßenseite beherbergten zwar eine Reihe von Medizinflaschen und Lotionen, aber das war nur Fassade. Im eigentlichen Raum standen vier Tische, auf denen verschiedene Computer und Laborgeräte aufgebaut waren. An einem von ihnen saß sein Assistent.

„Unfassbar. Selbst für ihre Verhältnisse", sagte Seamus und schüttelte konsterniert den Kopf.

„Ich schwöre dir, dass ich sie beinahe auf der Stelle erwürgt hätte."

„Kann ich dir nicht ganz verdenken", stimmte Seamus zu und räusperte sich dann. „Äh, war Bianca zufällig bei ihr?"

„Die quirlige Blondine mit ein paar Extrakurven? Ja, sie war dabei."

„Na toll. Dann führt Clare sie jetzt auch in die Schusslinie", murmelte Seamus und fuhr sich mit der Hand durch die Haare, die in alle Richtungen abstanden.

„Sie werden in einer Stunde hier sein. Dann hast du noch genug Zeit, sie wütend anzuschreien."

„Wie bitte?!", rief Seamus schrill, während er sich von dem Computer abstieß, an dem er arbeitete. „Dann lässt du meine Tarnung auffliegen."

„Es ist höchste Zeit dafür. Clare geht nicht mehr zur Uni. Sie ist jetzt auf der Mission. Wir können genauso gut alle zusammenarbeiten."

Seamus presste die Lippen aufeinander und schritt mit besorgtem Gesicht durch den Raum.

„Ich weiß nicht, ob ich will, dass Bianca weiß, was ich bin", gab Seamus schließlich zu.

„Ich habe den Eindruck, dass sie sich für ziemlich alles begeistert, was mit Feen zu tun hat. Ich glaube nicht, dass sie ein Problem mit dir haben wird", meinte Blake, während er seine Jacke öffnete und sie über einen Stuhl hängte.

„Meinst du?" Seamus' Gesicht hellte sich auf.

Blake schimpfte. „Ja, verdammt. Wir sind kurz davor, Gedichte aufzusagen, obwohl wir eigentlich Pläne machen sollten, um diesen Schatz zu finden."

„Es ist immer Zeit fürs Herz, mein Freund, immer Zeit fürs Herz", sang Seamus, ehe er sich wieder an seinen Computer begab.

Blake schüttelte nur den Kopf, öffnete seinen Laptop und begann, eine Checkliste zu erstellen.

Und er fragte sich, was die Damen wohl denken würden, sobald sie herausfänden, dass Seamus ein Danula war.

KAPITEL FÜNFZEHN

Clare erstarrte, als sie die Tür zum Kristallladen öffnete und ihr Blick auf den leichten violetten Schimmer fiel, der Brannas Körper umspielte.

„Ich will verdammt sein", sagte Clare.

Branna blickte auf, sie war gerade dabei, einem Kunden bei der Auswahl eines Quarzstücks zu helfen.

„Clare, Bianca, es ist immer schön, wenn ihr zu Besuch kommt. Warum geht ihr nicht nach hinten und setzt schon mal Wasser auf?", fragte Branna leichthin und widmete sich wieder der Bedienung des Kunden. Clare warf Branna einen bösen Blick hinterher, ging aber weiter, vorbei am Hauptraum und durch den Perlenvorhang, der den vorderen Einkaufsbereich vom hinteren Aufenthaltsraum für die Angestellten und dem Lagerraum trennte.

„Warum bist du eingeschnappt?", fragte Bianca, als sie sich auf einem abgenutzten senffarbenen Sofa niederließ, das mit weißen Pfingstrosenblüten gemustert war.

„Sie ist eine Danula."

„Ohhhh. Halt die Klappe! Mann, ich bin so neidisch. Wie kommt es, dass du all die fantastischen Sachen sehen darfst und ich nicht? Ich bin diejenige, die diese Dinge sehen sollte. Dafür bin ich schließlich zur Uni gegangen, oder nicht?", wollte Bianca wissen, während Clare den Wasserkocher füllte und ihn einschaltete. Sie drehte sich um, lehnte sich mit dem Rücken gegen den Tresen und verschränkte die Arme vor der Brust.

„Ich möchte dich nur darauf hinweisen, dass ich bis gestern auch nichts davon gesehen habe", sagte Clare.

„Vielleicht hast du das, aber du wusstest nicht, dass du es konntest, und jetzt, wo du es weißt, kannst du es", sagte Bianca.

Clare legte den Kopf schief, während sie versuchte, Biancas Gedankengang zu folgen. „Vielleicht", stimmte sie schließlich zu.

Das Glockenspiel an der Eingangstür läutete, als der Kunde ging, und einen Moment später rauschte Branna durch den Perlenvorhang.

„Ich konnte es dir nicht sagen", sagte sie sofort.

„Ich glaub es nicht. Ich kann es einfach nicht fassen, dass du mir es nicht sagen wolltest!", rief Clare wütend. Sie hatte Branna immer als eine Art zweite Mutter betrachtet und seit dem Tag, an dem sie angefangen hatten, zusammenzuarbeiten, zu der älteren Frau aufgeschaut.

„Das ist Teil der Spielregeln. Ich konnte nichts sagen. Niemand konnte das. Solange du nicht deinen ersten Feenmann sehen würdest, konnten wir dich nicht darauf ansprechen, sonst wäre die Mission zerstört worden."

„Aber das ergibt doch überhaupt keinen Sinn. Das

muss das Dümmste sein, was ich je gehört habe", sagte Clare und drehte sich um, als der Wasserkocher sich abschaltete. Automatisch holte sie drei Tassen aus dem Schrank und goss das heiße Wasser hinein. In jede warf sie einen Teebeutel, ging durch den Raum und setzte sich neben Bianca auf die Couch. Branna ließ sich in einem Ledersessel gegenüber nieder. Jetzt, da Clare das violette Leuchten sehen konnte, schien es, als würde Branna regelrecht strahlen und schimmern, während sie sprach.

„Hast du deshalb einen Kristallladen eröffnet? Weil du funkelnde Dinge magst?" fragte Bianca und deutete auf die Armreifen und Armbänder, die Brannas Arme fast bis zu den Ellbogen säumten. Bianca hatte nicht ganz Unrecht; Branna war immer mit Unmengen von Schmuck bedeckt.

„Zum Teil, ja. Außerdem bin ich eine Kristallfee und kann mir ihre Energien zunutze machen", sagte Branna schlicht, nahm ihren Becher und blies darüber.

Bianca blieb vor Überraschung der Mund offen. Clare wusste, dass sie wahrscheinlich noch eine Million weiterer Fragen hatte, aber sie hob ihre Hand, um Bianca vom Sprechen abzuhalten.

„Ich bin wirklich sauer auf dich", sagte Clare leise.

„Ich schwöre bei meinem Leben, meinem Laden und unserer Freundschaft – ich hätte es dir gesagt, wenn ich gekonnt hätte." Brannas Augen, die jetzt eine grau-violette Färbung hatten, begegneten Clares.

„Denk mal darüber nach, Clare. Was wäre, wenn dich das Feenthema schon als Kind beschäftigt hätte? Wenn du damals die Silberäugigen gesehen hättest, Mensch, kannst du dir das vorstellen? Sie hätten dich für verrückt erklärt. Es war wahrscheinlich zu deinem eigenen Schutz", sagte

Bianca ernst, während sie auf ihrem Sitz nach vorne rutsche.

Branna lächelte Bianca an.

„Sie hat Recht. Und manches davon muss einfach warten, bis die Zeit reif ist. Ich warte schon seit Beginn des neuen Jahres, und habe mein Bestes getan, dich im Auge zu behalten und zu sehen, ob du schon etwas erfahren hast. Ich hatte gehofft, als Erste mit dir sprechen zu können, sobald es erlaubt war. Wer war es?"

„Mein Beschützer. Ein Domnua hat versucht, mich in einer dunklen Gasse anzugreifen, als ich neulich von der Arbeit nach Hause ging."

„*Na Cosantoir*? Nun, das ist eine Erleichterung. Ich hatte mich schon gefragt, wann er auftauchen würde."

„Woher weißt du, dass es ein Mann ist?", fragte Clare.

„Auch wenn es euch heute frauenfeindlich erscheinen mag, hatte man vor Jahren gedacht, dass es eine gute Idee sei, dass Männer die Beschützer waren", sagte Branna sanft.

„Außerdem lassen sie dich die Jägerin sein, also ist es nicht ganz sexistisch. Es ist doch eine große Sache, diejenige zu sein, die auf der Suche nach dem Schatz ist, oder?" fragte Bianca.

„Das ist es. Es ist eine Ehre für sich. Auch wenn es sich nicht so anfühlen mag", räumte Branna ein.

„Kann ich dich also um Hilfe bitten? Bist du verpflichtet, mir zu helfen?", fragte Clare, beugte sich vor und griff nach ihrer Tasse Tee.

„Ich würde dir so oder so helfen, denn du liegst mir am Herzen", sagte Branna mit einem sanften Lächeln.

Clare spürte, wie sie die Wärme von Brannas Liebe

durchströmte, und sie wusste, dass die Worte wahr waren. Seufzend lehnte sie sich zurück.

„Wir müssen in Kürze aufbrechen, um Blake zu treffen. Und ich weiß nicht, wohin uns das führen wird. Oder wann wir zurück sein werden. Und ich mache mir Sorgen um meinen Job hier. Ich mache mir auch Sorgen um dich. Verdammt, ich bin einfach ein Bündel voller Sorgen." Clare biss sich auf die Lippe, als das ganze Ausmaß ihrer Situation über sie hereinzubrechen schien. Überrascht stellte sie fest, dass ihr Tränen in die Augen schossen, und presste die Handrücken auf ihr Gesicht.

„Warte, ich hole dir ein Taschentuch", sagte Bianca sofort, aber Clare gab ihr ein Zeichen, sich zu setzen.

„Ich habe Angst. Ich habe Angst um dich, um meine Familie, um Irland. Innerhalb weniger Stunden wurde mein Leben auf den Kopf gestellt und was ist, wenn ich versage? Was, wenn ich alle im Stich lasse?"

Und das war der Kern der Sache – wenn sie versagte, würden die Feen das Siegel brechen und Irland und die Welt würden von den Domnua überrannt werden. Das war eine schwere Bürde, und sie war sich nicht sicher, ob sie dazu in der Lage war, sie zu tragen.

„Nun, zunächst einmal wirst du deinen Job hier wieder aufnehmen können. Deine Dissertation kann warten; sie werden dir gerne eine Verlängerung gewähren. Du kannst immer in einem anderen Pub arbeiten, wenn dir danach ist. In dieser Hinsicht brauchst du dir also keine Sorgen machen. Was den Rest betrifft, so kann ich nicht genug betonen, dass du auf diesem Weg nicht allein bist. Niemand ist es jemals wirklich, weißt du. Du musst nur um Hilfe bitten." Branna sah ihr fest in die Augen.

„Aber ich kann dich nicht fragen, wo der Stein ist."

„Glaub mir, wenn wir das wüssten, hätten wir ihn uns schon längst genommen", sagte Branna.

„Und, nun ja, darf ich etwas sagen – zu der Sache mit dem Versagen?", fragte Bianca schüchtern eine Hand hebend. Clare nickte ihr zu.

„Es ist einfach so, dass... bei allem im Leben geht man Risiken ein. Wenn du vor die Tür gehst, gehst du das Risiko ein, dass dich ein Auto auf der Straße überfährt. Oder selbst wenn man sein Haus nicht verlässt – man kann in der Dusche ausrutschen und sich den Kopf stoßen und verbluten."

Clares Augen weiteten sich, aber Bianca kam in Fahrt.

„Und wenn du so verängstigt in deiner kleinen Ecke oder Blase gefangen bleibst, dass du nie ein Risiko eingehst – nur weil du Angst vor dem Scheitern hast –, dann hast du im Grunde genommen schon versagt. Dann verkörperst du genau die Angst, die du zu vermeiden versuchtest. Deshalb glaube nicht, dass du scheitern kannst. Selbst wenn du den Stein nicht findest. Die einzige Möglichkeit, wie du wirklich scheitern kannst, ist, wenn du dich wieder im Labor auf dem Campus versteckst und versuchst, deine Dissertation zu beenden." Bianca blinzelte und sah dann die beiden Frauen an, die sie anstarrten.

„Du hast auf deiner Suche eine weise Freundin an deiner Seite", sagte Branna schließlich.

„Sie ist ein absoluter Schatz, so viel ist sicher", stimmte Clare zu. Sie stand auf und streckte kurz ihre Arme, bevor sie zu Branna hinunterblickte.

„Hast du eine Frage an mich?", fragte Branna, die es in ihren Augen gelesen hatte.

„Wenn du mir nicht sagen kannst, wo er ist, kannst du mir wenigstens einen Hinweis geben? Eine Richtung, die ich einschlagen soll? Etwas, woran ich mich orientieren kann?"

„Ja, das kann ich", sagte Branna und ging zu ihrem Schreibtisch, der in der hinteren Ecke des Raumes stand. Mit einem Schlüssel, der an einer Kette um ihren Hals hing, schloss sie eine Schublade auf und zog einen kleinen Zettel hervor.

„Das ist für dich."

Clare nahm den Zettel und faltete ihn auf.

„Die Wahrheit mag schwanken, doch das Herz zögert nie; ein Stein wird gefunden, wo er geboren."

„Oh, ein Rätsel, das wenig Sinn ergibt. Fantastisch", sagte Clare und hob eine Augenbraue in Brannas Richtung, die nur mit den Schultern zuckte.

„Man glaubt, dass Rätsel zu gegebener Zeit gelöst werden", sagte Branna freundlich.

„Danke, sehr hilfreich. Hör mal, wir müssen los, also, wenn wir uns eine Weile nicht sehen..." Clare blinzelte die Tränen zurück, die wieder kamen. Branna zog Clare zu einer festen Umarmung an sich und Clare vergrub ihr Gesicht für einen Moment in Brannas Haar. Sie roch nach Lavendel und Honig, und ihre Berührung beruhigte Clare augenblicklich. Einen Moment lang fragte sie sich, ob Branna ihre Nerven auf magische Weise beruhigt hatte.

„Ádh mór ort", sagte Branna, Clare Glück wünschend.

„Wir werden es brauchen. Ich melde mich", sagte Clare und trat zurück, bevor Branna auch Bianca umarmte.

„Auf dem Tresen liegen zwei Lederbeutel. Nehmt sie

mit. Sie werden euch irgendwann nützlich sein", wies Branna an, während sie durch den Perlenvorhang gingen.

„Du bist ein Segen, Branna", rief ihr Clare zu, während sie die Lederbeutel in ihren Rucksäcken verstauten, ohne nach dem Inhalt zu sehen.

„Göttin, beschütze sie auf ihrer Reise", sagte Branna in den leeren Laden hinein.

KAPITEL SECHZEHN

„Was glaubst du, warum er uns gesagt hat, wir sollen zur Apotheke kommen? Ist das nicht irgendwie seltsam?", fragte Bianca, während sie durch den Regen eilten, der mittlerweile in Strömen fiel. Clare überlegte, ob sie sich ein Taxi nehmen sollte, aber da sie nicht wusste, wann sie das nächste Mal wieder Arbeit hatte, war es das Beste, wenn sie ihr Geld sparten.

„Vielleicht arbeitet er nebenbei als Apotheker, wenn er nicht gerade damit beschäftigt ist, die Welt vor dem Bösen zu beschützen", murmelte Clare und zog ihre Strickmütze noch weiter ins Gesicht. Sie hatte ihre Haare zu einem langen Zopf geflochten, der ihr über den Rücken fiel, um so einen Teil ihrer widerspenstigen Locken zu bändigen, die der Regen durchnässt hatte.

„Hmm, die Menschheit vor Krankheit und Tod bewahren", sinnierte Bianca. „Das gefällt mir."

Clare warf ihr einen kurzen Blick zu, sagte aber nichts. Vor der Apotheke hielten sie an. Von außen sah sie ganz normal aus, mit schmalen Schaufenstern, die für verschiedene Erkältungs- und Grippemittel warben. Aber je länger Clare die Apotheke betrachtete, desto mehr bemerkte sie, dass etwas nicht stimmte.

„Schau, die Tür ist nicht aus Glas. Und die Fenster sind mit weißem Tonpapier ausgekleidet – siehst du?" Clare zeigte darauf. „Man kann also nicht hineinsehen."

„Es ist eine Fassade", hauchte Bianca.

„Darauf würde ich mein Leben verwetten", stimmte Clare zu und zerrte ihre Freundin am Arm, um sie um das Haus herum zu führen und in die kleine Gasse auf der Rückseite zu gehen.

„Sollen wir vielleicht anklopfen?", fragte Bianca, als sie im Schein einer Sicherheitslampe standen, die Schultern gegen den Regen gekrümmt.

Als Antwort schwang die Tür auf.

„Meine Damen, treten Sie ein", sagte Blake und hielt ihnen die Tür auf. Clare fragte sich, woher er wusste, dass sie sich in der hinteren Gasse befanden, und blickte sich schnell um, um zu sehen, ob es irgendwo Kameras gab. Als sie keine sah, schritt sie durch die Tür und hielt kurz inne. Es fühlte sich an, als würde sie eine Art dünne Membran durchqueren. Sie hob fragend eine Augenbraue in Richtung Blake.

„Mein Schutzwall", sagte Blake leise.

Clare nickte. Es sah so aus, als würde sie ihre wissenschaftliche Skepsis ablegen müssen und anfangen zu lernen – und zwar schnell.

„Du wirst es mir beibringen." Es war keine Frage, sondern eine Aufforderung. Blake schien sich dagegen zu sträuben.

„Meine Aufgabe ist es, dich zu beschützen", sagte Blake

und verschränkte die Arme vor der Brust. Er hatte seinen Ledermantel ausgezogen und trug nun ein verblichenes, kariertes, waldgrünes Hemd, dessen Ärmel bis zu den Unterarmen hochgekrempelt waren. Clare war nicht überrascht, die subtilen Tätowierungen zu sehen, die sich um seine Unterarme schlängelten, aber sie ärgerte sich über das unmittelbare Verlangen, das sie bei seinem Anblick überkam.

„Tut mir leid, Doc, meine einzige Aufgabe ist es, dich am Leben zu erhalten und nicht, dein Zauberlehrer zu sein."

„Tut mir leid, Mr. Security, aber wir schreiben das Jahr 2016 und Frauen arbeiten jetzt mit Männern in Teams zusammen. Als sogenannte Partner. Und da du mit auf diese Reise kommst, ob du willst oder nicht, solltest du besser die Pferde satteln und mir etwas über diese verdammte Magie beibringen", zischte Clare. Als sie Biancas Kreischen hörte, drehte sie sich um.

Clare flog die wenigen Stufen zum Vorderzimmer hinauf und blieb stehen, als sie sah, worüber ihre Freundin so viel Aufhebens machte.

Es war Seamus, aber auch nicht Seamus. Zumindest nicht der Seamus, den sie kannte und der ihr in den letzten anderthalb Jahren ans Herz gewachsen war. Stattdessen lächelte er sie verlegen an, und ein schwacher violetter Schimmer umhüllte seine Erscheinung.

„Das kann nicht dein Ernst sein", hauchte Clare und spürte, wie das Herz in ihrer Brust wie wild zu pochen begann. Erst Branna, jetzt Seamus. Wie lange waren ihr die Feen schon gefolgt? Wie lange war ihr Leben schon von anderen kontrolliert worden – während sie geglaubt hatte, ihr Schicksal selbst in der Hand zu haben und aus eigener Kraft erfolgreich zu sein?

„Setz dich", verlangte Blake, der verstand, was mit ihr los war. Er zog einen Stuhl heran, fasste sie an den Schultern und schob sie kurzerhand darauf, bevor er ihren Kopf zwischen ihre Knie drückte, während sie begann, wild nach Luft zu schnappen und versuchte, die Panik unter Kontrolle zu bringen, die sie zu überwältigen drohte.

„Es tut mir leid, Clare, wirklich", sagte Seamus leise vom anderen Ende des Raumes. „Ich hätte es dir gesagt, wenn ich gekonnt hätte."

Clare winkte ihm zu, während sie sich auf ihren Atem konzentrierte. Dieselbe Geschichte, eine andere Person.

„Trink das", sagte Blake und reichte ihr ein kleines Glas mit einer bernsteinfarbenen Flüssigkeit. In der Annahme, es handele sich um irischen Whiskey, trank es Clare in einem Zug aus und stellte fest, dass sie richtig vermutet hatte. Während sich der Alkohol seinen Weg in ihren Magen bahnte, holte sie noch einmal tief Luft und sah Seamus in die Augen.

„Ich bin nicht böse auf dich. Es ist nur furchtbar, das Gefühl zu haben, mein ganzes Leben lang ein Spielball gewesen zu sein. Ich hatte immer das Gefühl, dass ich gut für mich selbst gesorgt habe. Ich habe hart studiert, Stipendien erhalten, mich für meine Zukunft abgerackert. Und für was? Meine Zukunft wurde schon vor langer Zeit festgelegt", sagte Clare verbittert und stützte den Kopf in ihre Hände.

„Du hast dir das alles immer noch selbst verdient. Das kann dir niemand nehmen", sagte Blake und überraschte sie mit einem Moment der Freundlichkeit. Clare sah ihm in die Augen und musterte ihn einen Moment lang.

„Ja, da hast du vermutlich recht. Lernen ist Lernen, und das lässt sich nicht wegnehmen. Genug der Selbstmitleidsorgie, fangen wir lieber an, unsere Reise zu planen."

„Unsere Reise?", fragte Blake.

„Du, ich, Bianca, und Seamus. Du glaubst doch nicht etwa, dass ich das alleine mache?", fragte Clare ungläubig.

„Ähm, nun ja, traditionell war es wohl eher als Einmann-Schatzsuche gedacht." Seamus räusperte sich und fuhr sich dann mit der Hand durch die Haare, wodurch er das ohnehin schon struppige Durcheinander noch mehr verwuschelte.

„Zur Hölle mit der Tradition", sagte Clare, stand auf und zog ihren Ledermantel aus. „Die Tradition hat nicht besonders gut funktioniert, wenn die Schätze noch nicht gefunden wurden. Gibt es irgendetwas in dieser berüchtigten Legende, das vorschreibt, dass ich das alleine machen müsste?"

Seamus warf einen Blick auf Blake und sah dann wieder Clare in die Augen. Diesmal war ein Hauch von Heiterkeit zu spüren, als er sagte: „Nein, es gibt nichts, was dagegensprechen würde. Ich glaube, alle sind einfach immer davon ausgegangen, dass es eine solitäre Suche ist. Aber in den Regeln steht nichts darüber."

„Gut, wunderbar", murmelte Clare und stemmte dann die Hände in die Hüften. Sie drehte sich um und schaute alle an, einen nach dem anderen. „Seid ihr dabei?"

„Ich bin so was von dabei", sagte Bianca sofort.

„Ich bin dabei", sagte Seamus schnell.

Und so stand nur noch Blake da und musterte sie mit

seinen blauen Augen. Sein Körper verströmte Wellen des Zorns.

„Wahrscheinlich habe ich keine andere Wahl, oder? Ich wurde geschickt, um dich zu beschützen", sagte Blake verbissen.

„Bedeutet mich zu beschützen nicht, dass du mir sowieso folgen musst?", fragte Clare.

„*Na Cosantoir* bleiben im Verborgenen", sagte Blake.

„Nun, diese Regel hast du jetzt schon zweimal gebrochen, nicht wahr? Ich kann auch weiter nach Domnua schreien, wenn du willst", sagte Clare süßlich und wurde mit einem Aufblitzen in seinen Augen belohnt.

„Ich bin dabei. Aber es sei angemerkt, dass dies unter Zwang geschieht."

„Ist angemerkt", sagte Clare trocken. „Nicht, dass das wichtig wäre, wenn wir die Welt retten. Dann wette ich, wirst du der Erste sein, der bei der Siegesparade ganz oben auf dem Wagen mitfährt."

Ein Lächeln umspielte Blakes Mund, und Clare ertappte sich dabei, wie sie beinahe gegrinst hätte. Stattdessen drehte sie sich und musterte Seamus.

„Also? Seamus? Ich nehme an, dass du der Kopf der Truppe bist. Na, dann leg mal los und gib uns einen Anhaltspunkt."

„Jetzt sei mal nicht so eine Zicke", sagte Bianca und setzte sich neben Seamus. Clares Mund fiel auf nach diesem Verrat ihrer besten Freundin, aber dann presste sie die Lippen zusammen und unterdrückte einen Seufzer. Wenn sie ein Team sein wollten, hatten gegenseitige Sticheleien keinen Platz.

„Es tut mir leid", sagte Clare steif zu Blake.

Er nickte ihr zu. „Ich gehe jetzt mal runter. Ihr könnt ruhig ohne mich anfangen." Und mit übernatürlicher Geschwindigkeit war er aus dem Zimmer verschwunden.

„Was ist im Keller?", fragte Bianca und drehte ihren Kopf nach ihm um.

„Sein Versteck", scherzte Seamus.

„Das würde mich nicht wundern", sagte Clare und zog sich einen Stuhl heran, der vor einem schlanken Laptop stand. „Seamus, es macht mich einfach fertig, dass du und Branna die ganze Zeit in der Sache mit dringesteckt habt. Ich werde etwas Zeit brauchen, um das zu verarbeiten."

„Du sollst wissen, dass ich das nur getan habe, um dich zu schützen – ich wollte dich nicht anlügen", sagte Seamus sofort.

„Schon verstanden", sagte Clare, zog ihre Mütze vom Kopf und stopfte sie in den Ärmel ihres Mantels. „Es ist einfach ein Schock, das ist alles." Sie löste das Band von ihrem Zopf und begann, sich mit den Händen durch das Haar zu kämmen und ihre kastanienbraunen Locken auszuschütteln. Währenddessen betrat Blake den Raum, ihre Blicke trafen sich und blieben für eine glühend heiße Sekunde aneinanderhängen. Clare spürte seine Hitze, die ihren gesamten Körper durchzog, und die Vorstellung eines Lebens an seiner Seite ließ ihr Herz schmelzen.

Blake riss seinen Blick von ihrer Lockenpracht los und wandte sich an den Raum.

„Ich habe ein paar Aufzeichnungen, die uns helfen werden."

KAPITEL SIEBZEHN

Es handelte sich weniger um Aufzeichnungen als um einen ledernen Umschlag, der mit Papierbündeln gefüllt war, die wahrscheinlich weiter zurückreichen, als Clare wissen wollte.

„Was ist das? Gälisch?", sagte Clare und hielt eine Seite mit einer behandschuhten Hand hoch. Blake hatte darauf bestanden, beim Anfassen der Papiere Handschuhe zu tragen, und Clare konnte nicht sagen, ob sie damit das Papier vor den Absonderungen ihrer Hände oder sich selbst vor der Magie schützen sollten, die von den Seiten auszugehen schien. So oder so würde es keine Rolle spielen, dachte sie.

Seamus verrenkte sich den Hals, während er das Papier betrachtete, das sie in der Hand hielt. „Feensprache", sagte er fröhlich.

Clares Augenbrauen hoben sich, als sie die seltsamen Symbole studierte. Sie waren zart und skurril, aber gleichzeitig zackig und gestochen scharf.

„Ich wusste gar nicht, dass sie ihre eigene Sprache

haben. Aber wenn ich ehrlich bin, habe ich bis heute auch nicht geglaubt, dass eure Art tatsächlich existiert", lachte Clare Seamus an.

„Und deine Art", brummte Blake. Clare drehte sich um und blickte in seine Ecke, wo er leise arbeitete.

„Wie bitte?"

„Deine Art auch. Du bist zum Teil eine Fee. Eine Danula. Das musst du auch sein, um den Stein zu finden." Blake sagte das so, als wäre Clare völlig bescheuert, weil sie das nicht früher herausgefunden hatte.

„Ich dachte, meine Kräfte", Clare setzte das Wort mit ihren Fingern in Anführungszeichen, „hängen ausschließlich mit dem Stein zusammen."

„Wahrscheinlich stimmt das auch. Aber wer weiß? Du hast sie noch nicht ausprobiert und du glaubst erst seit einem Tag an Magie, also bin ich sicher, dass wir noch mehr sehen werden", sagte Blake trocken.

Clare warf ihm einen Blick zu. „Es ist nicht meine Schuld, dass ich nicht an Magie geglaubt habe."

„Ach nein?", schoss Blake zurück. „Du hättest uns allen eine Menge Zeit ersparen können, wenn du dich ein bisschen früher geöffnet hättest. Jetzt tickt die Uhr."

Clare blinzelte die Tränen, die zu kommen drohten, zurück und war überrascht, wie sie seine Worte verletzten. Was kümmerte es sie, ob er sich über sie ärgerte? Seine Aufgabe war es, sie zu beschützen. Basta. Er hatte nicht darüber zu urteilen, wie sie an diesen Punkt gekommen war.

„Blake, du weißt, dass *Na Sirtheoir* sehr sorgfältig ausgewählt werden. Es war vorherbestimmt, dass sie dies zu ihrer eigenen Zeit und auf ihre eigene Weise herausfinden würde. Wer kann schon sagen, was passiert wäre, wenn sie ihre Magie schon vor Jahren entdeckt hätte, bevor einer von uns sie gefunden hätte und in der Lage gewesen wäre, Schutzmaßnahmen für sie zu ergreifen?", fragte Seamus.

Clare wischte sich mit den Händen über die Augen.

„Es erstaunt mich, dass du mich schon so lange kennst. Hast du mich mein ganzes Leben lang beschützt?" Clare richtete ihre Frage an Blake.

„Nein", sagte Blake, ohne weiter darauf einzugehen.

„Für ein Jahr also?", drängte Clare.

Blakes Blick bohrte sich in ihren, als er sie ansah.

„Ich beschütze dich, seitdem du nach Dublin gekommen bist", sagte Blake schließlich.

Clares Herz setzte einen Schlag aus. Seit fast einem Jahrzehnt verfolgte dieser Mann sie nun schon. War das der Grund, warum sie sich so zu ihm hingezogen fühlte? So verbunden? Hatte sie ihn irgendwann einmal gesehen und es nie registriert?

„Warum ... warum hast du mich nie angesprochen?", flüsterte Clare.

„So funktioniert das nicht. Wir sollen im Verborgenen bleiben. Die Dinge haben sich zu lange hingezogen, die Domnua haben zu schnell gehandelt, und jetzt... nun, jetzt sind wir hier", sagte Blake achselzuckend, aber Clare konnte die Wut spüren, die in ihm aufstieg.

„Und du gibst mir die Schuld dafür", sagte Clare, stieß sich vom Tisch ab und stürmte aus dem Zimmer. Sie schlug die Tür zu dem kleinen Badezimmer zu, das Seamus den Mädchen vorhin gezeigt hatte, und klammerte sich an den Rand des Waschbeckens, während sie ihr Spiegelbild anstarrte. Wer war die Person, die sie da ansah? Und wozu war sie fähig? Clare versuchte, ihren Atem zu beruhigen, während sie das Problem von allen Seiten betrachtete.

Irgendwie mussten sie sich als Team zusammenraufen. Und zwischen ihr und Blake gab es ein größeres Problem als zwischen allen anderen. Wenn sie also die Anführerin sein musste – dann würde sie führen.

Nachdem sie aus dem Bad kam, stellte sich Clare in die Tür zum Vorderzimmer.

„Blake, ich möchte mit dir unter vier Augen sprechen", forderte sie mit scharfer Stimme.

Biancas Augenbrauen schnellten bis zum Haaransatz hoch, aber sie schwieg und widmete sich wieder der Notiz, die sie auf einen Notizblock vor ihr schrieb. Seamus beobachtete die beiden mit Interesse.

„Ist jetzt wirklich der richtige Zeitpunkt dafür?", fragte Blake mit einem mürrischen Gesichtsausdruck.

„Ja, jetzt ist die Zeit dafür", sagte Clare und zog die Schultern nach hinten.

„Gut. Wir gehen runter", wies Blake an, im Versuch, die Situation wieder unter seine Kontrolle zu bekommen. Clare drehte sich und bahnte sich instinktiv einen Weg durch den Flur zu einer Tür. Sie streckte die Hand aus, drehte den Griff und stellte fest, dass sie verschlossen war.

Clare versteifte sich, als sie Blakes Wärme an ihrem Rücken spürte. Er griff über ihre Schulter und drückte seine Hand auf eine Stelle an der Wand. Sie spürte seinen Atem warm an ihrem Hals, und es kostete Clare all ihre Kraft, nicht zu zittern.

Die Tür glitt geräuschlos auf, was Clare überraschte, denn sie sah aus wie eine Tür, die aufschwingen würde. Noch mehr Magie, dachte sie.

Mit seiner Hand an ihrem Rücken schob Blake sie sanft nach vorne, während sich seine Hitze durch den dünnen Stoff ihres Pullovers brannte. Sie zuckte zusammen und rannte beinahe die Treppe hinunter. Als sie unten ankam, drehte sie den Kopf hin und her und versuchte, alles, was der Raum zu bieten hatte, auf einmal wahrzunehmen.

Sie hatte eine Art dunkle Höhle erwartet – passend zu seiner dunklen Kleidung – aber sie wurde durch den hell erleuchteten Raum eines Besseren belehrt. Drei cremefarbene Türen setzten sich von den salbeigrünen Wänden und den weißen Zierleisten ab. Auf dem dunklen Holzboden lagen ein paar Teppiche, und zwei cremefarbene Sofas mit marineblauen Kissen bildeten eine Gesprächsecke. In einer anderen Ecke befand sich eine geschwungene Bar mit einer glänzenden weißen Marmorplatte, vor der mehrere Metallhocker standen. Alles in allem war es warm, modern und viel eleganter als alles, was sie von ihm erwartet hätte. Sie trat vor und fuhr mit ihrer Hand über die Rückenlehne einer cremefarbenen Ledercouch.

„Alles selbst eingerichtet?", fragte Clare und drehte sich schließlich um, um Blake in die Augen zu sehen. Es fiel ihr auf, dass in dem Raum persönliche Gegenstände fehlten. Wenn überhaupt, dann war es ein perfekt inszenierter Wohnbereich. Ihr Blick wanderte zu einer der Türen. Sie fragte sich, was sich hier unten wohl noch verbergen mochte.

„Ich hatte Mitspracherecht bei der Dekoration", sagte Blake, als er zur Bar ging. Clare spürte sofort einen Stich der Eifersucht, als sie sich fragte, ob eine von Blakes Freundinnen ihm bei der Dekoration geholfen hatte. Und war das nicht auch ein neuer und beunruhigender Gedanke?

„Bist du mit jemandem zusammen?", fragte Clare geradeheraus und kämpfte damit, dass sie nicht rot wurde.

Hinter der Bar stehend, goss Blake einen Schuss Whiskey in zwei Gläser und hielt inne. Als er sich umdrehte und sie über seine Schulter hinweg ansah, lächelte er – wie ein Wolf, der seine Beute witterte.

„Und was, wenn?"

„Dann ist es mir egal. Ich habe mich nur gefragt, ob du eine Frau hast, die dir bei der Dekoration hilft. Und, nun ja, es wäre gut zu wissen, ob irgendwelche eifersüchtigen Frauen hinter uns her sein werden und unsere Suche stören könnten", fügte Clare schnell hinzu.

„Keine eifersüchtigen Frauen, die die Suche stören", sagte Blake, trat vor und reichte ihr ein Glas. Clare nippte an dem Whiskey und merkte, dass er ihre eigentliche Frage nicht beantwortet hatte.

Sie würde gut daran tun, vor Blake auf der Hut zu sein; er war viel schlauer, als er vorgab.

„Magst du dich setzen?", fragte Blake und wies auf eine Couch.

„Ja, in Ordnung", sagte Clare und setzte sich an den Rand der Couch, die an der Wand stand. Es überraschte sie, dass Blake sich neben sie setzte und nicht ihr gegenüber an den Tisch. Damit zeigte er, dass er sich als ebenbürtig ansah – als jemand, der bei dieser Mission die Führung übernehmen wollte. Das machte sie stutzig.

„Also?", fragte Blake und gestikulierte mit seinem Glas. Ein Hauch von Humor blitzte in seinen Augen auf und sie wusste, dass er sich über ihre Verärgerung amüsierte.

„Ja, nun, als Leiterin dieses Teams hielt ich es für das Beste, einige Problembereiche anzusprechen, bevor wir mit unserer Suchmission fortfahren", sagte Clare, zog die Schultern zurück und begegnete seinem Blick. Er hatte sich so gedreht, dass sein Bein fast das ihre berührte und er hatte seinen Arm über die Lehne der Couch gelegt – seine Hand war nur Zentimeter davon entfernt, ihr Haar zu berühren. Als Clare das bemerkte, strich sie sich schnell das Haar über die Schulter, von seiner Hand weg.

„Ich verstehe", sagte Blake, nahm noch einen Schluck und beobachtete sie ruhig.

Clare wartete und verdrehte dann fast die Augen. „Also, weißt du, wenn du einfach damit aufhören könntest, mir die Schuld für alles in die Schuhe zu schieben, wäre das toll. Es ist nicht meine Schuld, dass ich bis vor zwei Tagen nichts davon wusste. Ich habe für alles, was ich in meinem Leben erreicht habe, gearbeitet, und es war nicht immer einfach." Clare war schockiert, einen Knoten in ihrer Stimme zu bemerken, aber sie kämpfte sich durch. „Ich habe mich nicht unterkriegen lassen und meine Arbeit gemacht, und wenn ich nicht studierte, habe ich mehrere Jobs ausgeübt. Es tut mir also leid, wenn ich keine Zeit hatte, mich um Magie zu kümmern. Aber ich finde es nicht in Ordnung, dass du deinen Frust an mir auslässt. Wenn du mich zehn Jahre lang beobachtet hast, was zum Teufel hast du dann gemacht? Warum hast du mir keine verdammte Nachricht hinterlassen, damit ich Bescheid wusste? Es ist genauso deine Schuld wie meine. Aber mehr noch deine! Wenigstens hat man dich die Regeln wissen lassen. Ich hatte nichts." Clare rang sich die letzten Worte verbittert ab und sah Blake an, der sich ruhig zu ihr hinüberbeugte und ihr das Whiskeyglas aus der Hand nahm.

Ihr Mund fiel herunter, als er die beiden Gläser

vorsichtig auf den Tisch vor ihnen stellte. Was in aller Welt hatte er vor?

Sekunden später waren seine Lippen auf ihren und seine Hände tief in ihrem Haar. Sein Kuss war ein heftiger Übergriff, so schmerzerfüllt, so tief, dass sie sich drehte und wand, ihn gleichzeitig wegstoßend und zu sich zurückziehend. Auf einer tiefen Ebene, die sie nicht bereit war, sich einzugestehen, wusste Clare, dass sie auf diesen Moment gewartet hatte.

Und oh, das Versprechen, das in seinen Augen gelegen hatte, war tausendmal heißer in Fleisch und Blut, als sich seine Lippen auf die ihren pressten und sie von seinem Körper in die Couch gedrückt wurde. Sein Kuss schmeckte nach jahrelang aufgestauter Wut und Verlangen, war verheerend, und ließ ihren Körper nach mehr schreien.

Blake riss sich los und fluchte leise und ohne Unterbrechung, während er sich mit der Hand durch die Haare fuhr. Clare schnappte nach Luft, ihr Verstand war wie erstarrt vom Strudel der Gefühle, der immer noch in ihr tobte.

„Deshalb habe ich keinen Kontakt zu dir aufgenommen", spie Blake aus, streckte die Hand nach dem Whiskey und stürzte ihn in einem Zug hinunter. Clare sah ihm fasziniert zu und begann schließlich seine Worte durch den Schleier der Lust, der ihr Gehirn vernebelte, wahrzunehmen.

„Deshalb?", quietschte Clare und räusperte sich, während sie sich unwillkürlich über die Unterlippe leckte. Blake fluchte wieder, stand auf und ging in der Mitte des Raumes auf und ab.

„Ja, deshalb. Du. Diese Anziehung, die ich gespürt

habe. Es ist nicht richtig, um es kurz zu sagen. Es ist ganz und gar nicht richtig."

„Es ist nicht ... warum ist es nicht richtig?" Clare versuchte mitzukommen, aber sie war abgelenkt von der Art und Weise, wie sich seine Jeans an seine Oberschenkel schmiegte, seinen Hintern, seinen...

„Du. Und ich!" Blake schrie fast, und Clare begann, sich auf das eigentliche Problem zu konzentrieren. „Ich soll dich beschützen. Es ist mein Schicksal, dich zu beschützen. Das bedeutet nicht, dass ich dich begehren soll."

„Du hast mich begehrt?", fragte Clare, ehrlich erschüttert.

Blakes Augen trafen die ihren, und zum ersten Mal sah sie einen Hauch von Verletzlichkeit darin.

„Jahrelang habe ich dich beobachtet. Wie du zur Uni gegangen bist, im Pub gearbeitet und andere Männer geküsst hast – obwohl deine Lippen doch um alles in der Welt auf meinen hätten sein sollen. Deine Schönheit, dein Verstand – deine Haut... ach, alles leuchtet geradezu aus deinem Inneren. Wenn du deine Locken ausschüttelst, sieht es aus, als würden Feuerzungen über deinen Rücken flackern, und ich will meine Hände in deinem Haar vergraben und mich tief in deinem Körper verlieren."

Clare verlor jede Fähigkeit zu sprechen, als sie diese Worte hörte; ihr fiel einfach kein Wort ein, das sie hätte erwidern können. Alles, was sie wusste, war, dass sie seine Hände wieder auf ihrem Körper spüren wollte.

„Und jetzt sitzt du da... sitzt da mit deinen großen Augen, leckst dir über die Lippen und flehst mich geradezu an, dich da zu nehmen, wo du sitzt. Siehst du, warum ich wütend bin? Wie kann ich dich beschützen, wenn du mich ständig ablenkst? Ich muss mit jemandem sprechen. Jemand anderen finden, der dich beschützt. Ich wusste, es würde zur Katastrophe führen, wenn ich mich dir jemals zeigen würde", fluchte Blake, immer schneller werdend. Clare wurde ärgerlich.

„Jetzt mach mal langsam. Du wirst nicht einfach mit einem anderen Fall betraut. Du kannst nicht einfach diese Bombe platzen lassen und dann versuchen, einen Rückzieher zu machen. Du hast mich zehn Jahre lang beschützt, und jetzt willst du einfach abhauen? Mich einfach so verlassen?" Clare schüttelte erstaunt den Kopf. „Hast du keine Ehre?"

Blake sprang auf und hatte Clare im Bruchteil einer Sekunde ins Kissen gedrückt.

„Wenn ich keine Ehre hätte, würde ich mir nehmen, was ich von dir will und einfach gehen."

Ein Schauer der Abneigung lief Clare über den Rücken, aber sie unterdrückte die Worte, die ihr auf den Lippen lagen. Sie sah auf und suchte in seinen Augen nach der Antwort, die sie brauchte.

„Nein, das würdest du nicht. Weil du mein Beschützer bist", sagte Clare leise.

Blake neigte seinen Kopf, so dass seine Stirn die ihre berührte. „Ja, ich bin dein Beschützer."

„Was brauchst du von mir, damit du deinen Job machen kannst?", fragte Clare schließlich und versuchte, sich zu konzentrieren, obwohl sie am liebsten ihre Hände unter sein Hemd hätte gleiten lassen, um die Muskeln zu spüren, die sich darunter spannten.

„Du musst mir vertrauen. Und selbst wenn du führen willst, musst du mir zuhören. Du wirst wissen, wann es mir ernst ist. Führe, so viel du willst, meine tapfere *Na Sirtheoir*, aber höre auch auf mich. Das ist alles, worum ich dich bitte."

Clare starrte in seine Augen, fasziniert vom Spiel der Blautöne, die sich dort abzeichneten, als ob sich Wellen zu einer Spirale ozeanischer Tiefen überschlagen würden.

„Ja, ich vertraue dir."

Blake seufzte und er berührte ihre Lippen mit einer Andeutung eines Kusses, wobei er viel zärtlicher war als bei seinem früheren Übergriff. Clare hätte am liebsten gewimmert und um mehr gebettelt. Stattdessen erlaubte sie ihm, sie von der Couch zu ziehen und sie zur Treppe zu führen. Als er sich umdrehte, sah er auf sie herab.

„Du hast noch viel zu lernen. Ich fürchte, ich werde deinen Verstand vernebeln und du meinen. Kannst du verstehen, warum ich den Abstand brauche?"

Sie verstand, was er von ihr verlangte – auch wenn es bereits schmerzte, zu wissen, dass er Abstand wollte.

„Ja, ich werde Abstand halten", sagte Clare leise und bedauerte jedes Wort.

Ihre Zeit war noch nicht gekommen, sagte sie sich, als sie die Treppe hinaufstiegen.

Vielleicht würde sie nie kommen.

KAPITEL ACHTZEHN

Der rosigen Färbung auf Biancas Wangen und ihrem zerzausten blonden Haar nach zu urteilen, war Clare nicht die einzige gewesen, die Lippenkontakt gehabt hatte. Clare beschloss, dass es das Beste war, alle Anzeichen für amouröse Aktivitäten zu ignorieren und räusperte sich.

„Blake und ich haben ein paar Dinge geklärt. Ich habe das Gefühl, dass wir als Team ohne allzu große Probleme vorankommen werden." Clares Blick glitt zu Seamus, der ihr mit einem frechen Grinsen zuzwinkerte. „Ich werde zwar versuchen zu führen, aber man hat mich darauf hingewiesen, dass es Zeiten geben wird, in denen es andere besser wissen könnten. Es ist also Teamarbeit angesagt."

Seamus johlte begeistert und streckte eine Faust in die Luft. Dann zog er ein Blatt Papier hervor. „Clare, ist es wahr, dass Branna dir einen Hinweis gegeben hat?"

„Oh, ja, das stimmt." Clare schüttelte den Kopf und zog den Zettel aus ihrer Tasche. Auch Blake schüttelte sich und sah an die Decke – sagte aber nichts.

„Die Wahrheit mag schwanken, doch das Herz zögert nie; ein Stein wird gefunden, wo er geboren."

„Ah, meine Brüder. Sie haben eine Vorliebe für gute Rätsel", sagte Seamus mit einem Lächeln, während er die Worte aufschrieb.

„Ach, du findest das also lustig?", fragte Clare, lächelte ihn aber an.

„Das hält mein Gehirn auf Trab." Seamus grinste sie wieder an und die Sommersprossen zeichneten sich auf seinem Gesicht ab, als er vor freudiger Erregung errötete.

„Clare", sagte Blake, und sie blickte zu seinem Platz hinüber, wo er an einem Computer saß.

„Ja?"

„Was sagt dir dein Bauchgefühl zu dem Rätsel?"

„Dass ich dorthin gehen muss, wo ich geboren wurde", sagte Clare sofort und schlug sich dann eine Hand vor den Mund, überrascht über ihre eigenen Worte.

„Nach Clifden?", fragte Bianca erstaunt.

„Ich denke schon? Das ist jedenfalls, was mir mein Bauchgefühl sagt." Clare zuckte mit den Schultern und machte sich Sorgen über ein Wiedersehen mit ihrer Familie, nach allem, was sie mittlerweile erfahren hatte.

„Bist du in Clifden geboren?", fragte Blake und Clare öffnete den Mund, um automatisch zu antworten, hielt dann aber inne.

„Nun, ich würde gerne ja sagen. Aber ich glaube, mein Bauchgefühl sagt mir nein." Clare sah Bianca fragend an, die nur mit den Schultern zuckte. Es war unmöglich, dass sie die Antwort wusste.

„Ich glaube, du solltest dich mal mit deinen Eltern unterhalten", meinte Seamus.

„Aber wie könnte ich nicht dort geboren sein? Unsere Familie lebt schon seit Jahrzehnten in Clifden."

„Vielleicht wurdest du irgendwo im Urlaub geboren und man hat dich gleich nach Hause gebracht", schlug Bianca vor.

„Warum sollte man in Urlaub fahren, wenn man ein Kind erwartet?", fragte Blake.

„Ja, das ist ein gutes Argument. Welche Frau will schon von zu Hause weg sein, wenn eine Geburt bevorsteht?"

„Sie könnte eine Frühgeburt gewesen sein", meinte Bianca etwas beleidigt.

„Du hast Recht. Das könnte sein. Ich erinnere mich eigentlich gar nicht an irgendwelche Geschichten über meine Geburt. Das ist doch seltsam, oder? Ich sollte wissen, wie ich geboren wurde. Halten einem das die meisten Mütter nicht immer vor? Dass sie drei Tage lang Wehen hatten und man sich besser um sie kümmern sollte, wenn sie alt sind?" Clare sprach hastig, die Panik, die sie in ihrem Bauch spürte, ließ die Worte nur so herauspurzeln.

„Hey, beruhige dich. Es ist alles in Ordnung, wirklich." Bianca kam zu Clare herüber und legte ihren Arm um die Schulter ihrer Freundin.

„Was ist, wenn meine Eltern nicht wirklich meine Eltern sind?", hauchte Clare und sah Bianca in die Augen.

„Das ist so ungefähr das Albernste, was ich je gehört habe. Natürlich sind sie deine Eltern", rief Bianca aus. „Sie haben dich großgezogen, nicht wahr? Wer hat dir beigebracht, wie man Schafe schert? Und wie man im Dreck nach Steinen gräbt? Und wer hat im Pub mit dir geprahlt? Und wer schickt dir selbstgestrickte Decken und Pullover? Das sind Eltern, wie sie im Buche stehen. Selbst wenn –

selbst wenn wir herausfinden sollten, dass sie dich nicht auf die Welt gebracht haben. Hörst du mir zu? Selbst dann sind es deine Eltern. Niemand kann dir das wegnehmen, nur du selbst. Also tu es einfach nicht."

Und so war es wohl. Clare zog Bianca fest an sich und umarmte sie, denn es gab nicht viel, was sie noch sagen konnte.

Bianca hatte hundertprozentig recht.

Elternschaft war nicht das Ergebnis biologischer Abstammung.

Sie war das Ergebnis von Liebe.

Blake sah ihr vom anderen Ende des Raumes in die Augen.

„Sieht aus, als würden wir einen Ausflug machen."

„Teamausflug!", quietschte Bianca.

KAPITEL NEUNZEHN

Natürlich besaß er einen Range Rover, dachte Clare, als sie in den schnittigen schwarzen Geländewagen stiegen, den Blake aus einer geheimen Garage holte. Mit seiner schwarzen Lederjacke, dem melancholischen Blick und dem heißen Auto war Clare davon überzeugt, dass Blake alles dafür tat, um sie um den Verstand zu bringen.

Stattdessen räkelte sie sich ungezwungen auf dem butterweichen Leder des Beifahrersitzes und streckte sich betont langsam und genussvoll aus, in der Hoffnung, ihn auch ein bisschen verrückt zu machen. Als sie aus den Augenwinkeln den finsteren Blick sah, der über sein Gesicht huschte, beschloss sie, dass sie nun quitt waren.

„Schickes Auto, Blake", sagte Bianca, die regelrecht auf dem Rücksitz auf und ab hüpfte. Sie fuhren später am Tag los, als es für einen solchen Ausflug wahrscheinlich ratsam war, aber sie hatten noch Koffer packen und andere banale Dinge erledigen müssen, die mit der Planung einer Reise einhergingen. Bianca war so klug gewesen, eine Kühlbox mit Lebensmitteln und einen Picknickkorb einzupacken, aber sie war schon immer eine gute Planerin gewesen. Clare hatte sich auf die Zunge gebissen, als sie die Rollen von Schlafsäcken und Zelten gesehen hatte, die in einer Ecke des Kofferraums verstaut waren. Wenn Blake dachte, dass sie mitten im Januar in Irland im Freien schlafen würden, hatte er sich geschnitten.

„Danke, Bianca. Es ist gut, ein Auto wie dieses zu haben, auch wenn ich es selten in der Stadt benutze. Etwas Kleineres eignet sich besser für Fahrten durch Dublin."

„Keiner von uns hat ein Auto", gab Clare zu.

Blake blickte sie flüchtig an.

„Ich weiß."

Natürlich wusste er das. Er wusste wahrscheinlich auch, welche Art von Tampons sie verwendete und wo sie ihre Unterwäsche kaufte. Das war irritierend und seltsam anziehend zugleich.

„Clare, bist du bereit für ein paar Lektionen?", fragte Seamus höflich vom Rücksitz.

Sie drehte sich in ihrem Sitz um und sah ihn an. „Welche Art von Lektionen?"

„Ich glaube, wir hatten darüber gesprochen, herauszufinden, welche Art von Magie du beherrschst, oder? Oder willst du vielleicht einfach eine Art Referat über die Geschichte der Magie? Ich bin mir nicht sicher, wo ich bei dir anfangen soll. Ehrlich gesagt, bin ich überrascht, dass du schon so weit bist. Bei deinem wissenschaftlich geprägten Verstand."

„Ich bin dabei, meinen Horizont zu erweitern", erklärte Clare. Blake prustete.

„Ah, das ist gut", sagte Seamus zufrieden.

„Fangen wir mit der Geschichte der *Na Cosantoir* an",

sagte Clare süßlich und sah aus dem Augenwinkel, wie Blake ihr einen bösen Blick zuwarf. Sie freute sich über seinen Ärger und lächelte Seamus strahlend an.

„Ist das jetzt wirklich die beste Nutzung deiner Zeit?", fragte Bianca, die immer um Frieden bemüht war.

„Sollte ich nicht alle Figuren im Spiel kennen?", entgegnete Clare.

„Ich denke, dass es dich mehr interessieren sollte, etwas über diejenigen zu erfahren, die versuchen, deine Existenz auf dieser Erde auszulöschen", erklärte Blake.

„Na klar, aber glaubst du nicht, dass ich beides lernen kann?", fragte Clare, neigte ihren Kopf und sah ihn unschuldig und mit großen Augen an.

„Es sind vier Stunden Fahrt nach Clifden, je nach Verkehr. Würdest du lieber deine magischen Kräfte erforschen und etwas lernen, das dich vor Schaden bewahren oder dir helfen könnte, den Stein zu finden – oder bist du mehr daran interessiert, meine Vergangenheit aufzudecken?", fragte Blake streng.

Clare fragte sich, ob dies einer der Fälle war, in denen sie ihm vertrauen sollte, wenn er sagte, sie solle ihm vertrauen. Sie fand, dass es den Streit nicht wert war, und war auch etwas neugierig, ob sie wirklich magische Fähigkeiten besaß, also seufzte sie dramatisch und zwinkerte Seamus zu.

„Also gut, dann eben Magie."

Seamus strahlte sie an und sie lächelte zurück, unglaublich dankbar, ihn auf dieser Reise dabei zu haben. Sie begann sich an sein violettes Leuchten zu gewöhnen – so seltsam das in ihrem Kopf auch klingen mochte.

„Ich kann uns wahrscheinlich helfen, wenn wir

beginnen wollen, meine magischen Fähigkeiten zu erforschen", sagte Clare.

Biancas Mund fiel auf. „Hast du mir etwas verheimlicht?"

„Nicht nur dir – allen", gab Clare zu und sah, wie sich das Gesicht ihrer Freundin versteinerte. Sie griff nach hinten und drückte Biancas Hand. „Du musst wissen, dass ich nichts gesagt habe, weil ich es nicht verstehen konnte, und weil es – in der realen oder wissenschaftlichen Welt – keinen Sinn machte."

Bianca schniefte und schaute weg, bevor sie steif nickte.

„Ich ... es ist so, dass ich das Gefühl habe zu hören, wie die Steine zu mir sprechen." Clare beendete hastig den Satz. Es war ihr peinlich. Das laute Aussprechen der Worte ließ ihr die Röte in die Wangen schießen, und sie drehte sich um, um auf die vorbeiziehende Landschaft zu starren. Sie waren bereits gut dreißig Minuten außerhalb von Dublin, und die Gebäude waren den Hügeln und dem offenen Land gewichen.

„Tja, nun, du bist diejenige, die auserwählt wurde, den Steinschatz zu finden", sagte Bianca, woraufhin Clare sich aufrichtete und umdrehte, um ihre Freundin mit hochgezogener Augenbraue anzublicken.

„Du findest nicht, dass es verrückt klingt?"

„Nun, bevor ich wusste, was du bist, hätte ich das vielleicht. Aber jetzt, wo ich es weiß, finde ich, na ja... es ist doch eigentlich klar, oder?" Bianca stieß Seamus mit dem Ellbogen an und er nickte zustimmend.

„Die bezaubernde Dame spricht die Wahrheit. Es war zu erwarten, dass du eine natürliche Art hast, mit Steinen zu kommunizieren. Diese Fähigkeit wird dich sicher auf deinem Weg leiten. Wenn du die Wahrheit eines Steins nicht erkennen könntest, könnten die Domnua einen Stein auf eine Art verzaubern, die dich glauben machen könnte, du hättest den Schatz gefunden."

Das Gefühl, dass man ihr definitiv zu viel zumutete, erfüllte Clare mit Angst.

„Ich hätte nie gedacht, dass die Feen einen falschen Stein machen könnten. Sind sie wirklich so gerissen?", fragte Clare leise.

Seamus stieß ein dröhnendes Gelächter aus, das das Auto fast zum Beben brachte, und klopfte sich beim Lachen kräftig auf das Bein.

„Oh, meine liebe Clare, du bist Balsam für meine matte Seele. Ja, natürlich sind die Feen so gerissen. Sie sind dafür bekannt, dass sie mit allen Tricks arbeiten. *Wir* sind dafür bekannt", ergänzte Seamus, als er ihren Blick einfing, „sonst hättest du schon längst gewusst, was ich bin."

„Und hier gebe dieses große Geheimnis preis und niemand ist davon überrascht", murrte Clare.

„Wenn du uns nach Clifden teleportieren würdest, wäre ich überrascht", sagte Blake, aber er schenkte Clare ein Lächeln, damit seine Worte nicht zu harsch klangen.

Na toll, sie machten sich also über sie sie lustig. Sie musste sich ein wenig entspannen.

„Sag mir, was du meinst, wenn du sagst, dass die Steine zu dir sprechen", fragte Bianca. „Es sieht so aus, als wäre ich die einzige Nicht-Magierin hier, also würde ich das gerne wissen."

„Für mich bist du magisch, meine Schöne", sagte Seamus sofort, und das ganze Auto hielt einen Moment inne.

„Ohhhh", sagten sie alle gleichzeitig und brachen in Gelächter aus.

„Hört auf! Nehmt mir nicht diesen Moment", befahl Bianca, aber auch sie lachte.

„Um deine Frage zu beantworten: Ich kann es nicht genau sagen. Wenn zum Beispiel jemand mit einem bestimmten Leiden in den Laden kommt, weiß ich, welcher Stein bei der Heilung helfen wird. Nicht aufgrund dessen, was in den Büchern steht, sondern weil dieser Stein mir buchstäblich sagt: ‚Ich bin der Stein, der für diese Person bestimmt ist'. Es ist nicht so, dass ich eine Stimme in meinem Kopf höre, es ist eher so, dass ich die Worte in meinem Kopf sehe. Ergibt das Sinn?"

„Absolut, das leuchtet mir völlig ein", sagte Bianca. „Es ist, als würde man komplett von seiner Intuition Gebrauch machen."

„So ähnlich", stimmte Clare zu. „Und, na ja, das Einzige, was ich außerdem weiß, ist, dass ich jetzt Feen sehen kann."

„Du kannst jetzt ihre Farben sehen?", fragte Blake, mit einem Arm auf dem Lenkrad entspannt auf dem Fahrersitz sitzend. Clare konnte sich beinahe – aber nur beinahe – vorstellen, dass sie auf dem Weg in den Urlaub waren und nicht unterwegs auf irgendeiner magischen Mission.

„Ja, das kann ich", sagte Clare.

„Welche Farben? Die silbernen Augen?", fragte Bianca.

„Ja, und das violette Schimmern der Danula. Seamus hat es", sagte Clare, und Bianca warf ihm einen skeptischen Blick zu.

„Du bist lila?"

„Violett, wenn ich bitten darf", schnaubte Seamus.

„Welche Farbe hat Blake?", fragte Bianca.

Clare sah zu ihm herüber und studierte ihn einen Moment lang.

„Ich kann es nicht genau sagen. Ich möchte fast sagen, violett, aber dann verblasst es zu einem Weiß und dann zu nichts und er sieht wieder ganz normal aus."

„Normal ist gut", sagte Blake mit einem Nicken.

„Er ist fast reinweiß, weil er für das höchste Gut unserer Götter und Göttinnen kämpft", warf Seamus ein.

Clare lehnte sich verdutzt zurück. „Du bist ein Engel?"

Blake prustete. „Siehst du einen Heiligenschein?"

„Nun, weißt du, es ist so", sagte Seamus, „in unserer Geschichte gibt es eigentlich keine Engel. Ich nehme an, wenn man es mit anderen Religionen vergleichen will, dann ist er eine Art von Engel. Ein *Na Cosantoir* zu sein, ist eine Aufgabe von großer Ehre."

„Wie ein Ritter? Oh, er ist wie ein Ritter in schillernder Rüstung! Nur dass er leuchtet, anstatt eine Rüstung zu tragen!" Bianca seufzte und fächelte sich theatralisch Luft zu. „Das ist so romantisch."

„Hey, ich bin auch ein Krieger", brummte Seamus.

Bianca streckte die Hand aus und legte sie auf sein Bein. „Natürlich bist du das. Es ist nur ... du weißt schon, es ist alles so märchenhaft."

„Du wirst dein Märchen später noch bekommen", versprach Seamus, und Bianca zwinkerte ihm zu.

„Um wieder zur Sache zu kommen", räusperte sich Blake, aber Clare bemerkte, dass seine Wangen leicht rot waren. „Ich vermute, eine deiner magischen Fähigkeiten ist das Einfrieren."

Clare hielt inne, bevor sie sprach. Sie war verwirrt. „Einfrieren? Die Zeit einfrieren?"

Blake schmunzelte, und das Lächeln machte sein schelmisch schönes Gesicht noch unwiderstehlicher. „Bewegung einfrieren."

„Ich verstehe nicht", sagte Clare. „Du wirst doch nicht behaupten, dass ich etwas Bewegtes zum Stillstand bringen kann."

„Doch, das macht Sinn", unterbrach Seamus. „Da dein Schatz aus Stein ist, wäre eine der naheliegendsten Elementarkräfte das Einfrieren."

„Wäre das nächste Element nicht die Erde?", fragte Bianca verwirrt.

„So funktioniert das nicht. Feenwelt. Merkwürdige Regeln und so", erklärte Seamus schnell. „Ich bin überrascht, dass mir das nicht früher eingefallen ist."

„Tötet Eis nicht die Feen?", fragte Bianca.

Seamus legte seinen Arm um sie und drückte sie für einen Moment an sich. „Ich liebe es, wie dein Verstand arbeitet. Ich wünschte, du hättest mich schon früher beachtet. Ich bin schon seit einem Jahr in dieses hübsche Gesicht und deinen brillanten Verstand verschossen."

„Bist du das?" Bianca stieß die Worte mit einem langen Atemzug aus.

„Das bin ich. Du bist das Licht in meiner Welt", sagte Seamus und wandte sich dann wieder Clare zu, während Bianca auf dem Rücksitz ganz verlegen wurde. „Einfrieren heißt nicht, jemanden zu vereisen, obwohl es toll wäre, wenn du das könntest. Dann könntest du einfach ‚zack, zack, zack... und vereist bist du!' machen und damit einen Domnua zu Fall bringen."

Clare musste unwillkürlich über Seamus' Begeisterung lachen.

„Was es wirklich bedeutet, ist, etwas zu stoppen, das in Bewegung ist. Einen Ball, der rollt, einen Domnua, der angreift, so etwas in der Art. Es ist eine Art Pausentaste."

„Wie lange hält das an?", fragte Clare, die vor Neugierde ganz aus dem Häuschen war. Sie spreizte die Hände in ihrem Schoß und schaute auf sie herab, wobei sie sich fragte, ob sie wirklich eine solche Kraft besaß.

„Nicht lange. Vielleicht lange genug, um deinen Dolch in ihr Herz zu rammen. Vielleicht lange genug, um jemanden davor zu bewahren, von einem Auto überfahren zu werden. Es ist klug, damit nicht übermütig zu werden, denn sobald sie auftauen, kommen sie wie ein Güterzug auf dich zu", sagte Blake, dessen Ton und Worte Clare einen Schauer über den Rücken jagten.

„Ich kann mir nicht einmal vorstellen, wie es sein soll, jemandem einen Dolch ins Herz zu rammen", gab Clare hilflos zu. „Das übersteigt meinen Horizont. Ich bin mir nicht sicher, ob ich wirklich die Richtige für diese Aufgabe bin."

„Du wirst anders darüber denken, wenn ein Domnua kurz davor ist, dir den Kopf abzuschlagen, glaub mir", sagte Seamus fröhlich.

„Du machst doch Witze, oder?", fragte Clare.

„Leider nein. Ich denke, heute Abend müssen wir an den Grundlagen der Selbstverteidigung und dem Umgang mit dem Schwert arbeiten. Fürs Erste können wir uns in Magie üben."

„Wie um alles in der Welt soll ich in einem fahrenden

Auto meine magischen Kräfte üben?", rief Clare aus und drehte sich zu Seamus um.

„Nichts leichter als das", sagte Seamus – und warf ihr eine Dose Limonade ins Gesicht.

Ohne nachzudenken reagierte Clare und hob die Hand, um ihr Gesicht zu schützen, aber die Dose erreichte sie nicht.

Stattdessen blieb sie in der Luft schweben.

Clares Augen wurden groß wie Untertassen. Seamus fing die Dose geschickt auf, als sie schließlich fiel, und verhinderte so, dass das ganze Auto vollgespritzt wurde.

„Siehst du? Du bist ein Naturtalent."

KAPITEL ZWANZIG

Nach ein paar Momenten der Panik, in denen Clare ihren Kopf zwischen die Knie klemmen und tief hatte durchatmen müssen, begann sie zu üben. Obwohl ihr wissenschaftlicher Verstand sich eigentlich weigerte, zu akzeptieren, dass die Gesetze der Physik so leicht gebrochen werden konnten, staunte sie über die Funktionsweise der Magie. Sie wollte sie sezieren und eine Abhandlung darüber schreiben, nach Formeln oder Erklärungen suchen.

Blake hatte sie ausgelacht, als sie das gesagt hatte, aber es war nicht böse gemeint gewesen. Er schien sich an ihrer Neugier zu freuen. Sie war ähnlich wie ein Kind, das zum ersten Mal Fahrrad fahren lernt, als sie einen Stift immer wieder vor sich in die Luft warf und einfror.

Kurz vor Galway hatten sie eine kurze Pause eingelegt, und Blake hatte ihnen nur wenige Minuten Zeit gegeben, um die Toiletten zu benutzen. Er wollte sie so gut wie möglich aus der Öffentlichkeit fernhalten, da er befürchtete, dass die Domnua hinter ihnen her sein konnten. Soweit sie wussten, gingen die Domnua zwar immer noch davon aus, dass Clare in Dublin war, aber sie konnten sich nicht sicher sein.

Als sie auf der dunklen Landstraße um eine Kurve bogen, stellte Clare eine Frage, die sie schon lange beschäftigte.

„Wie konnten sie nicht wissen, wer ich bin? Ich meine, jetzt wissen sie es – aber einer von euch hat erwähnt, dass sie mich finden mussten. Und wie werden sie die Nächste finden? Wissen wir, wer das nächste Mädchen ist?" Seamus hatte bereits erklärt, dass alle *Na Sirtheoir* Frauen waren.

„Das hat mir der Göttin zu tun, die dich beschützt. Wenn die Domnua herausgefunden hätten wer du bist, als du noch ein wehrloses Baby warst, hätten sie dich bereits getötet. Es gibt einen Schutz, der besteht, bis du viel älter bist", erklärte Blake.

„Haben meine Eltern deshalb nie mein Mal gesehen – das an meinem Hinterkopf?", fragte Clare.

„Wenn das Zeichen erscheint, ist der Schutz aufgehoben und du bist auf dich allein gestellt. Abgesehen von den Beschützern und den Danula, die auf dich aufpassen, meine ich. Aber selbst die Danula müssen dich erst finden. Ich war bei dir, seit das Mal auftauchte."

Clare schüttelte den Kopf und wunderte sich immer noch darüber, wie lange Blake sie schon beschützte und sie selbst nichts davon mitbekommen hatte.

„Habe ich eine Farbe?", rief Clare aus und erkannte plötzlich, dass die Feen auf diese Weise erkennen mussten, wer sie war.

„Das tust du", lächelte Blake und freute sich, dass sie endlich darauf gekommen war.

„Also, welche Farbe ist es?", fragte Clare.

„Gold", sagten Blake und Seamus gleichzeitig.

Clare nahm einen tiefen Atemzug und sah an sich herunter. Sie konnte die Farbe nirgends entdecken. „Ich bin golden?"

„Ein schönes, glänzendes Gold. Die Farbe passt gut zu deinem Hautton und deinen kastanienbraunen Locken", sagte Seamus leichthin.

„Aber warum Gold?"

„Feen lieben glänzende Dinge. Gold ist eines der begehrtesten Metalle. Da du, du weißt schon, zur Elite gehörst – eine *Na Sirtheoir* –, bekommst du Gold als Farbe."

„Ich schätze, das hebt den Satz ‚Du bist Gold wert' auf eine ganz neue Ebene", scherzte Bianca. Alle lachten, obwohl Clare Schwierigkeiten hatte, all diese neuen Ideen zu verarbeiten. Es war, als hätte sich ihre Identität verschoben, und sie war gezwungen, sich durch eine ganz neue Brille zu sehen. Das war weder schlecht noch gut, dachte sie, es war einfach so. Als pragmatisch denkende Person hatte sie gelernt, Dinge, die sie nicht ändern konnte, nicht in Frage zu stellen.

Und es schien, dass sie keine Wahl in der Frage hatte, ob sie eine Suchende war oder nicht.

Bei dem Gedanken daran kniff sie ihre Augen zusammen und wandte sich an Blake.

„Habe ich eine Wahl, ob ich eine Suchende sein will? Kann ich einfach darauf verzichten und zu meinem normalen Leben zurückkehren?"

„Sicher, solange dich die Domnua am Leben lassen", sagte Blake.

„Sie würden trotzdem versuchen, mich zu töten? Auch wenn ich nicht auf der Suche nach dem Schatz wäre?"

„Ja."

„Das ist einfach beschissen", murmelte Clare, die mit ihren Augen die dunkle Straße vor ihnen absuchte.

„Das ist es wohl", stimmte Blake zu.

„Wo übernachten wir heute? Ich habe meinen Eltern noch nicht gesagt, dass wir kommen."

„Ich habe eine Unterkunft für uns, etwa zwanzig Minuten entfernt."

„Du denkst doch nicht etwa, dass wir in diesen Schlafsäcken schlafen werden, oder?"

Blake grinste, seine Zähne blitzten im Licht der Konsole. „Nicht heute, aber wahrscheinlich in einer der nächsten Nächte."

„Dir ist klar, dass es mitten im Winter ist, oder?", warf Bianca auf dem Rücksitz ein.

„Dir ist klar, dass wir versuchen, die Welt zu retten, oder?", erwiderte Blake.

„Naja, wenn du es so sagst, ist es wahrscheinlich keine große Sache", brummte Bianca.

KAPITEL EINUNDZWANZIG

Die Scheinwerfer des Range Rover streiften etwas, was wie ein kleines Bauernhaus aussah, hinter dem sich zwei Steinhütten verbargen. Licht schien im vorderen Fenster des Bauernhauses und Clare sah, wie sich der Schatten einer Gestalt bewegte.

„Bin gleich wieder da", sagte Blake und sprang aus dem laufenden Auto. Er joggte zur Haustür, die sich bereits geöffnet hatte, aber die Gestalt blieb im Schatten, und Clare konnte nicht viel erkennen. In wenigen Augenblicken war Blake zum Auto zurückgekehrt. In seiner Hand baumelten ein paar Schlüssel.

„Die beiden Hütten gehören uns, wir werden heute Nacht hier schlafen", sagte Blake, lenkte den Range Rover um das Haus herum und zu den Steinhäuschen. Ein kleines Licht leuchtete an der Vorderseite der beiden Häuser und erhellte die fröhlichen blauen Türen, aber der Rest blieb im Dunkeln.

„Eine Hütte für die Mädels und eine für die Jungs?",

sagte Clare leichthin, obwohl sich ihr Herzschlag beschleunigt hatte, als Blake nur zwei Hütten erwähnt hatte.

„Netter Versuch, Doc. Du schläfst bei mir."

„Warum kann ich nicht mit Bianca schlafen?", wollte Clare wissen.

„Ich für meinen Teil hätte kein Problem damit – solange ich zuschauen darf", meldete sich Seamus vom Rücksitz aus zu Wort. Bianca quietschte schrill und schlug ihm auf die Schulter.

„Du wirst da bleiben, wo ich dich im Auge behalten kann. Ich bitte dich, es nicht schwieriger zu machen, als es sein muss", sagte Blake gleichmütig, aber Clare konnte die Härte hinter seinen Worten spüren.

„Gut. Du kannst auf dem Boden schlafen", sagte Clare ruhig und stieg aus dem Auto, um das Gespräch zu beenden. Sie hörte Blakes Lachen hinter sich, und ein Schauer lief ihr den Rücken hinunter.

„Bist du sicher, dass es für dich in Ordnung ist, bei ihm zu bleiben?" Bianca griff nach ihrer Hand und flüsterte ihr ins Ohr. „Ich meine, ich würde es tun, denn er ist wirklich zum Anbeißen. Aber ich möchte dich nicht in eine unangenehme Situation bringen."

Clare blickte hinüber zu Blake, der mehrere Taschen aus dem Kofferraum hievte.

„Ich werde schon mit ihm fertig."

„Mmhm, ich wette, dass du das wirst."

„Was ist mit dir? Hast du ein Problem damit, bei Seamus zu schlafen?"

„Er wird nicht wissen, wie ihm geschieht", erklärte Bianca. Clare lachte, lang und heftig. Die beiden Männer sahen zu ihnen hinüber, aber Clare zog Bianca einfach in eine Umarmung.

„So viel dazu, sich von ihm umwerben zu lassen", scherzte Clare.

„Siehst du? Ich habe dir doch gesagt, dass sie miteinander schlafen wollen", sagte Seamus, was Clare noch mehr zum Lachen brachte.

„Versuche, etwas Schlaf zu bekommen", ermahnte Clare ihre Freundin und schob sich mit einem frechen Grinsen an Seamus vorbei. Seine Augenbrauen hoben sich bei ihrem Blick, aber dann suchte sein Blick Bianca und er eilte hinter ihr her zu ihrer eigenen Hütte.

„Ihre Unterkunft erwartet Sie, Madam", sagte Blake trocken und hielt die Tür zum Cottage auf. Clare ging mit erhobener Nase an ihm vorbei.

Die Hütte war im Wesentlichen ein einziger großer Raum, mit einer kleinen Küchenzeile auf der einen Seite und einem Tisch mit zwei Stühlen und einem Doppelbett unter dem Dachvorsprung auf der anderen Seite. Ein abgewetzter kreisförmiger Teppich bedeckte den abgenutzten Holzboden, und an einer Wand stand eine kleine Couch. Eine Tür neben dem Bett führte zu etwas, von dem Clare hoffte, dass es ein Badezimmer war.

Obwohl es nicht viel Dekoration gab, war die Hütte urig und zweckmäßig, was seinen eigenen Charme hatte.

„Ist das eine Frühstückspension?"

„So ähnlich", sagte Blake, warf seine Tasche auf die Couch und streckte sich. Clare ertappte sich dabei, wie sie die Art und Weise beobachtete, auf die sich seine Muskeln unter seinem Hemd abzeichneten, und wandte sich schnell ab, um ihre Tasche auf das Bett zu stellen und darin nach ihrem Kulturbeutel zu wühlen. Ihre Hand erstarrte, als ihr klar wurde, dass sie keinen anständigen Schlafanzug mitgebracht hatte. Normalerweise schlief sie einfach in ihrer Unterwäsche und einem T-Shirt oder Tank-Top. Im Stillen verfluchte sie sich selbst, drehte sich um und sah Blake mit zusammengekniffenen Augen an.

„Ich hoffe, du glaubst nicht, dass du im selben Bett wie ich schlafen wirst", erklärte sie und erhob wieder ihre Nasenspitze.

„Ich glaube, ich war derjenige, der gesagt hat, dass ich Ablenkung nicht gebrauchen kann", sagte Blake, der nicht aufschaute, während er in seiner Tasche kramte.

„Das ist mir bewusst. Ich wollte mich nur vergewissern, dass du noch weißt, wie mein Standpunkt ist", sagte Clare und eilte in das winzige Badezimmer. Sie knallte ihre Kulturtasche auf das Waschbecken und betrachtete sich im Spiegel. In einem Moment hatte dieser Mann sie blind vor Lust gemacht, im nächsten machte er sie wütend. Dieses heißkalte Spiel hatte sie noch nie gut gespielt, erinnerte sich Clare. Sie war in ihrem Leben schon einigen bösen Jungs hinterhergelaufen. Es wäre klug, wenn sie sich daran erinnern würde, worauf sie alle aus waren.

Und es war sicher nicht Liebe.

Ihre Augenbrauen hoben sich, als ihr das Wort durch den Kopf glitt und sich dann tief in ihrem Bauch festsetzte. Liebe? Sie konnte auf keinen Fall einen Mann lieben, den sie gerade erst kennengelernt hatte. Nur weil sie sich sofort mit ihm verbunden fühlte, hieß das noch lange nicht, dass es Liebe war.

Oder dass er sogar dasselbe empfand wie sie. Sie jahrelang zu beschützen war seine Pflicht. Sie aus der Distanz zu bewundern, war wahrscheinlich nur eine Konsequenz seiner Aufgabe – sie sollte nicht mehr hineininterpretieren.

„Alles in Ordnung da drin?", rief Blake und Clare zuckte zusammen.

„Ja, ich bin gleich fertig", rief Clare. Sie wusch sich schnell das Gesicht, putzte sich die Zähne und benutzte die Toilette, die sich neben einer kleinen Duschkabine in der Ecke befand. Immerhin gab es eine Dusche, dachte Clare.

Clare zog ihren BH aus, ließ aber ihre Jeans an und zog sich ein lockeres T-Shirt über den Kopf. Sie verließ das Bad und schrie sie auf, als ihr ein Kissen entgegenflog.

Instinktiv riss sie die Hände nach oben und ließ das Kissen in der Luft erstarren, wobei die Magie aus ihrem Innersten zu fließen schien und warm durch ihre Fingerspitzen nach außen strömte. Sie konnte sie nicht sehen – aber sie spürte sie.

Es war merkwürdig, dass sie die ganze Zeit in Besitz dieser Magie gewesen war und nie etwas davon geahnt hatte – außer, wenn sie in der Nähe von Steinen war.

„Tut mir leid, aber ich musste dich testen", sagte Blake, bückte sich und hob den Inhalt ihres Kulturbeutels auf, der auf dem Boden verstreut lag. Er hielt ein kleines Folienbriefchen hoch, und Clare errötete vom Haaransatz bis zu den Zehenspitzen.

„Das werden wir nicht brauchen", sagte Clare kurz, nahm es ihm aus der Hand und steckte es zurück in ihre Tasche. Sie drehte ihm den Rücken zu, während sie den kleinen Kulturbeutel tief in ihrem Rucksack vergrub und verzweifelt versuchte, ihre Verlegenheit zu überspielen.

„Ich habe hier ein paar Apfelschnitze und Kekse, falls

du vor dem Schlafengehen noch etwas essen möchtest", sagte Blake.

Clare drehte sich um und schob ihren Zopf über die Schulter. „Danke", sagte sie. Sie durchquerte das Zimmer und nahm sich ein paar Kekse, einen Apfelschnitz und eine Flasche Wasser, die auf dem Tisch standen. Sie drehte sich um und stapfte zurück zum Bett, wo sie es sich am Kopfende gemütlich machte. Sie beugte sich vor, stellte ihr Essen auf den Nachttisch – abgesehen von dem Apfelschnitz, das sie sich sofort in den Mund schob – und holte ihr Handy aus der Tasche. Blake demonstrativ ignorierend, begann sie, durch Facebook zu scrollen, um zu sehen, was in der Welt sonst noch so los war.

Und verschluckte sich fast an ihrem Apfel, als ihr das Telefon aus der Hand gerissen wurde.

„Hey!" sagte Clare und hustete beim Versuch sich zu räuspern. Sie schluckte und blickte zu Blake hoch, der auf ihrer Seite des Bettes stand.

„Du kannst dein Telefon nicht benutzen."

„Und warum zur Hölle nicht?", fragte Clare.

„Feen lieben Elektronik. Sie werden dich leicht aufspüren können. Ich hätte dir früher sagen sollen, dass du es ausschalten musst." Blake fluchte ausgiebig vor sich hin, während er ihr Telefon ausschaltete und es ihr zurückgab. Clare starrte auf das kleine, scheinbar harmlose, weiße iPhone, als wäre es eine Granate.

„Dazu sind sie in der Lage?"

„Ja", sagte Blake schlicht, drehte sich um und ging zurück zum Tisch. Er setzte sich und konzentrierte sich auf sein Essen, während er Notizen auf einem kleinen Block machte. Stille erfüllte den Raum, und da es nichts gab, mit dem sie sich ablenken konnte, wurde Clare langsam unruhig.

„Gibt es noch andere Regeln, von denen ich wissen sollte, oh weiser Mann?", fragte Clare schließlich.

„Geh nicht alleine los. Sag mir immer, wohin du gehst. Benutze keine elektronischen Geräte. Ich habe immer Recht, du hast immer Unrecht. Das sollte alles sein."

Fast hätte sie ein Kissen nach ihm geworfen. Aber sie beschloss, erwachsen zu sein und hielt sich zurück. „Ich leg mich schlafen. Du schläfst auf der Couch."

Blake sah auf, warf einen Blick auf die Couch – die eindeutig zu klein für seine große Statur war – und dann wieder zu ihr.

„Nein, das werde ich nicht. Aber du kannst gerne dort schlafen. Es passt besser zu deiner Größe."

Clare glotzte ihn störrisch an. Sie wollte wirklich nicht auf der Couch schlafen. Aber sie traute sich auch nicht, mit ihm in einem Bett zu schlafen. Wütend zog sie die obere Decke vom Bett und schnappte sich ein Kissen. Sie weigerte sich, ihm in die Augen zu sehen, und ging zur Couch. Sie kroch darauf und zog die Decke über sich, um ihren Körper zu bedecken, während sie ihre Jeans auszog. Danach hängte sie sie über die Lehne, drehte sich um und klopfte sich das Kissen zurecht. Die Couch war uneben und mit einem kratzigen Stoff bezogen, also nicht zum Schlafen geeignet.

„Ich würde es begrüßen, wenn du das Licht ausmachen könntest", sagte Clare schließlich, so wütend über die Situation, dass sie schreien wollte.

„Ja, mein Schatz. Ich mache mich nur noch schnell bettfertig."

Clare verdrehte die Augen, als sie hörte, wie er die

Toilette benutzte, und zuckte dann fast zusammen, als sie das Geklapper seiner Gürtelschnalle und den Reißverschluss seiner Hose hörte. Es kostete sie all ihre Willenskraft, sich nicht umzudrehen und heimlich zuzusehen. Stattdessen zog sie die dünne Decke weiter über ihren Kopf und hoffte, dass der Schlaf schnell kommen würde.

Wenn er überhaupt kommen würde.

KAPITEL ZWEIUNDZWANZIG

Blake schüttelte den Kopf über ihre Sturheit, als er unter die Bettdecke schlüpfte. Für jemanden, die ein Kondom in ihrem Kulturbeutel mit sich führte, war sie wirklich prüde, was das Teilen eines Bettes anbelangte. Er konnte noch den rot-goldenen Schimmer ihres Haares im schwachen Schein des Lichts erkennen, das er im Badezimmer angelassen hatte.

Es kostete ihn all seine Willenskraft, nicht zur Couch hinüberzugehen und ihr die Decke vom Körper zu reißen. Er hatte fast weinen können, als er ihre Jeans unter der Decke hervorkommen sah.

Er nahm an, dass dies das Resultat seines selbst auferlegten Zölibats war. Es gab keine Regeln, die Enthaltsamkeit für Beschützer vorschrieben. Aber nachdem er Clare zum ersten Mal gesehen hatte, war ihm schnell klar geworden, dass es keine andere Frau für ihn gab.

Und so hatte er sein Verlangen und seine Ruhelosigkeit abreagiert, indem er viele Stunden im Fitnessstudio verbrachte und rücksichtslos jeden Domnua tötete, der auch nur ansatzweise in die Nähe von Clare kam. Doch jetzt, wo ihre Zeit gekommen war, gab es zu viele Domnua, mit denen er allein nicht fertig werden konnte. Es war das Beste, dass sie die Stadt verlassen hatten.

Clare gab im Schlaf Geräusche von sich, was ihn dazu brachte, sich aufzusetzen und das Bündel auf der Couch zu untersuchen. Schlief sie oder weinte sie? Er hielt den Atem an und lauschte.

Als noch ein Wimmern unter der Decke hervorkam, glitt er vom Bett und schlich zur Couch hinüber. Schweigend stellte er sich über sie. Als sie sich wieder wand und schluchzte, erkannte er, dass sie einen bösen Traum haben musste. Ohne nachzudenken, beugte er sich über sie und hob sie in seine Arme, bevor er mit ihr zurück zum Bett ging.

Clare wachte nicht auf, als er sie, immer noch in ihre Decke gehüllt, sanft auf das Bett legte, und anschließend die große Decke über sie beide zog. Stattdessen wimmerte sie wieder, drehte sich und schlang ihre Arme um ihn.

Blakes öffnete weit die Augen und blickte herab, um zu sehen, ob er den Schimmer ihrer Augen im Licht des Badezimmers sehen konnte. Aber nein; sie schlief noch.

Er seufzte und schlang einen Arm um ihre Schultern, während sie sich noch enger an seine Seite schmiegte. Wenigstens schluchzte sie nicht mehr.

Blake, der sich mit einer schlaflosen Nacht abgefunden hatte, starrte die Dachsparren an und begann, die nächsten Schritte zu planen.

Dies erwies sich als Segen. Denn hätte er geschlafen, hätte er den Domnua verpasst, der durch den dünnen Spalt am unteren Ende der Tür in die Hütte schlüpfte.

KAPITEL DREIUNDZWANZIG

Das Geräusch eines jammernden Wehklagens ließ Clare mit einem Ruck aufwachen. Orientierungslos schaute sie sich um und sah die Schatten, die sich im schwachen Licht, das durch den Spalt aus dem Badezimmer kam, bewegten.

Sie erinnerte sich daran, wo sie sich befand, war aber verwirrt, warum sie auf dem Bett lag. Dann kreischte sie auf, als sie sah, wie sich Blakes Arm hob und einen Dolch durch ein schattenhaftes Wesen bohrte. Schockiert sah sie, wie das silberne Licht zu flüssigem Silber auf dem Boden zerrann und erkannte plötzlich, dass sie angegriffen wurden.

Clare kletterte aus dem Bett und stieß die Badezimmertür auf, so dass die ganze Hütte erleuchtet war. Blake drehte sich im Kreis und seine Augen ruhten nur eine Sekunde lang auf ihr, während er weiter den Raum weiter absuchte.

„Das Fenster über dem Waschbecken!", kreischte Clare, als sie einen weiteren Schatten erblickte. Blake wirbelte umher und bewegte sich mit übermenschlicher Geschwindigkeit durch den Raum, wobei sein Dolch im Licht aufblitzte, kurz bevor ein weiterer silberner Lichtstrahl zu Boden glitt.

Blake drehte sich um und durchschritt den Raum, schaltete das Licht an und suchte jeden einzelnen Winkel ab.

Clare hielt sich die Hand an ihren Hals und beschloss, dass dies nicht der richtige Zeitpunkt war, die Tatsache zu kommentieren, dass Blake splitternackt war.

Aber welch einen Anblick er bot, dachte Clare, als ihre Augen über die verschlungenen Tätowierungen wanderten, die sich seine Arme hinauf, seinen Rücken hinunter und über seinen muskulösen Oberkörper schlängelten. Ihr Blick folgte einer besonders interessanten Tätowierung, die bis zu seinem Bauchnabel reichte.

„Hast du dich sattgesehen?", fragte Blake und Clare schnappte nach Luft, riss ihren Blick von ihm los, um an ihm vorbeizueilen und ihre Jeans von der Couch zu holen.

„Warum war ich im Bett?", wollte Clare wissen, um das Thema zu wechseln und von ihrer Verlegenheit abzulenken.

„Du hast schlecht geträumt", sagte Blake, während er seine Hose anzog – ohne Unterwäsche, wie Clare bemerkte. Er begann, ihre Sachen in Taschen zu packen. „Pack deine Sachen. Wir müssen hier weg."

Vielleicht hätte sie früher erkennen sollen, dass sie sich immer noch in einer prekären Situation befanden, dachte Clare, während sie sich beeilte, ihre Sachen in ihren Rucksack zu stopfen. Sie zog eine Jacke über ihr T-Shirt und schulterte ihren Rucksack. Als von draußen ein Schrei ertönte, zuckte Clare zusammen.

„Bianca und Seamus."

„Folge mir nach draußen, mit dem Rücken zu mir. Nimm das", sagte Blake und warf ihr ein Messer in seiner Scheide zu. Zu ihrer eigenen Überraschung fing Clare es auf. Sie wog das Messer in ihrer Hand und zog es aus der Scheide, wobei die Klinge im Licht funkelte.

Seltsamerweise fühlte es sich in ihrer Hand genau richtig an. Ohne nachzudenken, warum, folgte sie Blake ins Morgengrauen, mit dem Rücken zu ihm, während sie sich Schritt für Schritt zu der anderen Hütte bewegten.

Der Hof war in Dunkelheit gehüllt, und das einzige Geräusch war das leise Rauschen des Windes über den Hügeln. Adrenalin schoss durch Clares Körper und ihre Augen verengten sich. Wachsam suchte sie den Hof nach allem ab, was plötzlich auftauchen könnte.

Ein silberner Streifen blitzte über den Hof. Clare zischte.

„Links!"

Blake drehte sich, durchschnitt den Streifen und es folgte derselbe Lichtblitz und dieselbe Pfütze aus flüssigem Silber. Und war das nicht faszinierend? Die Domnua leuchteten in der Dunkelheit. Erfreut darüber, dass sie sie zu jeder Nachtstunde ausfindig machen konnte, begann Clare, sich etwas sicherer zu fühlen.

Bis ihr klar wurde, dass, wenn sie die Domnua sehen konnte, diese auch sie sehen konnten.

Die rasche Ernüchterung über diesen Gedanken brachte ihr neu gewonnenes Selbstvertrauen gleich wieder etwas ins Wanken, während sie sich zügig zu dem nahegelegenen Haus vorarbeiteten. Als sie die Tür erreichten, hielt Clare inne.

„Blake."

„Was?"

„Der Horizont", flüsterte Clare, und Blake drehte sich sofort um, Clare hinter sich bringend.

Der Domnua, den Blake gerade getötet hatte, musste als Test geschickt worden sein. Denn gleich hinter den Häusern war ein schwaches Licht zu sehen, als ginge die Sonne auf. Doch statt goldener Strahlen, die über den Horizont streiften, machte sich Silber breit.

„Geh in die Hütte", befahl Blake.

„Ich kann dich nicht einfach hierlassen", rief Clare aus. „Auch ich werde kämpfen."

Blake drehte sich um, öffnete die Tür und schob Clare in Seamus' Arme.

„Halte sie fest."

„Blake!", rief Clare, aber er war schon außer Sichtweite und raste in die Horde silberner Wesen, die über den Hügel wuselten.

„Bianca, du bleibst bei Clare. Blake braucht mich zum Kämpfen", sagte Seamus, drehte sich um und drückte Clare in Biancas Arme.

„Ich kann nicht einfach hierbleiben", rief Clare, als Seamus mit einem silbernen Schwert in der Hand aus der Hütte rannte. Seamus ein Schwert schwingen zu sehen war schon ein Anblick für sich, aber Clare hatte nur Augen für Blake, der einen silbrigen Feenmann nach dem anderen aufschlitzte.

„Wir werden sie doch nicht allein kämpfen lassen, oder?", fragte Bianca frohen Mutes. Clares drehte den Kopf und sah ihre Freundin an. Mit zwei Dolchen in den

Händen und einem Ledermantel, den Clare noch nie an ihr gesehen hatte, sah Bianca bereit für den Kampf aus.

„Du wirst mich nicht zwingen, hier zu bleiben?"

„Seit wann lassen wir die Jungs für uns kämpfen?", fragte Bianca. „Lass uns den Typen zeigen, dass wir uns behaupten können", fügte sie hinzu und rannte in die Dämmerung hinaus, dicht gefolgt von Clare.

Clare pochte das Herz bis zum Hals. Es waren einfach zu viele. Es schien, als ob sie aus einer nicht enden wollenden Quelle hervorströmten. Wenn einer zu Boden ging, kam schon der nächste über den Hügel. Clare zuckte zusammen, als Blake einen weiteren ausschaltete, kurz nachdem der Domnua einen Treffer an seinem Arm gelandet hatte.

„Vielleicht wäre jetzt ein guter Zeitpunkt, den Zaubertrick mit dem Einfrieren anzuwenden?" fragte Bianca – dann kreischte sie auf und stieß ihr Messer in etwas hinter Clares Rücken.

Clare brauchte sich nicht umzusehen, um zu wissen, dass nun eine silberne Pfütze den Boden säumte.

„Gut gemacht. Kannst du sie jetzt sehen? Und gute Idee mit dem Einfrieren", murmelte Clare und drehte sich dorthin, wo der Kampf am wildesten tobte. Sie breitete die Hände aus – ohne sich ganz sicher zu sein, warum; wahrscheinlich hatte sie es in einem Film gesehen – und schoss ihre Magie geistig auf die Domnua.

„Was zur Hölle? Du hast recht...Ich kann sie jetzt sehen! Nur einen Schimmer, aber ja", rief Bianca aus und tänzelte aufgeregt. „Ich frage mich, ob es daran liegt, dass ich mit Seamus geschlafen habe."

Clare zögerte einen Moment, um diese Worte wirken zu

lassen, zwang sich dann aber, sich wieder auf ihre aktuelle kritische Lage zu konzentrieren.

Seamus hielt inne, als der Domnua, der sich gerade auf ihn gestürzt hatte, in der Luft erstarrte.

„Das war stark, Clare, einfach genial", rief Seamus und machte kurzen Prozess mit sieben erstarrten Domnua neben ihm. Blake arbeitete sich mit seiner üblichen Geschwindigkeit, die nicht von dieser Welt war, stetig durch die Menge. Jedes Mal, wenn sie aufzutauen begannen, warf Clare einen weiteren magischen Blitz auf sie.

„Hier drüben!", rief eine Stimme, und Clare drehte sich, um zu sehen, wie eine Frau in einem weißen Nachthemd aus dem hinteren Teil des Bauernhauses rannte und einem Feenmann das Herz durchbohrte.

An ihrem blassen violetten Schimmer konnte Clare erkennen, dass sie eine Danula war.

Bianca lief mit Clare über den Hof und bewegte sich um sie herum, während Clare ihren Atem beruhigte und sich darauf konzentrierte, alles einzufrieren, was es wagte, in ihr Blickfeld zu kommen.

Wenige Augenblicke später herrschte Stille. Nur das schwere Atmen von Blake und Seamus war zu hören.

„Sind wir fertig?", rief Clare, die immer noch mit Bianca in Alarmbereitschaft war.

„Ja, ich bekomme keine Signale mehr von meinem Schutzwall", rief die Frau, trat vor und wischte ihren Dolch an ihrem Nachthemd ab.

„Ich bin Morrigan. Es tut mir leid, dass das auf meinem Grundstück passiert ist. Ich dachte, meine Schutzwälle wären intakt, aber es scheint, dass sie einen Weg gefunden haben, sie zu umgehen. Es wird nicht wieder vorkommen", versprach Morrigan und reichte Clare die Hand. Clare schätzte sie auf Mitte sechzig, mit entschlossenen blauen Augen und einem grauen Zopf, der ihr bis zur Taille herabhing. Sie dachte, dass Morrigan jemand war, den sie gerne an ihrer Seite hatte.

„Es ist nicht deine Schuld", sagte Blake und stellte sich neben Clare. „Die Domnua sind auf dem Vormarsch. Wir müssen sofort weiterziehen."

„Ich verstehe. Es war mir eine Ehre, für Euch zu kämpfen", sagte Morrigan mit einer tiefen Verbeugung vor Clare. Verwundert ergriff Clare ihren Arm und zog sie hoch.

„Bitte, keine Verbeugung. Wir kämpfen alle den gleichen Kampf. Ich bin genau wie du", sagte Clare leise, wobei die leichten Nachbeben des Adrenalins ihre Stimme zittrig machten.

„Oh, das ist gütig von Euch, *Na Sirtheoir*, aber nein, wir sind nicht gleich. Ich bin es, die zu Dank verpflichtet ist. Ihr kämpft für die Welt, wie wir sie kennen", sagte Morrigan wohlwollend. „Ich werde einen Kaffee aufsetzen, während ihr eure Sachen packt."

Morrigan huschte über den Hof, während Clare sich umdrehte und sah, wie Blake eine Wunde an seinem Arm untersuchte.

„Du bist verletzt", sagte Clare und streckte die Hand aus, um seinen Arm zu berühren, aber er wich ihr aus. Die Wunde schien nicht tief zu sein, aber ihre Ränder waren silbern gefärbt.

„Nicht berühren. Das ist einer ihrer Tricks. Sobald ihr Gift an dir haftet, können sie dich besser aufspüren."

„Gift!", rief Clare aus.

Seamus war in die Hütte gegangen und kam nun mit

einem kleinen Tiegel in der Hand auf sie zu. Er öffnete ihn, tauchte seinen Finger in ein violettes Gel und verstrich es zügig über Blakes Wunde. Das Silber verschwand und die Wunde verheilte schnell. Clare und Bianca sahen sich ungläubig an.

„Tja, wir wären wohl Milliardäre, wenn wir diese Heilsalbe verkaufen könnten", meinte Bianca und Clare nickte.

„Das hast du wohl recht!"

„Genug geredet. Wir müssen weiter. Glaubt ja nicht, dass wir die Schlacht gewonnen haben. Sie haben nur unsere Stärke getestet. Bedenkt immer Folgendes: Während ihr für eure Welt kämpft, kämpfen sie für ihre Freiheit."

Das machte sie noch gefährlicher, als Clare zunächst angenommen hatte.

KAPITEL VIERUNDZWANZIG

Sie kämpfen für ihre Freiheit.

Clare wiederholte die Worte in ihrem Kopf, während sie eine schmale Gasse entlangfuhren, denn Blake hatte sich entschieden, die Nebenstraßen zu nehmen, die vom Bauernaus wegführten.

„Sollte ich Mitleid mit den Domnua haben?", fragte Clare schließlich, nachdem sie herausgefunden hatte, was sie bedrückte.

Blake und Seamus lachten beide gleichzeitig.

„Nicht im Geringsten, mein Liebes. Du tust gut daran, dir ins Gedächtnis zu rufen, dass sie dich ohne zu zögern umbringen würden", sagte Seamus.

„Ja, aber, ich meine, warum? Gibt es keine Möglichkeit, dass wir alle friedlich nebeneinander existieren könnten? Ihr wisst doch, wie wir über Sklaverei denken und so." Clare zuckte mit den Schultern und kam sich ein bisschen naiv vor, wollte aber trotzdem die Antwort wissen.

„Sie waren schon immer böse", sagte Blake und sah zu

ihr hinüber. „Sie gehören der dunklen Unterwelt an. Ein Leben auf dieser Existenzebene würde nichts an ihrem finsteren Charakter ändern. Es würde ihnen nur eine weitere Spielwiese für ihre dunklen Machenschaften bieten."

„Sie sind nicht wie wir, Clare", sagte Seamus. „Sie sehen Recht und Unrecht nicht auf unsere Weise. Sie haben kein Gewissen. Ich nehme an, wir würden sie Soziopathen nennen."

„Ich habe eine Frage", meldete sich Bianca, und Seamus legte seinen Arm um sie. Clare hatte bemerkt, dass sie seit der Schlacht am Morgen nicht aufgehört hatten, sich zu berühren, und sie fragte sich, was letzte Nacht in der Hütte vorgefallen war.

„Wie kommt es, dass sie hier sein können? Ich meine, wenn Blake Clare jahrelang vor ihnen beschützt hat und sie scheinbar einfach aus dem Nichts auftauchen und versuchen, sie zu töten – sind sie dann nicht schon frei? Oder hier? Was hält sie auf?"

„Es ist so, dass diejenigen, die hierher auf die Erde kommen, ihre Armee sind. Irgendwie und irgendwann, vielleicht ist es eingewoben in den Fluch, haben sie Zugang bekommen."

„Warum haben sie dann nicht einfach ihre gesamte Bevölkerung in die Armee gesteckt und sind auf die Erde gekommen?", fragte Bianca.

Einen Moment lang herrschte Stille im Auto.

„Ich habe absolut keine Ahnung. Aber es ist ein erschreckender Gedanke", gab Blake zu. „Aber jetzt, wo du es angesprochen hast, werde ich es melden. Wir wollen doch nicht, dass sie uns zuvorkommen, oder?"

„Es gibt also einen Vorgesetzten, dem du berichtspflichtig bist?" fragte Clare.

„So ähnlich", sagte Blake und presste die Lippen aufeinander.

Clare wartete einen Moment, aber es schien keine weiteren Informationen zu geben.

„Ich mache mir Sorgen um meine Familie", sagte Clare und wandte sich dem nächsten Thema zu, das in ihrem viel zu beschäftigten Kopf kreiste. „Ich habe das Gefühl, dass ich sie in Gefahr bringen werde."

„Ich habe sie eine Zeit lang schützen lassen", sagte Blake. „Und ich habe Verstärkung geschickt, als ich wusste, dass wir in ihre Richtung kommen würden. Ich habe nur den Schutz unterschätzt, den wir unterwegs brauchen würden."

„Ist es ein guter Schutz? Wird er ausreichen?", fragte Clare, der die Sorgen immer noch auf den Magen schlugen. Nach dem zu urteilen, was sie heute Morgen gesehen hatte, waren die Domnua heimtückisch und bewegten sich in Rudeln.

„Ja, er ist gut. Ich verspreche dir, dass deiner Familie kein Leid geschehen wird", sagte Blake und drückte sanft ihre Hand. Seine Berührung erinnerte Clare daran, wo sie gewesen war, als sie aus dem Schlaf aufschreckte. Hitze durchströmte sie. Sie spürte sowohl Scham als auch Erregung, als sie daran dachte, ein Bett mit Blake geteilt zu haben.

„Wie weit ist es noch bis zum Haus deiner Eltern?", fragte Bianca.

„Nicht mehr weit."

„Werden sie schon wach sein? Es ist noch nicht ganz hell", fragte Bianca, und Clare schaute dorthin, wo die Sonne gerade hinter den Hügeln aufgig. An einem Januartag die Sonne zu sehen, war eine gute Sache.

„Normalerweise stehen sie vor Tagesanbruch auf. Sie sind Bauern."

Als sie Clifden erreichten, wurde sie nervös. Was würden ihre Eltern denken, wenn sie zu so früher Stunde mit drei Freunden im Schlepptau vor ihrer Tür auftauchte?

„Genau hier", sagte Clare und wies Blake den Weg vom Dorf weg und eine kurvenreiche Straße entlang. Bald war der Blick auf das Dorf durch Hecken verdeckt, die wild und ungehindert am Straßenrand wuchsen.

„Noch ein Stückchen weiter, oben links", wies Clare an, und alle verstummten, als Blake den Wagen noch ein paar Kurven weiter lenkte und dann an einer Schottereinfahrt anhielt.

„Ist es das?"

„Das ist es", sagte Clare leise und versuchte, ihr Elternhaus mit den Augen ihrer Freunde zu sehen.

Es war ein einstöckiges Bauernhaus mit weißer Kalkfassade und einfachen braunen Zierbalken. Die Blumenkästen ihrer Mutter waren noch nicht bepflanzt, aber im Sommer würden sie in fröhlichem Rot erstrahlen. Hinter dem Haus standen ein paar Schuppen und ein Stall. Von dort aus erstreckten sich sanft geschwungene grüne Hügel, so weit das Auge reichte.

„Gehört das ganze Land deinen Eltern?", fragte Blake.

„Ja. Sie leben einfach, aber sie besitzen ein großes Stück Land", sagte Clare.

„Es muss schön gewesen sein, hier aufzuwachsen", sagte Bianca. Sie war noch nie bei Clare zu Hause gewesen, da sie an den Wochenenden nur selten aus der Stadt wegfuhren.

Clare spürte, wie sich die Anspannung in ihrem Magen etwas löste. „Es hat großen Spaß gemacht, auf den Hügeln herumzutollen, das kann ich nicht leugnen", gab sie zu.

„Ich kann verstehen, wie du bei Geologie gelandet bist. Ich meine, abgesehen von dem offensichtlichen Teil, dass du eine Suchende bist und so weiter", sagte Seamus.

„Ja, es gibt viel Land zum Herumwühlen", stimmte Clare zu, als das Auto zum Stehen kam. Ihr Vater, der das Knirschen der Reifen auf dem Schotter gehört hatte, steckte seinen Kopf aus der Scheune.

„Mein Papa", sagte Clare und deutete auf ihren Vater. Er trug eine Latzhose, eine grobe Leinenjacke und eine rote Strickmütze. Er zog seine Handschuhe aus und winkte, während er auf das Auto zuging.

Clare öffnete die Tür und hüpfte hinaus.

„Papa!"

„Mensch, das nenne ich mal eine willkommene Überraschung", rief Madden MacBride und lachte, während er über schneller über den Hof kam. Kurz darauf hatte sie ihr Gesicht an seinen Hals gedrückt und roch sein Rasierwasser und die Erde, die sich zu seinem typischen, einzigartigen Duft vermischten.

„Ich habe dich vermisst", gab Clare zu.

„Nun, so lange ist der Urlaub doch noch gar nicht her", sagte Madden, wobei seine blauen Augen die ihren musterten. Gedankenverloren studierte Clare einen Moment lang sein rötliches Gesicht und seine hellen Züge.

„Ich habe Freunde mitgebracht", sagte Clare, während ihr der Gedanke noch im Kopf herumspukte und ihre Mutter die Haustür öffnete.

„Clare! Stimmt etwas nicht?" Mary MacBride schritt über den Vorgarten, eine schlichte blaue Schürze über einem langärmeligen Pullover und khakifarbenen Hosen gebunden. Ihr blondes Haar begann gerade, grau zu werden, und ihre blauen Augen leuchteten vor Freude, enthielten aber auch einen Anflug von Sorge. Mary umarmte Clare und zog sie fest an sich.

Clare ließ sich einen Moment lang halten, während ihre Gedanken kreisten. Vorsichtig löste sie sich aus den Armen ihrer Mutter und schaute zwischen ihren beiden Eltern hin und her.

Warum war es ihr noch nie aufgefallen?

„Stellst du uns deinen Freunden vor?", fragte Mary und schaute über ihre Schulter zu Blake, der aus dem Auto gestiegen war. Clare beobachtete ihn einen Moment lang und schüttelte dann den Kopf, damit er zurückblieb. Mit einem Nicken schlüpfte er zurück ins Auto.

„Wer ist dieser Mann? Clare, was ist hier los?", fragte Mary und fuhr mit ihrer Hand über Clares Arm.

„Mama, warum sehe ich nicht so aus wie einer von euch beiden?"

Marys Hände fielen zur Seite, als ihr Blick zu Madden wanderte.

Die Stille zwischen ihnen wurde immer länger. Das einzige Geräusch war das Blöken eines Schafes in der Scheune.

Clare hatte das Gefühl, dass sich ihr die Kehle

zuschnürte und versuchte zu schlucken, während sich der Moment scheinbar ewig hinzog.

„Clare, wir müssen uns unterhalten."

Sie schloss die Augen, während um sie herum die letzten Reste der Person, die sie geglaubt hatte zu sein, in Stücke brachen.

KAPITEL FÜNFUNDZWANZIG

Obwohl ihre Welt bis ins Mark erschüttert war, wartete Clare ruhig, während ihre Mutter darauf bestand, alle ins Haus zu bringen und ihnen Tee zu servieren. Als alle im Wohnzimmer Platz genommen hatten, warf Mary einen Blick auf Madden.

„Clare, könnten wir dich im anderen Zimmer sprechen?"

Clare wusste, dass ihre Mutter versuchte, ihr eine peinliche oder dramatische Situation in Anwesenheit ihrer Freunde zu ersparen, aber Mary war nicht die Einzige, die ein Geheimnis hatte. Es spielte keine Rolle, ob ihre Freunde hörten, was Mary verraten würde.

„Du kannst frei vor ihnen sprechen", sagte Clare und winkte in die Richtung ihrer Freunde, die auf einem kleinen Sofa und einem Sessel zusammengekauert saßen. Das Wohnzimmer war das Lieblingszimmer ihrer Mutter. Es war mit Spitzendeckchen und Spitzenvorhängen ausgestattet, und die Wände hingen voll mit Kunstdrucken und Bildern. Clares Blick fiel auf ein Bild von ihr selbst, als sie noch nicht ganz ein Jahr alt war, grinsend wie ein Engelchen und mit dicken kastanienbraunen Locken, die sich auf ihrem Kopf kräuselten.

Sie blickte auf und bemerkte, dass Blake ihrem Blick zu dem Bild gefolgt und dann wieder zu ihr gewandert war. Mit einem kurzen Lächeln bot er ihr stillschweigend seine Unterstützung an. Clare schenkte ihm ein kleines Lächeln und sie musste unwillkürlich daran denken, wie maskulin er wirkte, in Anbetracht seiner Körpergröße, die den Sessel, der mit feiner Spitze verziert war, als winzig erscheinen ließ.

„Ich bin mir nicht sicher, ob…" Mary brach ab und faltete die Hände zusammen. Madden stand stoisch an ihrer Seite, seinen Arm um sie gelegt.

„Ihr wollt mir sagen, dass ihr nicht meine leiblichen Eltern seid", sagte Clare und beschloss, den schwierigen Teil für sie zu übernehmen.

Mary rang nach Atem und hielt sich die Hand vor ihren Mund, während Tränen in ihre schönen blauen Augen stiegen.

„Du wusstest es."

„Nein, ich wusste es nicht. Eine Reihe von Ereignissen in letzter Zeit hat mich zu der Annahme gebracht, dass ich vielleicht nicht dein Kind bin. Aber nein, ich habe es nie gewusst. Du bist meine Mutter, das ist die Wahrheit", sagte Clare, durchquerte das Zimmer und schlang ihre Arme um ihre Mutter, die nun unverhohlen weinte.

„Du bist unsere Tochter und damit hat sich's", sagte Madden und nickte mit dem Kopf, als sei die Sache damit ein für alle Mal entschieden.

„Natürlich bin ich das. Das kann uns niemand nehmen", versicherte Clare ihm. Sie war zu sehr von der

Trauer auf dem Gesicht ihrer Mutter gerührt, um zu versuchen, sich mit dem Gefühlschaos in ihrem Magen auseinanderzusetzen.

„Es tut mir so leid, dass ich es dir nicht gesagt habe", flüsterte Mary und Clare streckte die Hand aus, um ihr eine Träne von der Wange zu wischen.

„Ich glaube nicht, dass du dazu bestimmt warst, es mir zu sagen", sagte Clare sanft.

„Können Sie uns erzählen, wie Clare in Ihr Leben gekommen ist?", fragte Blake. Mary schaute an Clares Schulter vorbei.

„Ach, nun, ich glaube nicht, dass euch das alle wirklich interessiert", sagte Mary und verschränkte die Arme vor der Brust.

Clare warf einen Blick auf Blake und dann wieder auf ihre plötzlich nervösen Eltern. Hatten sie Angst davor, zu verraten, dass Magie im Spiel war?

„Ich weiß, dass ich... etwas Besonderes bin", sagte Clare und brach das Schweigen.

„Nun... wir hatten Schwierigkeiten mit dem Kinderkriegen, wisst ihr", sagte Madden schroff und seine Wangen röteten sich vor Verlegenheit bei dem Thema.

„Natürlich, ich verstehe", sagte Clare schnell, den Arm immer noch um ihre Mutter gelegt.

„Und als sie zu uns kam, konnten wir uns nicht einfach von dir abwenden, verstehst du?", sagte Mary und wischte sich über die Augenwinkel.

„Wer war ‚sie'?" fragte Blake.

„Es war eine verregnete Nacht im Januar", sagte Mary und drehte sich zu Madden um. „Vielleicht sollten wir uns setzen."

„Ich hole Whiskey", sagte Madden, und Mary lachte, ihr erstes richtiges Lächeln, seit sie alle zu so früher Stunde vor ihrer Tür hatte stehen sehen.

„Dafür ist es noch ein bisschen früh, meinst du nicht?", fragte Mary.

„Oh, richtig. Dann mehr Tee", sagte Madden und verschwand. Mary drehte sich um und wandte sich an den Raum.

„Er spricht nicht gerne über diese Nacht. Das macht ihn nervös", sagte Mary leise.

„Weil es magisch war", sagte Seamus leichthin.

Mary stutzte und ihre Augen weiteten sich für einen Moment. „Ähm, ja, so scheint es", sagte Mary leise und hockte sich auf die Lehne eines Sessels.

Madden betrat den Raum mit zwei weiteren dampfenden Tassen Tee und einem kleinen Päckchen unter dem Arm.

„Ach herrje, es ist also so weit", sagte Mary und betrachtete das Paket unter Maddens Arm.

„Ist es nicht das, was sie gesagt hat? Dass wir es ihr geben sollen, wenn die Zeit reif ist?", fragte Madden.

„Ja, ich denke schon", stimmte Mary zu und wurde rot, als sie merkte, dass die jungen Leute ihnen zuhörten.

„Erzählt uns von diesem Abend", forderte Clare und setzte sich ihnen gegenüber.

„Wir waren mit unserer Hündin im Stall. Sie war trächtig, und wir wollten beide bei ihr sein, als sie ihre Wehen bekam", sagte Madden und zuckte mit den Schultern. „Nur weil sie ein Stallhund war, heißt das nicht, dass sie kein guter Hund war."

„Du hast sie geliebt", stimmte Mary zu.

„Ja, nun, wir saßen also bei ihr, weil wir wussten, dass ihre Zeit gekommen war. Und der Regen und der Wind waren viel stärker geworden."

„Aber es war gemütlich dort, mit dem warmen Schein der Lichter, und die Hündin lag in einem kleinen Nest aus Decken auf dem Heu. Es war schön", sagte Mary und sah liebevoll zu Madden hinüber.

„Es war wirklich ein schöner Moment. Wir waren ein wenig aufgeregt, aber guter Dinge. Aufgeregt wegen der Welpen", stimmte Madden zu.

„Und dann begann die Hündin zu knurren", erinnerte sich Mary.

„Ja, so war es! Die Hündin knurrte. Zuerst dachten wir, sie hätte Schmerzen, aber sie starrte auf das Scheunentor."

„Und dann flog es auf", fuhr Mary fort.

„Und eine Frau stand da."

„Ich schwöre, dass sie von einem Lichtschein umgeben war." Ihre Stimmen überschlugen sich, und die Geschichte, die so lange begraben war, drängte nun ans Licht.

„Sie war wunderschön", sinnierte Madden und streichelte dann Marys Bein. „Nicht so schön wie meine Frau, das steht fest. Aber trotzdem sehr schön."

„Ach, komm schon. Sie war umwerfend. Auf eine ätherische Art und Weise, wisst ihr? Sie strahlte geradezu aus ihrem Inneren", sagte Mary und starrte einen Moment lang ins Leere, bevor sie den Kopf schüttelte. „Sie schwebte förmlich in den Stall hinein."

„Ja, es sah aus, als würde sie schweben, aber vielleicht haben wir uns das nur eingebildet", stimmte Madden zu.

„Und ihr Gesicht, ach, es war reine Güte und Freude.

Erst als sie ganz nah bei uns war, merkten wir, dass sie ein Bündel in ihren Armen hielt", sagte Mary.

„Hat sie etwas gesagt?" fragte Bianca, deren Augen so groß wie Untertassen waren.

„Ja, sie sagte, dass sie unsere Gebete erhört hätte und uns ein Geschenk ihres Herzens brächte", flüsterte Mary, und ihre Augen füllten sich mit Tränen, als sie zu Clare hinübersah.

Clare spürte, wie auch ihre Augen daraufhin feucht wurden. Es gab keinen Zweifel an der Liebe, die ihre Eltern für sie empfanden.

„Und sie hielt uns dieses winzige Bündel hin", erinnerte sich Madden und streckte seine Arme vor sich aus. „Und wir konnten kaum das kleine Gesicht erkennen, das unter den Decken zum Vorschein kam."

„Ich habe sofort angefangen zu weinen", sagte Mary.

„Ja, das hat sie. Also stand ich auf, ging zu dieser Frau und streckte meine Arme nach dem Bündel aus."

„Ich riss mich schließlich zusammen und fragte sie, wer sie war und woher das Baby kam", sagt Mary.

„Was hat sie gesagt?"

„Sie sagte, ihr Name sei Danu und du wärst ein Geschenk der Götter." Mary lachte ein wenig und schüttelte den Kopf. „Was aber keinen Sinn machte, denn es gibt ja nur einen Gott."

Clare warf einen Blick auf Blake und sah dann wieder ihre Eltern an. Sie waren beide überzeugte Katholiken, und jetzt war nicht der richtige Zeitpunkt, um mit ihnen eine Diskussion über Religion anzufangen.

„Vielleicht hat sie ja in Wirklichkeit Gott gesagt", überlegte Madden, der wusste, dass die Erinnerungen mit den Jahren unscharf wurden.

„Wie auch immer, ich sage dir, es war, als ob wir in der Gegenwart eines Engels waren. Und dann überreichte sie mir ein Päckchen", sagte Mary und deutete mit dem Finger auf das in Leder eingewickelte Päckchen. „Sie sagte mir, ich solle dir das geben, wenn du uns fragst, was du bist. Und das war's."

„Wo ging sie hin?", fragte Clare. Obwohl ihr Herz wie verrückt in ihrer Brust pochte, wollte sie den Rest der Geschichte hören.

„Ähm, na ja." Maddens Wangen färbten sich wieder.

„Sie verschwand einfach. Es war... sie war da und im nächsten Augenblick war sie verschwunden. Und wir hielten ein Baby in den Händen", sagte Mary, während ihre Augen bei der Erinnerung an diesen erstaunlichen Moment aufleuchteten.

„Es war ein ziemlicher Schock. Ich meine, wir hatten keine Säuglingsnahrung, natürlich auch keine Muttermilch, keine Babyausstattung... einfach nichts."

„Madden ist sofort losgefahren und hat in der nächstgelegenen Stadt Babynahrung besorgt", erinnert sich Mary lächelnd. „Und ich habe dich die ganze Zeit über gehalten. Du hast mich die meiste Zeit einfach angeschaut, dann hast du die Augen geschlossen und bist eingeschlafen."

„Was hast du den Leuten damals erzählt? Über mich?", fragte Clare.

„Nun, da du so ein winziges Ding warst, haben wir die Schwangerschaft für die nächsten Monate vorgetäuscht", sagte Mary mit einem Lächeln. „Ich steckte ein Kissen unter mein Kleid und blieb die meiste Zeit auf der Farm. Es dauerte nicht lange, bis ich behauptete, ich hätte entbunden, und dein Gewicht entsprach zu diesem Zeitpunkt schon eher dem eines normalen Babys. Alle haben es einfach akzeptiert und wir haben unser Leben normal weitergelebt."

„Und doch wusstet ihr, dass es Magie war", sagte Clare und beobachtete die Gesichter der beiden.

„Ich würde es nicht Magie nennen, Liebes. Du wurdest von einem Engel berührt, das ist alles. Das macht dich zu etwas Besonderem", sagte Madden mit trotzigem Gesichtsausdruck.

Clare schaute Bianca an, die nur mit den Schultern zuckte. Nach kurzem Überlegen beschloss Clare, das Thema fallen zu lassen. Was hätte es für einen Sinn, über Magie und Religion zu streiten? Mit jemandem zu streiten, änderte selten seine Überzeugungen. Letztendlich zählte nur, dass sie Clare aufgenommen, ihr ein liebevolles Zuhause gegeben und sie so hatten sein lassen, wie sie war. Wenn sie glauben wollten, dass sie ein Geschenk der Engel war – dann sollte es so sein. Sie konnte nicht mehr von ihnen verlangen.

„Danke, dass ihr mich aufgezogen habt", sagte Clare mit einem sanften Lächeln.

„Was ist aus der Hündin geworden?", fragte Bianca, alle aufschreckend.

Madden schlug sich auf die Knie und lachte aus vollem Herzen.

„Sie hat noch in derselben Nacht vier gesunde Welpen bekommen. Tolle Hunde. Wir haben sie auch alle behalten. Wir hielten sie für etwas Besonderes, da sie in der Nacht, als Clare zu uns kam, da waren."

„Kann ich das Päckchen sehen?", fragte Clare und lenkte damit ihre Aufmerksamkeit wieder auf das Bündel, das auf Maddens Knie lag.

„Natürlich", sagte Madden und hielt es hoch. Clare durchquerte den Raum, um es ihm abzunehmen und beugte sich dann vor, drückte ihm einen Kuss auf die Wange und atmete wieder seinen Duft ein. „Ich hab dich lieb."

„Ich dich auch, mein Schatz", flüsterte ihr Madden ins Ohr.

„Und dich auch, meine liebe Mutter", sagte Clare, richtete sich auf und umarmte ihre Mutter ebenfalls.

„Oh, ich... ich muss sagen, ich fühle mich wie von einer schweren Last befreit", sagte Mary, fächelte sich Luft zu und musste halb lachen, halb weinen.

„Danke, dass ihr es mir erzählt habt", sagte Clare, die das Päckchen an ihren Körper drückte und die Kraft spürte, die von ihm ausging.

„Könnt ihr über Nacht bleiben? Ich werde euch Frühstück machen", sagte Mary.

Clare drehte sich um und hob eine Augenbraue zu Blake, aber der schüttelte nur leicht den Kopf.

„Wir müssen weiter. Aber zum Frühstück können wir bleiben", sagte Clare, sah Blake an und hob fragend eine Augenbraue. Er nickte leicht, und Clare lächelte. Nichts machte ihre Mutter glücklicher, als eine Mahlzeit für eine Gruppe von Menschen zuzubereiten.

„Perfekt." Mary sprang auf, klatschte in die Hände und eilte umgehend in die Küche.

Madden stand auf. „Ich muss meine morgendliche Fütterung beenden. Ich bin gleich wieder da."

„Ich werde Ihnen dabei helfen", sagte Blake, und Clare sah ihn verwundert an. Was hatte er vor?

„Wunderbar. Das wird die Dinge sicherlich beschleunigen. Sagen Sie mir, Blake, was machen Sie beruflich?", fragte Madden, als sie nach draußen gingen. Clare wünschte sich fast, sie könnte folgen und mithören. Was machte Blake eigentlich, abgesehen von seiner Tätigkeit als Beschützer, in seiner übrigen Zeit?

„Willst du nicht das Päckchen öffnen?", flüsterte Bianca von dort, wo sie immer noch mit den Händen im Schoß saß.

„Ach ja, das Päckchen", sagte Clare und schüttelte den Kopf, während sie es betrachtete.

Würde es Antworten enthalten – oder noch mehr Fragen aufwerfen?

KAPITEL SECHSUNDZWANZIG

„Ich glaube, ich brauche einen Moment", gab Clare zu, als sie sich neben Bianca setzte.

„Natürlich. Du hast eine Menge zu verarbeiten", sagte Bianca, reichte herüber und drückte Clares Hand für einen Moment. „Ich meine, du hast gerade erfahren, dass du quasi adoptiert wurdest, dass deine Eltern nicht an Magie glauben, und jetzt hast du ein Geschenk von der Göttin Danu. Das ist ganz schön viel auf einmal."

Clare spürte, wie sich in ihrer Kehle ein Lachen bildete. „Ich liebe dich."

„Ich dich auch. Aber du musst jetzt stark sein. Mal sehen, womit wir es hier zu tun haben", sagte Bianca und nickte in Richtung des Päckchens.

„Es ist schon merkwürdig, oder? Wie ein Geschenk von einer Mutter, die ich nie kennengelernt habe?", fragte Clare.

„Hoffen wir, dass es etwas ist, das dir bei deiner Suche hilft", sagte Seamus leichthin. Seine Augen leuchteten vor Neugierde.

„So fühlt es sich jedenfalls an. Es vibriert vor Energie", gab Clare zu und ließ ihre Hände über das weiche Leder gleiten. Langsam wickelte sie die Lederschnur ab, die es verschlossen hielt, dann rollte sie das butterweiche Material aus, bis es flach auf ihren Beinen lag. Darin befand sich ein in Seidenpapier eingewickelter Gegenstand und eine kleine Karte.

„Oh, das sieht wirklich wie ein Geschenk aus, nicht wahr?", fragte Bianca.

„Karte oder Seidenpapier zuerst?", murmelte Clare.

„Die Karte zuerst. Alles andere wäre unhöflich", sagte Bianca automatisch, und Clare kicherte.

„Spielt es eine Rolle, wenn die Person, die es dir schenkt, beim Öffnen nicht anwesend ist?"

„Nun, so habe ich noch nie darüber nachgedacht."

„Sie ist ein allwissendes Wesen", bemerkte Seamus. „Vielleicht beobachtet sie dich ja gerade."

„Wir sollten zuerst die Karte lesen", sagten Bianca und Clare unisono.

Clare lachte, nahm die Karte, und hielt dann einen Moment inne. Seit sie den silberäugigen Musiker in der Kneipe gesehen hatte, schien ihr Leben aus einer Reihe von Momenten zu bestehen, die sie für immer veränderten. Dies fühlte sich wie ein weiterer dieser Momente an. Ein Anflug von Panik machte sich in ihrem Magen breit.

„Was ist, wenn es etwas Schlechtes ist? Was, wenn es von diesem Wissen kein Zurück mehr gibt?", flüsterte Clare.

„Ich glaube, dafür ist es schon ein bisschen zu spät", sagte Bianca.

Clare nickte und schob ihren Daumen unter die Klappe des goldenen Umschlags. Sie holte tief Luft und öffnete ihn. Darin war eine Karte. Clare zog die Karte vorsichtig heraus, um das Papier nicht zu beschädigen.

„Die Liebe ist das Licht, das seine Wahrheit in der Dunkelheit erstrahlen lässt", las sie laut vor.

Clare sah zu Bianca auf.

„Das ist alles?", fragte Bianca.

„Das ist alles", sagte Clare, seltsam enttäuscht. Sie war sich nicht sicher, was sie erwartet hatte, aber sie fühlte sich ein wenig im Stich gelassen.

„Es ist ein weiterer Hinweis!", sagte Seamus und strahlte vor Begeisterung, als er aufstand und durch den Raum hüpfte.

„Aha, du glaubst also, dass es ein Hinweis ist?", fragte Clare.

„Natürlich ist es das! Es hat eine ähnliche Sprache, nicht wahr? Wahrheit, Licht, all das... Du weißt, dass wir den Stein der Wahrheit suchen, oder? Jetzt müssen wir nur noch das Rätsel lösen", sagte Seamus mit einem breiten Lächeln im Gesicht.

„Alles Spiel und Spaß, bis uns die Domnua kriegen", stimmte Bianca zu.

Clare begann, das Seidenpapier auszuwickeln und spürte das Vibrieren von etwas Mächtigem, das wie eine verführerische Liebkosung ihrer Haut war. Sie schnappte nach Luft, als sie sah, was darin lag.

„Wow, der ist wunderschön, nicht wahr? Und wie er glänzt", staunte Bianca.

Auf dem Papier lag ein filigraner Goldring, in den ein wunderschön geschliffener Aquamarin in zarte Ranken eingefasst war. Der Stein, im reinsten Blau des Ozeans, schien von innen zu leuchten.

„Er ist atemberaubend", hauchte Clare und nahm ihn vorsichtig in die Hand.

„Glaubst du, er wird passen?", fragte Bianca.

Clare schob den Ring auf den Ringfinger ihrer rechten Hand. Er schien sich zu verformen und mit ihrer Haut zu verschmelzen, wurde sofort eins mit ihr. Die Energie, die von ihm ausging, schien ihren Arm hinaufzuströmen und sich dann in ihrem Inneren niederzulassen, wo sie ein Zuhause fand.

„Ich glaube, er hat gerade Kraft auf mich übertragen oder so etwas", flüsterte Clare und starrte ehrfürchtig auf den Ring herab.

„Gut, wir brauchen jede Hilfe, die wir bekommen können", sagte Seamus.

„Das Frühstück ist fertig", rief Mary aus der Küche und riss sie damit aus ihren Gedanken an magische Kräfte und uralte Missionen.

„Dafür wird noch Zeit sein", sagte Bianca und klopfte Clare auf den Arm, während sie aufstand. „Jetzt lass uns erst einmal deiner Mutter eine Freude machen und ein gutes, hausgemachtes Frühstück genießen."

Und so steckte Clare die Karte in ihre Gesäßtasche, während der Ring an ihrer Hand summte und sie sich auf den Weg machte, ihre Mutter glücklich zu machen.

KAPITEL SIEBENUNDZWANZIG

Es war bereits Vormittag, als sie den Bauernhof verließen. Clare umarmte ihre Eltern auf dem Weg nach draußen besonders lange und versprach, von sich hören zu lassen. Keiner von beiden hatte nach weiteren Einzelheiten gefragt, was der Grund für Clares Besuch war, und Clare hatte nichts weiter dazu erzählt.

Manchmal war Unwissenheit wirklich ein Segen.

Oder sorgte, wie in diesem Fall, für ein ruhiges Gemüt. Ihre Eltern sollten sich nicht zu viele Sorgen machen.

Clare ließ ihren Finger über den Ring gleiten und betrachtete, wie der Stein das Licht reflektierte, während sie über ihren Morgen nachdachte. Sicher, er hatte einige ziemlich tiefgreifende Erkenntnisse darüber gebracht, wer und was sie war. Aber die einfachen Freuden des Lebens – ein mit Liebe zubereitetes Essen an einem Tisch voller Menschen, die sie liebte – erinnerten sie daran, was ihr wirklich wichtig war. Und wenn der Sieg über die Domnua und die Suche nach dem Stein des Schicksals bedeutete, dass sie diejenigen, die sie liebte, in Sicherheit bringen würde, dann gab es keine Zweifel darüber, was sie zu tun hätte.

Clare warf einen Blick hinüber zu Blake, der im Takt der Rockmusik, die aus den Lautsprechern tönte, mit den Fingern auf das Lenkrad trommelte. Sie hatte heute eine andere Seite von ihm gesehen – eine, die sie überrascht und gleichzeitig bezaubert hatte. Beim gelegentlichen Blick aus dem Fenster hatte sie beobachten können, wie er Seite an Seite mit ihrem Vater die morgendliche Arbeit verrichtete, die auf jedem Bauernhof anfiel. Einmal hatte ihr Vater etwas gesagt, woraufhin Blake den Kopf zurückgeworfen und gelacht hatte, und Clare hatte sich ein Lächeln nicht verkneifen können beim Bild, das er abgab.

Dann hatte er noch seinen Platz im Herzen ihrer Mutter erobert, indem er ihr half, den Tisch zu decken, und ihr dann sogar noch das Rezept für das Sodabrot seiner Großmutter verraten – unter Androhung der Todesstrafe, falls sie es jemals mit einer anderen Seele teilen würde.

Clare war der Blick ihrer Mutter nicht entgangen.

Den solltest du behalten.

Es sah nicht so aus, als würde sie diese Suchmission mit heilem Herzen überstehen, dachte Clare, während sie den Ring an ihrem Finger drehte und die Kraft wahrnahm, die sie von ihm ausgehen spürte. Was wollte Danu ihr zeigen? Und wohin sollten sie als Nächstes gehen?

„Wo bringst du uns hin?", fragte Clare.

Blake drehte die Lautstärke des Radios ein paar Stufen herunter.

„Wohin uns der Wind auch wehen mag, meine Schöne", sagte Blake.

Clare sah aus dem Fenster und biss sich auf die Lippe, um ein Lächeln zu unterdrücken. Sie musste daran denken, dass er derjenige war, der sie gebeten hatte, Abstand voneinander zu halten.

„Du hast nette Eltern", sagte Seamus von hinten.

Clare drehte sich um und lächelte ihn an.

„Ja, nicht wahr? Es sind wirklich gute Menschen. Ich hatte eine wunderbare Kindheit mit ihnen. Ehrlich gesagt, ist es mir egal, dass ich nicht ihr leibliches Kind bin – sie sind durch und durch meine Eltern."

„Auf jeden Fall. Man kann es an ihrer Liebe zu dir sehen. Sie schimmert einfach durch", stimmte Bianca zu und Clare schenkte auch ihr ein Lächeln.

„Und wir haben einen weiteren Hinweis, und du hast noch mehr Macht", rief Seamus aus, legte seine Finger ans Kinn und strich nachdenklich darüber. „Ich frage mich, was für eine Art von Macht das ist."

„Vielleicht hält das Einfrieren dadurch länger an?", sagte Clare, die sich immer noch leicht unwohl fühlte mit diesen Kräften, die sie besaß. Vor weniger als einer Woche war ihre größte Sorge gewesen, weitere Studien für ihre Dissertation zu sammeln. Jetzt dachte sie über ihre magischen Kräfte nach und versuchte, die Welt zu retten.

Es war kein gewöhnlicher Tag.

„Du wirst es gleich herausfinden", sagte Blake mit scharfer Stimme.

Clare überkam ein Moment der blanken Panik, als er das Lenkrad nach rechts riss, der Wagen von der Straße abkam und sie auf dem benachbarten Feld landeten. Clares Kopf schlug fast gegen das Dach, als sie über eine weitere grasbewachsene Kuppe rasten und Blake an Tempo zulegte.

„Was ist los?" Clare rang nach Atem und drehte sich, um wieder auf die Straße zu blicken.

„Domnua", stieß Blake aus, seine Augen auf das unebene Gelände vor ihnen gerichtet. Bianca schrie auf, als Seamus das Fenster herunterkurbelte und hinausglitt, bis sein halber Körper aus dem Geländewagen ragte.

Clare blinzelte und befürchtete einen Moment lang, dass sie sich das alles nur einbildete, doch dann rang sie nach Luft, als sie sah, wie eine silberne Wand über das Land zu ziehen schien, wie ein Staubsturm, der von wütenden Feenwinden angefacht wurde und sich dem Geländewagen näherte.

Seamus, der plötzlich Pfeil und Bogen in seinen Händen hielt, schoss einen violetten Pfeil nach dem anderen in die Wolke der Domnua, aber es war offensichtlich, dass seine Pfeile nur eine sehr begrenzte Wirkung hatten.

„Fahr schneller", kreischte Bianca. Blake wandte seinen Blick nicht vom Weg vor ihnen ab.

Kalter Schweiß rann Clare den Rücken hinab, als Panik sie zu übermannen drohte. In diesem Moment pulsierte der Ring gegen ihre Handfläche und erinnerte sie an die Macht, die in ihrem Inneren wohnte.

„Warte, Seamus, ich komme", kreischte Clare. Sie schnallte sich ab, kletterte auf den Rücksitz und dann weiter, bis sie auf dem Gepäck im Kofferraum saß und direkt aus dem Rückfenster starrte.

„Lässt sich dieses Fenster öffnen?", rief Clare, unsicher, ob ihre magischen Kräfte am Glas abprallen würde. Ein erfahrener Praktiker hätte vielleicht die Antwort auf diese

Frage gewusst, aber Clare war erst seit ein paar Tagen in diesem Feen- und Magie-Geschäft.

Verblüffenderweise glitt das Fenster herunter und eine kühle Brise wehte Clare ins Gesicht. Kniend stützte sie sich mit der linken Hand an der Seite des Wagens ab und lehnte sich hinaus, wobei sie die rechte Hand nach vorne streckte. Einen Moment lang schien die Welt stillzustehen, Panik packte sie am Hals. Das Auto raste über unebenes Gelände, und tausende Domnua stürmten hinter ihnen her, schneller als jedes Auto fahren konnte. Und ausgerechnet sie sollte etwas dagegen tun? Als sie zurück in den Wagen blickte, sah sie Biancas entsetzten Gesichtsausdruck.

„Mach sie fertig, Clare!", schrie Bianca und setzte ein tapferes Gesicht auf.

Clare drehte sich wieder um und wandte sich dem Sturm zu. Sie verband sich mit der Tiefe ihres Bewusstseins und konzentrierte sich auf die Energiekugel, die sich in ihrem Inneren bildete. Sie zog sie hoch, bis sie aus ihrer Hand herausschoss wie eine knallende Peitsche. Es gab keine Lichtblitze, keine theatralischen Effekte, nichts – und für eine Sekunde dachte Clare, ihre Kraft sei wirkungslos geblieben.

Dann verschwand der Sturm.

„Heilige Scheiße", rief Seamus.

Zwei Domnua-Reiter blieben zurück, doch auch sie waren langsamer geworden. Hoch oben auf ihren silbernen Rössern leuchteten sie viel heller als die Wolke von Domnua, die sie umgab.

„Das müssen die Generäle sein", rief Seamus und erhob seinen Bogen.

Kurz darauf waren auch sie verschwunden und hinterließen nichts als eine wogende grüne Wiese und den beginnenden Winterregen. Die dicken Tropfen fielen dumpf auf die silbrigen Pfützen, die über das Gras verteilt waren, und die Erde schien sich zu erheben, um das zu verschlucken, was ihr gehörte.

„Was zum Teufel ist gerade passiert?", rief Blake nach hinten, dessen Fahrtgeschwindigkeit immer noch ziemlich furchteinflößend war.

Clare kroch zurück ins Auto, ließ sich einen Moment lang auf das Gepäck fallen und schaute zur Decke des Wagens hinauf, während sie über den unebenen Boden rumpelten. Ihr Herz hämmerte in ihrer Brust, während sie versuchte zu begreifen, was gerade geschehen war. Der Ring an ihrer Hand glühte noch immer in einem fast ätherischen Licht; seine Wärme wanderte ihren Arm hinauf und durchströmte ihr Innerstes.

Wenn dies das einzige Geschenk war, das sie von ihrer leiblichen Mutter bekommen konnte, nun, dann hatte es sich als würdig erwiesen.

„Clare!" Bianca steckte ihren Kopf über die Rückenlehne des Sitzes, so dass Clare nun in das auf dem Kopf stehende Gesicht ihrer besten Freundin blickte.

„Bianca", sagte Clare gleichmäßig und versuchte immer noch, Luft zu bekommen.

„Sag mir nicht, dass du gerade einfach eine ganze Armee von Domnua auf einen Streich platt gemacht hast", sagte Bianca, deren Augen vor Aufregung leuchteten.

„Es scheint, als hätte ich das vielleicht tatsächlich getan", konnte Clare noch sagen, bevor Bianca aufschrie und Clares Stirn und Wangen mit einer Reihe von Küssen bedeckte.

„Das ist besser als Wonder Woman als beste Freundin zu haben, das sag ich dir", krähte Bianca und ließ sich wieder auf ihren Sitz gleiten.

Seamus legte den Kopf schief und sah zu ihr hinunter.

„Das war schon ziemlich brillant, wenn ich das sagen darf. Viel effektiver als mein Pfeil und Bogen", sagte Seamus fröhlich, aber mit ernstem Blick. „Bist du sicher, dass es dir gut geht?"

„Ich verarbeite noch, was passiert ist."

„Ich glaube, Blake macht sich ein bisschen Sorgen, also wenn es dir nichts ausmachen würde, hochzuschauen und ihn zu beruhigen..." sagte Seamus sanft. Clare nickte.

Clare setzte sich auf und drehte sich so, dass sie in den vorderen Bereich des Wagens blicken konnte. Blakes Augen trafen sich mit ihren im Rückspiegel. Das alarmierende Blau seines Blicks schien sie zu durchbohren, als er sie im Rückspiegel musterte.

„Mir geht es gut", rief Clare.

„Dann ist alles in Ordnung. Ich werde uns trotzdem an einen sicheren Ort bringen", sagte Blake ruhig, ohne die Geschwindigkeit des Wagens zu verringern. Clare sah einen erleichterten Blick über sein Gesicht huschen, bevor sie sich wieder auf das Gepäck legte und sich fragte, was er mit einem sicheren Ort meinte.

Und dann versuchte sie, nicht in Triumphgefühlen zu schwelgen, weil sie gerade eine ganze Armee mit einem Hauch von Magie aus ihren Händen dem Erdboden gleichgemacht hatte. Eines hatte sie in ihrem Leben bereits gelernt: Überheblichkeit führte immer ins Verderben. Clare hob ihre Hand und betrachtete den Ring noch einmal, um sich daran zu erinnern, woher dieser Blitz der Macht wirklich gekommen war.

Es war immer das Beste, bescheiden zu bleiben.

KAPITEL ACHTUNDZWANZIG

Blake hatte das Gelände vor ihnen im Blick und tat sein Bestes, um allen größeren Unebenheiten und Schlaglöchern auszuweichen. Er suchte fortwährend mit allen Sinnen die Umgebung ab, um zu sehen, ob weitere Domnua im Begriff waren, einen Angriff zu starten.

Obwohl seine Augen auf die Landschaft vor ihm gerichtet waren, war sein Herz im Laderaum bei Clare. Er wusste nicht, ob er jemals das Bild vergessen würde, wie sie hinten aus seinem Auto heraushing und tausende Domnua wie die Höllenhunde über die Hügel gerast kamen.

Blake war sich nicht sicher, wann genau er sich in Clare verliebt hatte.

Ein Teil von ihm glaubte, dass es in dem Moment war, als er sie zum ersten Mal gesehen hatte, als sie zaghaft den Campus des Trinity College erkundete und ihre wilden Locken um ihren Kopf wehten. Oder vielleicht war es, als er endlich ihren Geschmack gekostet hatte – ihre Essenz, die sich ihren Weg direkt in sein Innerstes gebahnt hatte.

Sie mit ihren Eltern zu sehen – wie sie darauf bedacht

war, sie zu beschützen, sich ihnen gegenüber aber auch verletzlich zeigte – hatte ihm die Augen für eine neue Seite von ihr geöffnet. Und als er schließlich dachte, alle Seiten von Clare zu kennen, warf sie sich beinahe aus seinem Auto, um sie alle vor dem Bösen zu bewahren.

Ja, es war schwer, eine solche Frau nicht zu lieben.

Es war sein Schicksal, sie zu beschützen, seine Pflicht, die ihm von der Göttin auferlegt wurde, ihr auf ihrem Weg beizustehen, und erst wenn sie ihr eigenes Schicksal erfüllt hatte, würde er frei sein, sie wirklich zu lieben.

Und hoffentlich würde sie ihn, wenn es so weit war, auch lieben. Denn bei einer Sache war sich Blake sicher.

Ohne sie in seinem Leben würde er sterben.

Clares Schicksal war es, den Stein zu finden.

Und sein eigenes? Clare war sein Schicksal.

KAPITEL NEUNUNDZWANZIG

„Wohin bringst du uns denn? Wo ist dieser sichere Ort? Woher weißt du, dass er sicher ist?" fragte Bianca, während sie den Weg entlangrasten. Blake hatte es für sicher befunden, auf den Schotterweg zurückzukehren, und sie näherten sich nun in einem halsbrecherischen Tempo dem Ziel, für das Blake sich entschieden hatte.

„Wir sind gleich da", sagte Blake und drehte die Musik wieder auf.

Clare setzte sich aufrecht hin und blickte über den Sitz hinweg zu Bianca, die sich umdrehte und mit den Augen rollte. Sie hielt sich die Hand vor den Mund und unterdrückte ein Kichern. Es wirkte wie ein Vater, der seinen Kindern sagte, sie sollten endlich aufhören zu fragen: „Sind wir schon da?"

Aber in diesem Moment fühlte es sich tatsächlich wie eine Familie an, dachte Clare, während sie ihre Freundin anlächelte. Bianca hatte etwas Dreck an der Wange und Seamus standen die Haare zu Berge. Sie waren alle ungeduscht, sahen etwas verschlagen aus und verfolgten ihre Mission mit noch viel größerem Ernst als am Tag davor.

Nichts konnte einem den Ernst der Lage besser bewusst machen, als wenn das eigene Leben auf dem Spiel stand, dachte Clare, während sie wieder ihren Aquamarinring betrachtete.

Clare blickte auf, als der Wagen nach rechts abbog und von der Schotterstraße auf einen unebenen Feldweg fuhr, der sich einen Hügel hinaufschlängelte. Die Hecken, die den Weg umgaben, waren hochgewachsen und versperrten die Sicht.

„Was ist, wenn jemand aus der anderen Richtung kommt?" fragte Clare Blake.

„Man macht das Fenster auf und lauscht", sagte Blake, nachdem er die Musik abgestellt und sein Fenster heruntergekurbelt hatte. Sie fuhren im Schneckentempo die Straße entlang, schlängelten sich durch die Kurven, bis sie schließlich einen letzten Hügel überwanden.

„Oh!", rief Clare aus und blinzelte. Mit diesem Anblick hatte sie nicht gerechnet.

Ein großes Haus, das an ein altes Schloss erinnerte, thronte stolz auf einem Felsvorsprung und man hatte einen wunderbaren Ausblick auf die Welt darunter mit seinen herrlichen grünen Hügeln. Selbst an diesem grauen Tag konnte Clare sich vorstellen, hier jeden Morgen aufzuwachen, Tee zu trinken und über die umliegenden Felder zu blicken.

Ein Turm aus dunkelgrauem Stein ragte in die Höhe, die Fenster waren kunstvoll verglast, und vom zweistöckigen Hauptgebäude gingen Räume in alle Richtungen ab. Es sah aus, als seien manche Teile im Laufe der Jahre angebaut worden. Alles war eine Mischung aus alt und neu.

„Ist das ... ein Schloss oder so etwas?", fragte Bianca.

„Der Turm und der große Saal waren einst Teil eines Schlosses. Der Rest stürzte in sich zusammen. Mein Großvater beschloss, den Turm und den großen Saal zu retten, und baute dann weitere Räume an, um ein Wohnhaus daraus zu machen."

Clare schluckte.

„Deine Großeltern. Ist das das Haus deiner Familie?"

„Ja, obwohl jetzt nur noch meine Großmutter da ist."

„Was ist mit deinen Eltern?", fragte Bianca, als der Wagen vor zwei Holztüren, die einen Bogen bildeten, zum Stehen kam.

„Tot", sagte Blake verbissen, als das Auto verstummte.

Eine Seite des Türbogens öffnete sich und eine winzige Frau, deren Kopf kaum über den Türgriff reichte, steckte ihren Kopf heraus. Als sie das Auto sah, huschte ein freudiges Lächeln über ihr faltiges Gesicht. Ihr weißes Haar war im Nacken zu einem Dutt zusammengebunden, und sie trug eine hübsche rote Paisley-Schürze über einer leuchtend türkisfarbenen Bluse und einem gestreiften Rock, der ihr bis zu den Waden reichte.

„Sie sieht reizend aus. Ein richtiger Schatz", hauchte Bianca.

Blake warf ihr einen Blick über seine Schulter zu.

„Ihr Name ist Esther. Und sie ist mir der liebste Mensch auf der Welt."

„Das kann ich verstehen", stimmte Bianca zu und öffnete die Tür. Clare blieb sitzen und beobachtete, wie

Blake das Auto umrundete und seine Großmutter in die Arme schloss, während sie lachte und ihn ebenfalls umarmte. Clares Herz schien einen kleinen Seufzer zu machen, während sie die beiden beobachtete.

„Ich weiß", sagte Bianca, öffnete die Heckklappe des Geländewagens und sah Clare an. „Es reicht aus, dass deine Eierstöcke Tango tanzen."

Clare prustete und schüttelte den Kopf über ihre Freundin, während sie über das Gepäck kletterte und sich ihre Tasche schnappte. Als sie sich umschaute, konnte sie den dünnen magischen Film erkennen, der diesen Ort umgab. Natürlich hatte Blake seine Großmutter beschützt.

So wie er ihre Eltern beschützt hatte.

Clare warf einen Blick über die Schulter auf Esther, die Blake mit solcher Herzlichkeit anblickte, dass Clare versuchte, sich nicht davon anstecken zu lassen. Er hatte sie gebeten, Abstand zu halten, nicht wahr?

„Er hat den Ort mit einem Schutzwall umgeben", sagte Clare zu Seamus, als er hinten am Auto vorbeikam und sich ein paar Taschen schnappte.

„Woher weißt du das?", fragte Bianca und drehte sich sofort, um ihre Hand über die Augen zu legen und die Landschaft abzusuchen.

„Es ist nur ein schwacher Schimmer, den ich auf der anderen Seite des Weges sehen kann", sagte Clare achselzuckend und zeigte darauf. „Dort drüben, und dort, und – nun, es sieht aus, als sei es in allen Himmelsrichtungen."

„Sie hat recht", sagte Blake, der auf sie zukam und Clare zusammenzucken ließ. Immer, wenn er in ihrer Nähe war, fühlte sie sich wie von einem Magneten angezogen. Clare zwang sich, es zu ignorieren, und begegnete seinen Augen.

„Ich fange an, mehr magische Dinge aufzuschnappen, glaube ich."

„Das ist gut. Es wird dir bei deiner Suche helfen. Möchtest du meine Großmutter kennenlernen? Hier sind wir für die Nacht sicher."

„Aber nicht länger?"

„Ich würde es vorziehen, nicht zu viele Domnua hierher zu locken, um die Stärke meiner Schutzwälle zu testen", sagte Blake schlicht, warf sich den Riemen einer Tasche über die Schulter und nahm wie selbstverständlich auch Clares Tasche. Clare wollte einen Moment lang danach greifen, ließ ihn dann aber gewähren. Manche Kämpfe waren es nicht wert, ausgefochten zu werden.

Clare folgte Blake zu seiner Großmutter, der winzigen, strahlenden Frau, und spürte, wie ihr plötzlich die Magennerven flatterten.

„Du musst Clare sein. Schön, dich endlich kennenzulernen", sagte Esther und streckte beide Arme aus. Clare beugte sich automatisch zu ihr hinunter und umarmte sie – es war schwer, einem solchen Ausbruch von aufrichtiger Freundlichkeit zu widerstehen.

„Schön, Sie kennenzulernen. Es hört sich so an, als hätten Sie schon von mir gehört, aber ich muss leider gestehen, dass ich bisher noch nichts von Ihnen gehört habe", sagte Clare und lächelte in Augen, die dieselbe Meeresbläue hatten wie die von Blake. „Ich freue mich schon darauf, das durch unseren Besuch zu korrigieren."

Esther gluckste und drückte Clares Arm.

„Du solltest nichts von uns wissen, bis es an der Zeit war. Jetzt ist es an der Zeit. Ich heiße dich und deine

Freunde in meinem Haus willkommen und hoffe, dass ihr Frieden finden werdet, solange ihr hier seid."

Sie folgte Esther in den großen Saal, und ihr blieb der Mund offen stehen. Der Raum öffnete sich zu einer weiten Fläche mit hohen Fenstern, einem großen Kamin und riesigen dunklen Balken, die kreuz und quer über die Decke verliefen. In dem Kamin aus dicken, farbigen Steinblöcken brannte ein Feuer, über dem man leicht ein ganzes Wildschwein hätte rösten können. Neben dem Kamin befand sich eine Tür, die ungefähr so groß war wie Esther und von der Clare annahm, dass sie zum Türmchen führte.

Vor dem Kamin lag ein riesiger verblichener roter Orientteppich, und abgenutzte Ledersofas und -sessel waren zu einer kleinen Sitzecke angeordnet. In der Mitte des Saals stand ein langer Tisch mit locker sechzehn Stühlen, auf dem Teegeschirr und genügend Backwaren für eine kleine Armee bereitstanden.

„Du hast gebacken!", sagte Blake, und seine Augen leuchteten vor Freude, als er zu den anderen blickte. „Es ist immer ein besonderes Vergnügen, wenn Großmutter backt."

„Kein Essen, bis ihr euch gewaschen habt. Blake, zeige ihnen doch ihre Zimmer", sagte Esther lächelnd. Clare spürte die Freude über ihre Gäste, die Esther durch und durch verströmte, und ein Teil von ihr wollte sich einfach nur auf der Couch vor dem Kamin einrollen und tagelang mit ihr plaudern.

Sie folgten Blake durch den großen Saal, bis er sich zu einem Korridor verengte, der sich in drei Richtungen teilte. Sie bogen nach links ab und passierten eine Reihe von Türen, bis der Gang an zwei Türen endete.

„Seamus, Bianca, eure beiden Zimmer", sagte Blake und deutete auf die zwei Türen. Clare sah, wie Bianca kurz errötete, als sie Seamus anschaute und dann ihre Tür aufstieß. Keiner der beiden gab einen Kommentar zu der Nähe ihrer Schlafzimmer ab, aber Clare konnte sich ziemlich gut vorstellen, woran sie dachten.

„Wir sind am anderen Ende – da, wo der Gang nach rechts geht", sagte Blake, trat zurück und nahm Clares Arm. Alle ihre Sinne schienen bei seiner Berührung zu erwachen, und sie ging schweigend mit ihm, während er sie zurück zum Hauptgang und dann einen weiteren gewundenen Korridor hinunterführte, bis der Gang an einer einzelnen Tür endete.

Clare hob eine Augenbraue und drehte sich um, um zu ihm aufzusehen. Seine Nähe brachte die Schaltkreise in ihrem Gehirn ein wenig durcheinander, aber sie blieb standhaft und sah ihn prüfend an.

„Ein bisschen anmaßend, nicht wahr?"

Ein schelmisches Grinsen huschte über Blakes Gesicht, bevor er die Tür aufstieß.

„Zwei Schlafzimmer. Und in der Mitte ein gemeinsamer Wohnbereich", sagte Blake und ließ Clare an ihm vorbei in den Raum gehen.

Es stimmte, dachte Clare, als sie den Raum betrachtete, in den sie getreten war. Mit seinen niedrigen Decken, dem warmen, goldfarbenen Holzfußboden und einem kleinen Sofa und Sessel war es der perfekte Schlupfwinkel, um es sich gemütlich zu machen und ein Buch zu lesen. Und auf beiden Seiten des Raumes standen gewölbte Türen offen.

„Ich nehme das hier", entschied Clare und ging zur rechten Tür.

„Euer Wunsch ist mir Befehl", neckte sie Blake.

Clare verdrehte die Augen, obwohl ihr für einen Moment ein ausgesprochen unanständiger Wunsch durch den Kopf schoss. Clare stieß die gewölbte Tür weit auf und staunte über das hübsche Zimmer, das sie begrüßte. Der Raum wurde beherrscht von einem großen Bett mit einem filigranen schmiedeeisernen Kopfteil, über dem eine hübsche frühlingsgrüne Decke auf frischer weißer Bettwäsche lag. Zarte Spitzenvorhänge umrahmten die Fenster, und zwei dunkle, hölzerne Bücherregale säumten die Wände.

„Das Bad", sagte Blake und deutete auf eine Tür rechts von ihr. Sie schob sie auf und blickte auf eine große Wanne – groß genug für zwei – und eine glänzende, moderne Ausstattung.

„Ich bin überrascht. Das ist eines der schönsten Bäder, die ich je gesehen habe", gab Clare erstaunt zu.

„Weil sie so viel Zeit hier oben verbracht haben, isoliert von der Welt, dachten sie, sie könnten auch alles mit dem Besten ausstatten", stimmte Blake zu und ging zurück in den kleinen Raum, der die beiden Zimmer verband. Wenige Augenblicke später kam er zurück und stellte ihre Tasche auf das Bett.

„Werden wir vor dem Tee noch Zeit haben, uns frisch zu machen?", fragte Clare und blickte an sich auf ihr zerknittertes Äußeres herab.

„Vielleicht nur eine schnelle Katzenwäsche? Großmutter freut sich auf Gäste, und ich würde gerne noch einen Spaziergang machen, bevor es dunkel wird."

Clare nickte und gab sich damit zufrieden, mit der

großen Reinigung bis später zu warten. Sie versprach sich selbst ein entspanntes Bad in der Wanne, sobald sich das Haus beruhigt hatte und alle in den Schlaf gesunken waren.

Clare benutzte kurz das Badezimmer, spritzte sich etwas Wasser ins Gesicht und band sich das Haarwirrwarr zu einem Zopf. Sie zog sich schnell eine Jeans und einen grauen Pullover an und traf Blake wieder im Vorderzimmer.

„Wo schläft Esther?", fragte Clare, als sie den Flur entlanggingen. Sie bemerkte, dass er sich ducken musste, um durch den Türrahmen zu kommen. Er hatte sich ebenfalls umgezogen und trug ein grünes Flanellhemd, das er bis zu seinen muskulösen Unterarmen hochgekrempelt hatte.

„Ihr Zimmer und die Küche befinden sich auf dem Hauptflur, sowie ein kleiner Werkraum, ein Vorratszimmer und ein Arbeitszimmer."

„Wow, das hier ist ein richtiges Sammelsurium", sagte Clare und folgte ihm, bis sich der Flur wieder in den großen Saal weitete. Esther saß auf einem Ledersessel am Feuer und unterhielt sich angeregt mit Seamus. Bianca saß in der Nähe des Tees, und Clare wusste, dass ihre Freundin schon einen Blick auf die Scones geworfen hatte.

„Ah, da sind sie ja", rief Esther, und ihre Stimme hallte durch den Flur.

„Tut mir leid, dass Sie warten mussten", sagte Clare, als sie näherkam. „Ich muss mich auch dafür entschuldigen, dass wir unangemeldet bei Ihnen aufgetaucht sind. Aber wie es scheint, waren Sie vorbereitet?" Sie fragte sich, wann Blake Zeit gehabt hatte, ihr Bescheid zu geben, dass sie kommen würden.

„Ach, das ist kein Problem. Ich wusste, dass ihr unterwegs wart", sagte Esther leichthin, stand auf und ging zum Tisch. „Setzt euch. Setzt euch und esst. Ich habe auch einen Lammbraten für das Abendessen im Ofen."

Bianca stöhnte und rieb sich den Bauch. „Wenn ich hier weggehe, werde sicher ein paar Pfund mehr auf den Rippen haben."

„Klar, und du arbeitest sie ab wieder, indem du mit ein paar Domnua kämpfst", sagte Esther lachend, worauf ihr Clare einen prüfenden Blick zuwarf. Wer war diese Frau, dass sie so leichtfertig von den Domnua sprach?

Esther begegnete ihrem Blick. „Wir werden Zeit haben, Fragen zu beantworten. Aber zunächst – Tee."

Tee, immer eine Konstante, sinnierte Clare, während sie sich eine Tasse einschenkte. Sorgfältig betrachtete Clare die Gebäckvielfalt vor ihr und wählte ein Zimtstückchen und einen übergroßen Blaubeermuffin mit Zuckerstreuseln darauf.

„Großmutter ist eine Seherin", sagte Blake, der neben Clare saß und in einen Keks biss. Clare stutzte, dann sah sie Esther über den Tisch hinweg in die Augen.

„Das stimmt wohl", gab Esther leichthin zu.

Biancas Augen weiteten sich für einen Moment und der Scone hielt auf halbem Weg zu ihrem Mund inne, bevor sie mit einem Schwall von Fragen begann. Clare ignorierte ihre Freundin, die Esther mit Fragen löcherte, kurz, und sah Blake an.

„So konnte sie also wissen, dass wir kommen würden. Und sie weiß, was ich bin", sagte sie leise.

„Ja, sie weiß schon seit langem von dir. Ich konnte ihr nicht verheimlichen, was ich war. Es war eine große Ehre für unsere Familie, dass ich als Beschützer ausgewählt wurde", sagte Blake, aß seinen Keks auf und griff nach einem Scone.

„Es ist komisch für mich, dass so viele Leute mehr über mich wussten als ich selbst", gab Clare zu. Esther, die ihre Worte aufgeschnappt hatte, lächelte sie über den Tisch an.

„Mein Kind, es gibt Dinge im Leben, die man nicht wissen muss, bis der richtige Zeitpunkt gekommen ist – und sich alles so entfaltet, wie es sein soll."

„Aber wie kann man darauf vertrauen? Ich meine, hat man nicht das Gefühl, die Kontrolle zu verlieren, wenn man einfach alles dem Schicksal überlässt?", entgegnete Clare.

Esthers Lächeln vertiefte sich. „Das stimmt, für mich ist es leichter, weil ich eine Seherin bin. Aber es hat keinen Sinn, sich über etwas zu ärgern, nur weil man es nicht früher gewusst hat. Es ändert nichts daran, wo du jetzt stehst. Sieh nach vorne, Kind, sieh nach vorne", sagte Esther.

Ein leises Donnergrollen in der Ferne unterbrach ihr Gespräch. Blake stand auf, schob seinen Stuhl zurück und sah Clare eindringlich an.

„Ich werde mit Clare einen Spaziergang über das Gelände machen. Könnt ihr Esther Gesellschaft leisten?"

„Das werden wir. Ich habe eine Million Fragen an sie. Am wichtigsten ist ihr Rezept für diese Scones", schwärmte Bianca.

Clare stand auf und ließ den Rest ihres Tees stehen, um zu sehen, was Blake ihr zeigen wollte. Sie folgte ihm zu den beiden gewölbten Türen, wo er bereits mit ihrem Mantel in der Hand stand und ihren Blick festhielt.

„Findest du das nicht ein bisschen unhöflich?", fragte

Clare, als sie den Mantel nahm und nach draußen trat. In der Ferne braute sich am Horizont ein Gewitter zusammen, dessen dicke Wolken hoch oben über den Himmel wirbelten. Gewitter wie diese waren selten in Irland, und Clare fragte sich, ob Magie dahintersteckte.

„Es ist schon in Ordnung. Sie liebt mich. Außerdem sind wir bald wieder zurück, denn der Sturm wird gleich hier sein", sagte Blake. Er überraschte Clare, indem er eine Hand ausstreckte und die ihre ergriff. Wärme und ein mächtiger Energiestrom pulsierten in ihrer Handfläche und breiteten sich in ihrem ganzen Körper aus. Sie wurde sich seiner Nähe plötzlich heftig und intensiv bewusst.

Clare beruhigte ihren Atem, als sie um das Haus herumgingen und auf den Hügel dahinter kletterten, wobei Clare gleichmäßig neben Blake herging.

„Wie sind deine Eltern gestorben?", fragte Clare und fühlte sich sofort schlecht, weil sie ihr freundschaftliches Schweigen mit einer so schwierigen Frage gebrochen hatte.

„Sie wurden getötet, einen Monat nach meiner Geburt. Sie versuchten, mich zu beschützen", sagte Blake. „Die Domnua hatten herausgefunden, dass ich dazu bestimmt war, ein Beschützer zu sein. Sie waren hinter mir her. Meine Eltern retteten mir das Leben."

Sie haben das ultimative Opfer für ihn erbracht, dachte Clare düster, als sie versuchte, sich vorzustellen, wie es wäre, ohne ihre Eltern aufzuwachsen.

„Das tut mir leid", sagte Clare. Was sollte man sonst zu jemandem sagen, der einen solchen Verlust erlebt hatte?

„Ich hatte meine Großeltern, also war es nicht so schlimm. Aber, nun ja, mein Vater hat nicht geglaubt. Er weigerte sich zu sehen, was ich war, und er hat unsere kleine Familie nicht beschützt. Sie hätten mich sofort hierherbringen sollen, sobald sie wussten, was ich war. Aber das taten sie nicht. Und sie verloren ihr Leben, weil sie keinen Glauben hatten", sagte Blake in gleichmäßigem Ton, als sie den Gipfel des Hügels erklommen. Genau in der Mitte befand sich ein Steinkreis. Einer der Steine war etwas höher als die anderen und erweckte den Anschein eines Altars.

Blake führte sie zum Kreis und setzte sich auf einen Stein, wobei er leicht auf den Platz neben sich klopfte. Sie setzte sich und lehnte sich in seine Wärme, nicht ganz überrascht, als er seinen Arm um sie legte. Gemeinsam saßen sie einen Moment lang schweigend da und genossen den meilenweiten, freien Blick über die Hügel Irlands.

„Du willst mir sagen, dass ich meinen Unglauben aufgeben soll, weil ich sonst getötet werde", sagte Clare schließlich. Blake seufzte und drückte sanft ihre Schulter. Sie wollte sich noch mehr in seine Wärme schmiegen, hielt sich aber zurück.

„Ich will damit sagen, dass du deinem Schicksal vertrauen sollst. Unsere Wege sind alle miteinander verwoben und bilden die komplexe Gestalt dieser Welt und der nächsten. Es ist wie bei einem Wandteppich. Wenn du an einem Faden ziehst, kann sich der ganze Teppich aufdröseln und das Bild darauf zerstören. Ich bitte dich, deinen Unglauben aufzugeben, deinen wissenschaftlichen Verstand auszuschalten und an das Unglaubliche zu glauben. Schau", Blake deutete auf den Horizont.

Clare blinzelte. „Der Sturm?"

„Unterhalb des Sturms", sagte Blake leise.

Clare verengte ihre Augen und schaute zur Stelle, an der die Gewitterwolken die Hügel berührten und das Grün vom grauen Nebel verschlungen zu werden schien. Dann weiteten sich ihre Augen wieder. Unter den wogenden Wolken waren silberne Schlieren zu sehen – und sie stammten nicht von Blitzen.

„Die Domnua bringen den Sturm", hauchte Clare.

Blake zog sie noch fester an sich. „Ja, sie bringen den Sturm", bestätigte er.

„Aber, aber – was sollen wir dann tun? Wir müssen uns vorbereiten! Wir müssen kämpfen", keuchte Clare und spürte, wie Panik in ihr aufstieg, als sie an die zierliche Esther dachte, die ihre Freunde mit Scones am warmen Kaminfeuer verwöhnte.

„Wir sind hier geschützt", sagte Blake, legte seine Hand auf ihre Wange und drehte ihr Kinn so, dass sie zu ihm aufsah. „Dieser Kreis, in dem wir sitzen, ist einer der mächtigsten in ganz Irland. Und weißt du, warum?"

„Nein, das tue ich nicht", sagte Clare, die sich in seinen Augen verlor, während hinter ihr der Sturm tobte.

In ihr.

„Liebe", sagte Blake und strich mit seinen Lippen über ihre. Es war die sanfte Andeutung von einem Kuss, wobei das Versprechen, das in seiner Hitze lag, alles andere als sanft war.

„Ich verstehe nicht", keuchte Clare an seinen Mund.

„Die Liebe steht im Zentrum dieser Steine. Tausende Jahre der Liebe, Geburten, Todesfälle, Eheschließungen, Heiratsanträge, kreisen über diese Steine. Ein Kuss ist alles andere als ein Kuss und viel mehr als ein Kuss, wenn man hier sitzt", murmelte Blake, und dann nahm er wieder ihre

Lippen, zog sie in seinen Bann, verführte sie mit seiner Berührung – und eroberte ihr Herz mit seinen Worten.

Und während sich der Sturm hinter ihnen aufbaute, hörte Clare nur noch den Gesang ihres Herzens und die Wahrheit, die darin verborgen lag.

KAPITEL DREISSIG

Stunden später saßen sie beim Abendessen, während draußen der Sturm tobte und der Wind mit den wütenden Schreien der Domnua heulte, die von den Schutzwällen in Schach gehalten wurden.

Clare errötete, als sie Blake aus den Augenwinkeln ansah. Sie fühlte sich seltsam verletzlich, fast so, als hätte er eine Wunde aufgerissen, als er sie im Steinkreis geküsst hatte. Warum hatte er sie dorthin gebracht? Und sie genau an dieser Stelle so geküsst? Nachdem er ihr ausdrücklich gesagt hatte, sie solle ihm Freiraum lassen. Clare hatte das Gefühl, langsam in Blakes Netz gezogen zu werden – und ein willigeres Opfer konnte es kaum geben.

Sie spießte ein Stück Kartoffel auf, das mit Dill und einer braunen Buttersoße überzogen war. Esther hatte sich mit dem Essen selbst übertroffen, und sie saßen alle entspannt am Tisch, das Feuer knisterte, und in ihren Gläsern war ein herrlicher Rotwein.

Clare schaute in die Gesichter von Menschen, die ihr sehr am Herzen lagen – sogar Esther, obwohl sie sie erst heute kennengelernt hatte. Das Herz erkannte verwandte Seelen.

Das Gespräch verstummte, als alle in einen seltenen Moment gelöster Stille verfielen. Mit Ausnahme von Clare – sie war still, aber nervös. Ihre Nerven lagen blank und sie fühlte sich wie ein elektrischer Draht, der jeden, der ihn berührte, in die Flucht schlagen würde. Sie konnte sich nicht entscheiden, ob es Nervosität war, weil sie die Schreie der Domnua um sie herum hörte, oder ob es daran lag, dass sich ihr Magen jedes Mal, wenn sie Blake ansah, umzudrehen schien.

„Jetzt, wo wir gegessen haben und zusammensitzen, habe ich euch eine Mitteilung zu machen", sagte Esther, deren Stimme in einem so großen Raum erstaunlich gut zu hören war. Clare fragte sich, wie die Akustik in einem solchen Raum funktionierte, aber sie stellte sich vor, dass man das vor Hunderten von Jahren beim Bau des Gebäudes berücksichtigt hatte.

„Es ist immer ein Genuss, deinen Worten der Weisheit zu lauschen", sagte Blake seiner Großmutter zuzwinkernd, und Clare spürte wieder dieses seltsame Kribbeln im Bauch. Blake dabei zuzusehen, wie er sich in Gegenwart seiner Großmutter von seiner liebenswürdigsten Seite zeigte, würde jede Frau in Verzückung geraten lassen.

„Es mag euch überraschen", fuhr Esther mit einem Lächeln für ihren Enkel fort, „aber Blake war nicht der erste Beschützer, den wir in dieser Familie hatten. Was eigentlich sehr ungewöhnlich ist."

Blake nickte ihr zu. Für ihn war das anscheinend nichts Neues, aber Clare war äußerst interessiert.

„Wer war noch ein Beschützer?" fragte Bianca.

Esthers Lächeln wurde breiter. „Sein Großvater. Mein Mann."

Clare blieb der Mund offen stehen. „Heißt das, Sie sind eine *Na Sirtheoir*?"

„Das bin ich, in der Tat, das bin ich. Oder ich war es, besser gesagt. Ich bin im Ruhestand."

„Aber... aber Sie haben überlebt", keuchte Clare. „Sie leben und können diese Geschichte erzählen. Sie haben den Schatz nicht gefunden und doch sind Sie hier."

Esther strahlte sie von der anderen Seite des Tisches an und hob ihr Glas Wein zu einem stummen Trinkspruch. „Suchen bedeutet nicht immer, dass man findet, was man zu suchen glaubt. Manchmal geht es nur darum, auf dem Weg mehr Informationen zu sammeln. Ich war nicht dazu bestimmt, den Schatz zu finden, sondern nur, uns dem Schatz näher zu bringen."

„Also hat jede Generation, die ihn nicht gefunden hat, dazu beigetragen, mehr Hinweise zu sammeln? Und das alles gipfelt mit mir?", Clares Stimme erhob sich bei dem letzten Wort, während die Panik ihren schleichenden Tanz in ihrem Inneren fortsetzte.

„Nicht nur du, mein Kind. Niemals nur du allein. Wir alle kämpfen für das Licht. Wir alle sind verantwortlich dafür, wie es ausgeht, was auch immer passieren mag. Du bist nur die erste von vieren, die diese Runde beendet. Hab Vertrauen. Ich habe es", sagte Esther und ihre Augen strahlten nicht mehr, sondern musterten Clare kühl.

„Wie können Sie Vertrauen haben? Sie kennen mich doch gar nicht", fragte Clare, und ihre Stimme kippte erneut. Sie mochte Esther. Das Letzte, was sie tun wollte, war, sie zu enttäuschen. Beziehungsweise ... alle zu enttäuschen.

„Ich kann hellsehen. Das ist eine meiner Gaben, mein Kind. Als Seherin kann ich deine Seele wahrnehmen – dein wahres Wesen. Du musst nur nach innen schauen, um das Licht zu sehen. Vergiss das nicht, du musst nur nach innen schauen. Dort wirst du deine Antworten finden", sagte Esther, und ihr Blick blieb an dem von Clare haften. Einen Moment lang schien ein spürbarer Energiestrang zwischen beiden gespannt zu sein, bis Clare verstehend nickte. Sie hatte heute Abend ein Geschenk erhalten. Ein Geschenk, das sie brauchen würde, wenn die Zeit reif dafür war.

„Ich habe auch noch etwas für dich", fuhr Esther fort, klopfte Blake auf den Arm und zeigte auf eine kleine Schachtel, die neben dem Kamin stand. „Blake, sei so lieb und hol mir die Schachtel."

„Verlieben sich am Ende alle Beschützer in die Suchenden?", platzte Bianca heraus. Clare hätte mit der Stirn gegen ihren Teller schlagen können.

„Nicht alle, nein", zwinkerte Esther Bianca zu. „Aber diejenigen, die Glück haben, schon."

Clares Wangen brannten. Sie weigerte sich, Blake anzusehen, obwohl sie sich seiner mit jeder Faser ihres Seins bewusst war.

„Und Großvater hatte sicherlich Glück gehabt, eine so schöne Rose wie dich gewonnen zu haben", sagte Blake, als er zum Tisch zurückkehrte und die Schachtel neben Esthers Teller stellte.

Unfähig, nicht zu Blake aufzublicken, trafen sich Clares Augen mit seinen, und ein Feuer durchloderte sie. Es war nicht zu leugnen – sie wollte diesen Mann mit jedem Atemzug, den sie tat. Ob es an ihrer magischen Verbindung, ihrer geistigen Affinität oder einfach an der guten alten Begierde lag, Clare war bereit, zu kapitulieren.

Blakes Mundwinkel zuckte nach oben; er schien ihre Entscheidung lesen zu können. Clare errötete, blickte zu Boden und nahm dann einen Schluck von ihrem Wein, um ihre Kehle zu beruhigen.

„Das ist für dich", sagte Esther und reichte ihr das Holzkästchen, dessen Deckel mit verschlungenen keltischen Mustern verziert war.

„Ein weiterer Hinweis", hauchte Bianca. Seamus stupste sie mit seiner Schulter an, um sie zum Schweigen zu bringen.

„Es ist wunderschön", murmelte Clare, strich mit ihren Händen über das Holz, dessen Kanten vom Alter geglättet waren, und hob den Deckel an. Auf der mit Samt ausgekleideten Innenseite lagen eine Halskette, ein kleiner Dolch und ein zusammengerolltes Stück Papier.

„Was ist es?", wollte Bianca wissen und reckte sich, um über den Deckel der Kiste zu schauen.

Clare lachte und kippte das Kästchen so, dass sie es sehen konnte. „Es ist eine wunderschöne Aquamarin-Halskette, mit dem Zeichen der *Na Sirtheoir* in der Mitte. Sie ist wirklich atemberaubend schön", sagte Clare, hob die schwere Goldkette aus der Schachtel und hielt sie in die Höhe. Ein mächtiger Energiestrom ging von ihr aus und sie schien sich mit dem Stein an ihrem Finger zu verbinden.

„Gehörten die mal zusammen?", fragte Clare und hielt ihre Hand hoch, damit Esther sie sehen konnte.

„Ja, sie waren ein Paar. Ich habe mich sehr gefreut, als

ich sah, dass du den Ring bei dir hattest. Wir haben ihn seit Jahren nicht mehr aufspüren können", sagte Esther und ihr Gesicht strahlte vor Freude.

„Er ist also verzaubert. Werde ich stärker sein, wenn ich sie trage?", fragte Clare und streifte sich die Halskette über den Kopf. Sie hing schwer an ihrem Hals und der Aquamarin ruhte zwischen ihren Brüsten, direkt unterhalb des kleineren Anhängers, den Branna ihr geschenkt hatte.

„Du wirst stärker sein, wenn du sie trägst", bestätigte Esther.

„Und der Dolch?", fragte Seamus, der seine Neugierde ebenfalls nicht unterdrücken konnte. Clare griff in das Kästchen und zog den kleinen Dolch heraus, der nicht länger als ihre Hand war, mit einem aufwendig geschnitzten Griff, der sich zum Zeichen der *Na Sirtheoir* am unteren Ende des Griffs wölbte. Die Klinge schimmerte im Licht, ihre schöne Oberfläche war makellos und frei von Rost.

„Benutze ihn, wenn die Zeit dafür gekommen ist", sagte Esther leise, „und behalte ihn immer bei dir. Wenn du erstarrst und deine Magie vergisst, denk daran, dass dieser Dolch dir immer helfen wird."

Clare nickte und ihre Nerven begannen wieder zu flattern, als sie daran dachte, den Dolch in einem Nahkampf einsetzen zu müssen. Gegen wen? Oder gegen was?

Alles Fragen für ein anderes Mal, beschloss sie, als sie nach der Papierrolle griff. Nicht für einen Abend am Kamin mit gutem Essen und guten Freunden.

Vorsichtig entrollte Clare das Papier und schaute kurz zu Blake auf, bevor sie auf die Worte blickte, die dort standen.

„Es ist auf Gälisch. Tut mir leid, aber ich kann mich

nicht besonders gut an mein Gälisch erinnern", gab Clare zu und drehte das Papier so, dass alle anderen es sehen konnten.

„Ah", sagte Esther und alle am Tisch schwiegen.

„Der Heilige geht seinen Weg in der Dunkelheit."

KAPITEL EINUNDDREISSIG

Sie hatten noch mindestens eine weitere Stunde auf den Sofas vor dem Kamin verbracht und über die Bedeutung des Hinweises diskutiert. Schließlich hatte Clare sich eingestanden, dass es Zeit zum Schlafengehen war. Nach dem unsanften Erwachen in den frühen Morgenstunden und dem ständigen Stress, dem sie ausgesetzt waren, war sie reif für eine erholsame Nachtruhe.

Bevor sie sich dem stellen würde, was die rätselhafte Botschaft für sie bereithielt.

Clare saß auf dem Rand der Wanne und wusste, dass es töricht war, sich auf diese Weise zu verwöhnen, aber Esther hatte ihr zugeflüstert, dass sie Lavendelseife für sie neben der Wanne hatte liegen lassen, als sie sich zu ihr heruntergebeugt hatte, um ihr einen Gutenachtkuss zu geben. Es war ihre Art, Clare zu sagen, dass sie diese Momente des Glücks – diese kleinen, scheinbar banalen Zwischenmomente des Lebens – wertschätzen und genießen sollte.

Und selbst wenn sie deswegen noch etwa zwanzig

Minuten länger wach blieb, wettete Clare, dass sie nach einem schönen Bad wie ein Baby schlafen würde.

Clare entledigte sich des weichen weißen Handtuchs, das sie um sich gewickelt hatte, und ließ sich in das duftende Wasser gleiten, dessen Seifenblasen sie warm und himmlisch duftend umhüllten. Sie stieß ein leises, genüssliches Seufzen aus, als das Wasser ihre Haut streichelte und die Schmerzen der langen Tage linderte. Clare lehnte ihren Kopf zurück auf den Rand der riesigen Wanne, schloss die Augen und ließ ihre Gedanken schweifen.

Und als ihre Gedanken bei Blake landeten, konnte sie nicht anders, als ihre Gefühle für ihn zu erforschen.

Es war nicht nur seine Art, sie zu berühren, obwohl seine Küsse – ja, seine bloße Gegenwart – jegliche Nervenenden in ihrem Körper auf eine Weise stimulierten, die sie in einen Zustand der äußersten Bewusstheit versetzten. Es war die unmittelbare Verbundenheit, die sie zu ihm gespürt hatte, mit der sie in Resonanz ging. Eine Verbundenheit, die sie dazu gebracht hatte, ihn von sich zu stoßen und in Konfrontation mit ihm zu gehen, obwohl sie ihn so gerne näher an sich herangezogen hätte.

Sie könnte ihre Tage damit verbringen, sich mit ihm zu streiten, und sich dann nachts im Schlafzimmer zu versöhnen, dachte Clare und spürte das Pochen der Lust in ihrem Bauch. Sie wusste, dass jetzt nicht der richtige Zeitpunkt dafür war – schließlich lag das Schicksal der Welt in ihren Händen –, aber verdammt, sie könnte sich doch einfach in sein Zimmer schleichen und unter seine Decke schlüpfen.

Nicht, dass sie jemals den Mut gehabt hätte, das zu tun.

Aber es machte Spaß, darüber nachzudenken.

„Clare?"

Ein leises Klopfen an ihrer Zimmertür ließ sie aufschrecken. Sie hatte die Badezimmertür nicht geschlossen, aber von der Wanne aus konnte sie die Tür nicht sehen.

„Ähm, ja?", rief Clare und schloss verlegen die Augen.

Clare hörte das leise Quietschen der Scharniere, als sich die Tür öffnete, dann war es still. Schließlich räusperte sich Blake.

„Esther hat mich geschickt, um dir eine Tasse Tee zu bringen. Sie sagte, er würde dir helfen, traumlos zu schlafen." Blakes Stimme drang aus dem Zimmer zu ihr, und Clare schloss die Augen, während sie überlegte, ob sie ihn zu sich einladen oder einfach auf der Stelle sterben sollte.

„Danke", rief Clare mit brüchiger Stimme.

„Ist alles in Ordnung?", fragte Blake, dessen Stimme nun näherkam und Clare kniff die Augen zusammen.

„Ja, alles ist gut", sagte Clare mit atemloser Stimme, während sie ein Schauer der Erregung durchströmte.

„Das kann ich sehen", sagte Blake leise von der Tür aus.

Clare öffnete langsam die Augen und sah ihn in einer lockeren Jogginghose und einem T-Shirt dastehen, in der Hand eine fröhliche blaue Tasse mit Gänseblümchen. Er blickte ihr eine unendliche Sekunde lang in die Augen.

Clares Mund wurde trocken, während sie seinem Blick standhielt und sich der Moment zwischen ihnen ausdehnte. Blake bewegte sich als Erster und setzte sich auf den Rand der Wanne, während er die Tasse Tee neben ihren Kopf stellte.

„Danke", sagte Clare leise, und Blake nickte nur, ohne seinen Blick von ihr zu abzuwenden.

„Sag mir, dass ich gehen soll", sagte Blake mit einer Stimme, die nur ein Kratzen in der Dunkelheit war.

„Ich kann nicht", flüsterte Clare, verzweifelt vor Verlangen.

„Es tut weh zu atmen", sagte Blake und schlug sich mit der Faust auf die Brust, direkt unter sein Herz. „Genau hier tut es weh zu atmen. Jede Sekunde, in der ich in deiner Nähe bin, in der ich dich nicht berühren kann, in der ich nicht weiß, ob du mir gehörst. Es ist ein konstanter Schmerz, der nicht vergeht. Ich sehne mich nach dir, seit ich dich zum ersten Mal gesehen habe."

Sein Herz lag entblößt am Rand der Wanne, und Clare musste es nur aufheben oder verbluten lassen.

„Du hast mir gesagt, ich solle dir Freiraum lassen", sagte Clare in vorwurfsvollem Ton. „Du hast mich weggestoßen."

„Ich musste es tun. Ich konnte nicht alles opfern. Aber jetzt weiß ich, dass das Einzige, was ich opfere, die Freude ist, bei dir zu sein, neben dir, in dir. Ich bitte dich, dein Leben mit mir zu teilen. Alles von dir", flüsterte Blake und seine Augen schimmerten im Licht, das vom Schlafzimmer ins Bad fiel.

Ihr Herz zog sich bei seinen Worten zusammen und ein Gefühl der Stimmigkeit durchströmte sie – es war wie bei einem Schlüssel, der in ein Schloss passte. Sie schluckte einmal, bevor sie nickte.

Es brauchte nur ihr zustimmendes Nicken. Clare holte Luft, als Blake mit seiner übermenschlichen Geschwindigkeit seine Kleidung ablegte und seinen Körper ins Wasser hinter ihr gleiten ließ. Sie quietschte auf, als er seine Arme um sie schloss, ihren Rücken an seine Brust zog und festhielt, während er ihr einen Kuss auf den Nacken drückte. Einen Moment lang hielt er sie einfach fest, bis ihr Atem eins wurde und Clare sich langsam an seinem Körper entspannte.

„Ich habe von dir geträumt", sagte Blake an ihren Hals geschmiegt, und sein warmer Atem auf ihrer Haut ließ sie erzittern. Eine Hand strich zart über ihren Bauch und hinterließ eine Spur der Hitze. Ihr Körper wölbte sich gegen ihn, als seine Hand ihre Brüste fand, im warmen Wasser über sie glitt, und sie sich vor Verlangen krümmte.

„Ich habe von dir geträumt. Du warst wie jetzt: warm, geschmeidig. Du hast du dich an meinen Körper geschmiegt, während ich dich verwöhnt habe", säuselte Blake und seine Hand beschleunigte ihren Rhythmus auf ihren sensiblen Brüsten. Schockiert stellte Clare fest, dass sie kurz vor dem Höhepunkt stand. Die Intensität steigerte sich immer weiter, während er sie mit seinen Worten, seinen Lippen und seinen Händen erregte... bis sie aufstöhnte und mit einem Schrei über die Schwelle ging.

Auf ihr lustvolles Wimmern hin ließ Blake seine Hand zwischen ihre Beine gleiten und fand sie, weich und entspannt. Er streichelte sie sanft, schonungslos, hart, bis sie erneut aufstöhnte und in Selbstvergessenheit abdriftete.

Clare wollte ihr Gesicht vor Verlegenheit in ihren Händen vergraben. „Ah, nun, ich – ähm", begann sie und wollte sich für ihr unverhohlenes Verlangen entschuldigen.

„Sch", sagte Blake und drehte sie sanft im Wasser, so dass sie auf seiner Brust lag, ihre Lippen nahe bei seinen. „Ich werde leben, um dir Genuss und Freude zu bereiten. Jeder lustvolle Seufzer, den du von dir gibst, jeder Moment des Glücks, den du dir erlebst, wird auch meiner sein."

„Oh", hauchte Clare, ihre Augen auf seine gerichtet, während sie ihre Beine hob, um sich rittlings auf ihn zu setzen. Verwegen knabberte sie an seiner Unterlippe und saugte einen Moment lang sanft daran, während seine Hände ihre Taille herabwanderten und ihren Hintern umfassten. Clare keuchte in seinen Mund, während er mit einer einzigen sanften Bewegung in sie eindrang und sie einmal mehr über die Schwelle brachte, an einen viel tieferen Ort, als sie mit irgendjemanden jemals zuvor gegangen war.

Und während sie gemeinsam durch die Dunkelheit ritten, völlig ineinander verloren, strahlte das Licht der Liebe zwischen ihnen und ließ den Wahnsinn der Domnua, die gegen die Schutzwälle schlugen, verstummen.

Denn in diesem Moment wurde die Finsternis vom Licht der Liebe überstrahlt.

KAPITEL ZWEIUNDDREISSIG

Clare keuchte auf, als sie erwachte, ein dünner Lichtstreifen fiel durch das Fenster, und die ersten Wellen der Lust durchzuckten sie, als Blake sich von hinten an sie schmiegte, und seine Hände ihr Genuss bereiteten, wo immer er sie berührte.

„Blake", hauchte Clare, als er sie noch einmal zum Höhepunkt brachte. Ihre Bewegungen waren langsam in den nebligen Morgenstunden, als sie unter die Decke gekuschelt die Vertiefungen und Rundungen des jeweils anderen Körpers erkundeten, sich in die Wärme des anderen schmiegten und sich über neue Entdeckungen freuten.

Die Nacht war nicht so erholsam gewesen, wie Clare es sich gewünscht hatte. Aber sie war überrascht, dass sie sich voller Energie fühlte, als hätte sie eine ganze Kanne Kaffee getrunken. Es fiel ihr nicht schwer, aus dem Bett zu hüpfen, das sie mit Blake geteilt hatte, und ins Bad zu gehen, um schnell zu duschen, bevor sie sich auf den Weg machten.

Allerdings hatte die Dusche dann doch etwas länger gedauert, nachdem Blake hinter ihr hineingeschlüpft war.

Jetzt fand sie sich trällernd in der Küche wieder, während sie Wasser für Tee aufsetzte. Blake war gegangen, um sich um etwas auf dem Grundstück zu kümmern, und da die Sonne noch nicht ganz aufgegangen war, dachte Clare, dass sie sich um das Frühstück kümmern könnte.

„Ah, du siehst... ausgeruht aus", sagte Esther an der Tür.

Clare zuckte zusammen und errötete sofort. Sie drehte sich um und beschäftigte sich mit dem Tee. „Sie haben ein schönes Haus. Ich konnte mich gut ausruhen, danke", sagte Clare schnell.

Esther gluckste. „Mein süßer Matthew hat mir immer die gleiche Röte ins Gesicht gezaubert, weißt du", sagte Esther leichthin, und Clare verschluckte sich fast.

„Ähm", sagte sie.

„Du glaubst doch nicht etwa, dass ich nicht merke, wenn eine Frau von ihrem Mann geliebt wird? Ich bin froh, dass ihr zueinander gefunden habt. Ich habe mir schon Sorgen um ihn gemacht", gab Esther zu. Sie stellte einen Stuhl an den kleinen Tisch in der Ecke der Küche und überließ es Clare, den Morgentee zuzubereiten.

„Warum haben Sie sich Sorgen gemacht?"

„Nun, er hat keine andere Frau mehr angesehen, seit er dich gesehen hat. Es waren zehn einsame Jahre für ihn", sagte Esther.

Der Löffel, den Clare in der Hand hielt, fiel klappernd auf den Boden.

„Das tut mir leid", sagte Clare sofort und bückte sich,

um den Löffel aufzuheben. „Er war seit zehn Jahren nicht mehr mit einer anderen Frau zusammen?"

„Nun, ich kann nicht sagen, ob er mit jemandem auf diese Weise zusammen war. Aber er war mit niemandem ernsthaft zusammen. Und er hat auch nie über jemanden gesprochen. Über niemanden außer dich, meine ich. Ehrlich gesagt, habe ich das Gefühl, dich gut zu kennen, nach allem, was er mir über dich erzählt hat. Es freut mich, dass du dasselbe für ihn empfindest."

Clare drehte sich um und ging zum Waschbecken, um diese Informationen zu verarbeiten, während sie den Löffel unter dem Wasserhahn abspülte.

„Ich bin mir nicht sicher, ob ich so empfinde, wie Sie denken, dass ich für ihn empfinde", sagte Clare vorsichtig, da sie es nicht zu weit treiben oder Esther möglicherweise glauben machen wollte, dass sie in Blake verliebt sei.

„Du hast ihn also nicht gerne?", fragte Esther.

Clare drehte sich um, verschränkte die Arme vor der Brust und lehnte sich mit dem Rücken gegen den Tresen, während sie Esther betrachtete. Ihr Herz wollte vor Freude über das, was sie für Blake empfand, schreien, aber ihr logischer Verstand sagte ihr, dass es noch zu früh war.

Es war noch zu früh, um verliebt zu sein.

„Doch, ich habe ihn gerne. Sehr sogar. Ich bin mir nur nicht sicher, ob ich, Sie wissen schon...", sagte Clare und zuckte mit einer Schulter.

Esthers Gesicht hellte sich auf. „Ach, die Torheit der Jugend. Vergeudete Momente. Wofür? Stolz? Angst, verletzt zu werden? Pfff", Esther winkte ab und stand auf, ging zu einem Schrank und holte einen Glasbehälter mit

Muffins heraus. „Du wirst schon wissen, wann der richtige Zeitpunkt ist, um die Worte auszusprechen. Es reicht mir, wenn du mir versprichst, dass du dich um sein Herz kümmerst."

Erleichtert nickte Clare und nahm den nun dampfenden Kessel vom Herd.

„Das kann ich versprechen. Ich werde mich um sein Herz kümmern. Und egal, was mit uns passiert, ich möchte, dass Sie und ich befreundet bleiben", sagte Clare sanft.

„Freundinnen. Das ist doch was, oder? Das fände ich schön. Ich bin eine begnadete Briefeschreiberin, weißt du", kicherte Esther.

Clare spürte, wie ihr ein wenig leichter ums Herz wurde. „Außerdem sind Sie wie ich, nicht wahr? Es ist wie eine Schwesternschaft, oder? Wir halten zusammen?", fragte sie, holte ein paar Tassen heraus und stellte sie zusammen mit der Kanne Tee auf den kleinen Tisch. Sie ließ sich auf einen Stuhl nieder und sah Esther an.

„Ja, eine Schwesternschaft. Und viel mächtiger, als uns bewusst ist. Ich habe eine Weile gebraucht, um meine eigene Macht zu verstehen. Es ist schön zu hören, dass du deine Flügel ausprobiert hast, sobald du wusstest, was du bist."

„Ich bin selbst überrascht, dass ich das getan habe", gab Clare zu und schob ihren Muffin auf dem Teller herum. „Es sieht mir eigentlich gar nicht ähnlich, an solche Dinge zu glauben."

„Wenn man in tödlicher Gefahr ist, kann das oft dazu führen, dass man seinen Unglauben ablegt", erklärte Esther, die in ihren Hausschuhen zum Tisch stapfte und sich dort niederließ. An diesem Morgen trug sie einen leuchtend roten Pullover und eine weiche Baumwollhose, und ihr Haar war zu zwei ordentlichen Zöpfen geflochten, die auf beiden Seiten ihres Gesichts herabhingen. Wenn man von den Falten in ihrem Gesicht und dem weißen Haar einmal absah, hätte sie locker dreißig Jahre jünger sein können, dachte Clare, als sie in Esthers strahlende Augen blickte.

„Ich glaube, da ist was dran", stimmte Clare zu, nahm den Muffin auseinander und knabberte an einem Stück. „Ich glaube auch, dass ein Teil von mir es wusste. Ich wusste einfach, dass ich für größere Dinge bestimmt war. Also habe ich mein ganzes Leben damit verbracht, das zu finden, was mein Herz am meisten zum Singen brachte. Und das war das Studium der Steine. Und ich hatte mir eingeredet, dass ein Master-Abschluss dieses Bedürfnis in mir befriedigen würde – dieses Größere zu finden, verstehen Sie? Aber jetzt sehe ich, dass es etwas ganz anderes war, was mich angetrieben hat. All diese verschwendete Zeit." Clare seufzte und nahm ihre Tasse Tee.

„Aber, mein Kind, es war überhaupt keine verschwendete Zeit. Ich würde sagen, du bist genau da, wo du sein sollst."

Clare war sich nicht sicher, ob das stimmte, aber es war auf jeden Fall schön, das zu hören. Genauso schön wie es war, zu hören, wie sich Bianca und Seamus im Flur neckten, während sie auf dem Weg in die Küche waren.

„Danke für unser Gespräch. Ich wünschte, wir könnten Sie mitnehmen", sagte Clare und lächelte Esther an.

„Du kommst wieder, wenn du den Stein gefunden hast. Ich werde dir den besten Festschmaus kochen, den du je hattest. Wir werden auch deine Eltern einladen und uns ein ordentliches Fest gönnen. Das ist ein Versprechen an dich – von einer Seherin", sagte Esther resolut und drehte sich um, als Bianca und Seamus in die Küche stürmten.

Clare hoffte inständig, dass es ein Versprechen war, auf das sie sich verlassen konnte.

KAPITEL DREIUNDDREISSIG

„Du hast mit ihm geschlafen, nicht wahr?", fragte Bianca und zog Clare auf der Toilette zur Seite. Sie hatten an einer Tankstelle angehalten, etwa eine Stunde von Esthers Haus entfernt. Ohne einen konkreten Plan zu haben, hatten sie beschlossen, nach Süden zu fahren. Für Clare fühlte es sich richtig an, auch wenn sie auf die Frage, warum sie diese Richtung gewählt hatte, keinen genauen Grund nennen konnte.

Clare sah Bianca mit großen Augen an, während eine der Toiletten spülte. Kichernd verzog sie sich in ihre eigene Kabine, um der Frage auszuweichen.

Allerdings ohne Erfolg, denn Bianca lehnte an der Wand, die Arme vor der Brust verschränkt, und wartete einfach darauf, dass Clare sprach. Clare wusch sich die Hände und schaute sich um, bevor sie Biancas Blick im Spiegel begegnete.

„Ja, das habe ich. Und es war wunderbar", sagte Clare schließlich.

Bianca quietschte und klatschte einmal in die Hände.

„Ich wusste es! Ich habe es sehen können. Du warst heute Morgen ganz hin und weg", sagte Bianca.

Clare errötete sichtlich im Spiegel. „Ich war nicht ganz hin und weg. Das ist nicht meine Art", sagte Clare und blickte ihre Freundin entrüstet an.

„Oh, doch, das warst du. Aber das ist in Ordnung, das war ich auch." Bianca lachte sie an und Clare grinste.

„Und du hast Seamus vernascht, nicht wahr?"

„Als ob ich meine Finger von ihm lassen könnte, nachdem er sich aus dem Fenster gelehnt und magische Pfeile auf die Domnua gefeuert hat? Ich bitte dich." Bianca fächelte sich das Gesicht. „Ich konnte es kaum erwarten, dass das Abendessen gestern Abend vorbei war, damit ich mich endlich auf ihn stürzen konnte."

„Ich bin sicher, das hat ihm gefallen", lachte Clare.

„Er schien ganz zufrieden zu sein", stimmte Bianca zu. „Aber erzähl mir mehr von dir. Ich will Details."

Clare seufzte, während sie sich zu ihrer Freundin umdrehte. Was sollte sie sagen? Dass sie sich Sorgen machte, weil sie so schnell schwach geworden war? Dass sie sich nicht mehr sicher war, wer sie war, geschweige denn, ob sie ihren eigenen Gefühlen trauen konnte oder nicht?

„Es ist ganz schön viel, nicht wahr?" fragte Bianca, die Clare besorgt musterte.

„Ja, es ist eine ganze Menge. Ich bin einfach... überfordert. Wie kann ich meinen Gefühlen vertrauen? Ich weiß ja nicht einmal mehr, wer ich bin."

„Du bist immer noch du. Du bist nur eine verbesserte Version von dir. Wie Clare 2.0", sagte Bianca und brachte Clare damit zum Lachen.

„Du meinst also, wir sollen es einfach akzeptieren und den Dingen ihren Lauf lassen?", fragte Clare.

„Ich sage, schwing dich auf den Drachen und schieße Feuerblitze aus deinen Händen, wenn du schon dabei bist, Göttin", sagte Bianca mit einem breiten Grinsen im Gesicht, als sie die Tür aufzog und Clare den Vortritt ließ. „Dies ist dein Ritt."

„Ich werde das im Hinterkopf behalten", entgegnete Clare zögerlich. Ihre Gedanken waren fast ununterbrochen um Blake gekreist, seit er sie am Tag zuvor im Steinkreis geküsst hatte. Es hatte sich angefühlt, als stecke eine große Bedeutung hinter diesem Kuss.

Clare wusste nicht, was sie wollte – von ihm, von dem Kuss, eigentlich von allem. Sie wusste nur, dass sie nicht von ihm getrennt sein wollte.

Und vielleicht war das alles, was sie in diesem Moment wissen musste, dachte Clare, während sie dem Mann hinter dem Tresen dankend zunickte und nach draußen ging, wo Blake den Geländewagen betankte. Einen Moment lang war sie abgelenkt von der Art und Weise, wie die Sonne auf dem schwarzen Auto schimmerte. Zusammen mit dem gutaussehenden Mann, der mit verschränkten Armen in seiner Lederjacke daran lehnte, gab es ein gutes Bild ab. Eines, von dem sie nicht so recht glauben konnte, dass es ihr gehören könnte.

„Domnua", zischte Bianca, und Clare drehte sich hastig um, wobei sie instinktiv ihre Hand ausstreckte, während ein Energiestrom von ihrer Halskette bis hinunter zum Arm über ihre Haut lief. Bianca, die nicht von Blake abgelenkt war, hatte gesehen, was Clare hätte sehen müssen: eine Schar von etwa fünfzehn großen Domnua, die hinter dem

Geländewagen auf den Parkplatz krochen. Sie bewegten sich schnell und tief geduckt, ihre Körper waren nur ein silbriger Streifen im Tageslicht. Clare sah, wie sie die Sonne zu ihrem Vorteil nutzten, indem sie von einem Lichtstrahl zum nächsten flitzten und so ihren Angriff zu verbergen versuchten.

Clare ließ ihre Macht walten und beschoss sie. Es war wie ein Peitschenschlag, der sich kreuz und quer über den Parkplatz schlängelte. Die Feenmänner zersprangen in eine Million silbrige Stücke, bevor sie vom Erdboden verschwanden. Blake hatte gerade noch Zeit, sich zu drehen und mit dem Dolch in der Hand in die Hocke zu gehen.

„Krass", kommentierte Bianca, als sie über den Parkplatz zu dem immer noch kauernden Blake rannten.

„Du hast ja keine Ahnung. Ich meine, ich wusste immer, dass Steine Macht haben, aber, wow, einfach nur wow", keuchte Clare, als sie bei Blake ankamen. Seamus kam hinter ihnen her, er hatte sie über den Parkplatz laufen sehen.

„Geht es allen gut? Was habe ich verpasst?", verlangte Seamus, der Tüten mit Salzbrezeln und Snacks in den Händen hielt.

„Ach, nur, wie Clare gerade ein Rudel Domnua in kleinste Stückchen zerlegt hat", rief Bianca und reichte Seamus die Hand, um ihm beim Tragen zu helfen.

„Das ist ja irre", sagte Seamus und drückte Clare einen Kuss auf die Wange. Clare nickte nur, während sie Blake beobachtete, der äußerst wütend aussah.

„Oh-oh", flüsterte Bianca, als sie an Clare vorbeiging. „Da ist wohl das Ego von jemandem aus dem Gleichgewicht geraten."

Clare wartete, während Seamus und Bianca in den hinteren Teil des Wagens stiegen. Schließlich sah ihr Blake in die Augen.

„Danke", sagte Blake verbissen.

„Nicht der Rede wert", sagte Clare in eisigem Ton, während sie sich auf dem Absatz umdrehte und auf den Beifahrersitz stieg. Sie hätte ihn darauf hinweisen können, dass er in Schwierigkeiten geraten wäre, wenn sie nicht rechtzeitig aus dem Tankstellenladen gekommen wären. Aber nein... Verdammte Männer und ihre Egos.

Blake schlüpfte auf den Fahrersitz, knallte die Tür lauter als nötig zu und raste mit dem Auto von der Tankstelle, wobei er beinahe eine Rauchfahne hinter sich ließ. Im Auto herrschte Stille. Clare verschränkte die Arme vor der Brust und streckte die Nase in die Luft. Es war ja nicht so, dass sie sich für irgendetwas zu entschuldigen hatte.

„Soooo", sagte Seamus nach fünf weiteren Minuten, in denen niemand das Schweigen brechen wollte. „Habe ich sonst noch etwas verpasst?"

„Da ist jemand sauer, weil ich ihn vor den Domnua gerettet habe", sagte Clare und hielt dann die Luft an, als Blake den Wagen ruckartig nach links an den Straßenrand zog. Er schlug mit den Händen auf das Lenkrad und starrte aus dem Fenster.

„Ich bin der Beschützer. Es ist meine Aufgabe, dich zu beschützen. Dafür bin ich da. Du solltest nicht diejenige sein, die mich beschützt. Genau das habe ich befürchtet! Ich wusste, ich hätte damit warten sollen, dich zu berühren – dich zu schmecken. Mein Verstand ist abgelenkt. Ich stehe einfach da, träume von deinem Körper und hätte in jedem Moment von den Domnua getötet werden können.

Was habe ich mir nur dabei gedacht?", platzte Blake heraus.

„Vielleicht sollten wir kurz gehen...", begann Seamus, aber Bianca unterbrach ihn und schüttelte den Kopf.

„Das lasse ich mir auf keinen Fall entgehen", flüsterte sie ihm zu.

Und wenn Blake nicht so wütend gewesen wäre, hätte Clare die Situation vielleicht mit Humor nehmen können. Stattdessen waren seine Worte wie Kugeln, von denen jede einzelne dazu bestimmt war, sie zu treffen und sich in ihr Innerstes zu bohren.

„Ich war es nicht, die dich gestern im Steinkreis geküsst hat! Ich war es nicht, die sich ins Badezimmer geschlichen hat, während ich in der Wanne saß!", schoss Clare zurück.

„Oh, das wird gut", flüsterte Seamus auf dem Rücksitz und Bianca stieß ihm mit dem Ellbogen in die Rippen.

„Ich war unfähig, dich nicht zu berühren", zischte Blake.

„Spiel hier bitte nicht das Opfer, Freundchen, denn das werde ich sicher nicht zulassen. Du wolltest, was du wolltest, und du hast es bekommen", fauchte Clare zurück und spürte, wie die Wärme, die sie vorher für Blake empfunden hatte, der Wut gewichen war.

„Ja, ich wollte dich – gegen alle Vernunft. Ich wusste, es wäre Selbstmord, dich zu berühren", sagte Blake und schlug seine Hand wieder auf das Lenkrad.

Clare sah aus dem Fenster und unterdrückte die Tränen, die sie zu übermannen drohten. Es war dumm von ihr gewesen, sich ihm gegenüber zu öffnen – vor allem, wenn sie sich in einer so heiklen Lage befanden. Es wäre das

Beste, wenn sie sich beruhigen und nach vorne blicken würde – dem Team zuliebe.

„Hey, denkst du nicht, dass du ein bisschen zu hart bist?", warf Bianca ein, um Clare zur Seite zu springen.

„Es ist schon in Ordnung, Bianca", lächelte Clare ihrer Freundin über die Schulter zu, bevor sie Blake einen kühlen Blick zuwarf. „Wir hatten etwas Spaß zusammen. Es waren Spannungen da, es hat gejuckt und ich musste mich ein wenig kratzen. Also, danke fürs Kratzen. Deine Dienste werden nicht länger benötigt."

Seamus pfiff lang und tief auf dem Rücksitz, und Clare wusste, dass sie ihr Blatt gut gespielt hatte. Obwohl sich bei den Worten ihr Herz zusammenzog, war es die einzige Möglichkeit, sie alle zu schützen und bei der Suche auf dem richtigen Weg zu bleiben. Sie würde sich um die Konsequenzen kümmern, nachdem sie den Stein gefunden hatte.

„So ist das also, Doc?", fragte Blake, und in seiner Stimme schwang Bitterkeit mit.

„Ja, so ist es wohl", sagte Clare, drehte sich zum Fenster und versuchte ihr Bestes, nicht über den Sitz zu kriechen und ihm auf den Schoß zu springen. Sie wollte seine Frage verneinen – natürlich stimmte es nicht. Aber er hatte sie verletzt, und es war die einzige Möglichkeit, die sie sah, um stark zu bleiben. Professionelle Distanz wahren – das hatte sie für ihre Karriere gelernt, und jetzt würde sie es auch bei diesem Job anwenden.

Schließlich war dies der größte Auftrag ihres Lebens.

Diese Vorstellung half, den Schmerz zu lindern, dachte Clare, als Blake den Wagen schweigend zurück auf die Straße lenkte. Sie hätte nie etwas mit einem Arbeitskollegen angefangen – wie kam sie also auf die Idee, dass es bei dieser Mission in Ordnung wäre?

„Ähm, ich unterbreche nur ungern, aber weiß jemand, wohin wir fahren?", fragte Seamus nach ein paar Minuten schweigender Fahrt. Clare ignorierte Blakes genervten Seufzer, schaute Seamus an und zuckte mit den Schultern.

„Ich hatte da eine Idee dazu, während ihr euch angeschrien und so getan habt, als sei euch alles andere egal", sagte Bianca fröhlich.

Mit offenem Mund drehte sich Clare zu ihrer Freundin um.

„Es ist nicht so, dass es uns egal wäre. Es ist nur so, dass wir von nun an eine professionelle Distanz wahren werden. Es gibt viel zu tun", sagte Clare bedächtig und sah Bianca streng an.

„Sicher, wie Sie wollen, Boss. Aber hier ist mein Gedanke – ich habe mir den letzten Hinweis durch den Kopf gehen lassen, und ich glaube, ich habe herausgefunden, wo wir hinmüssen."

„Und wo soll das sein?", sagte Blake schließlich.

„Mount Brandon", sagte Bianca und strahlte.

Clare schüttelte nur verwirrt den Kopf, während Blake leise fluchte.

„Natürlich", sagte Blake.

„Habe ich etwas verpasst?", fragte Clare und sah zwischen den beiden hin und her.

„Was meine Schöne hier herausgefunden hat", sagte Seamus, „ist, dass der Hinweis von einem Heiligen handelt, der seinen Weg in der Dunkelheit geht. Ein anderer Name für Mount Brandon ist der ‚Pfad des Heiligen'. Es war früher eine christliche Pilgerstätte. Es gibt Kreuzwegstationen auf dem gesamten Weg bis zum Gipfel des Berges. Das macht absolut Sinn. Der Hinweis war ziemlich wörtlich gemeint", schloss er, legte seinen Arm um Bianca und drückte sie sanft. Ihr Gesicht errötete vor Freude über sein Lob, und Clare wurde ein wenig eifersüchtig. Warum konnten sie und Blake nicht so entspannt sein?

Weil es kein ‚sie und Blake' gab, erinnerte sie sich, drehte sich um und verschränkte die Arme vor der Brust.

„Na dann, auf zum Pfad des Heiligen."

KAPITEL VIERUNDDREISSIG

Die Atmosphäre im Auto blieb während der nächsten Stunde angespannt, als Clare und Bianca an ihren iPads arbeiteten und sich gegenseitig mit Theorien bombardierten.

„Was wissen wir über den Pfad des Heiligen?", fragte Seamus und raschelte mit der Tüte mit den Salzbrezeln. Blakes Kiefer zuckte bei dem Geräusch, und es bereitete Clare großes Vergnügen, genüsslich in die Tüte zu greifen und die Brezelchen in seinem makellosen Auto krümelnd zu verspeisen.

Schließlich hatte niemand behauptet, dass sie nicht auch gemein sein konnte.

Es war ihm hoch anzurechnen, dass Blake ruhig blieb und sich weiter auf das Fahren konzentrierte. Clare vermutete, dass er sich immer noch ärgerte, weil er die Domnua nicht bemerkt hatte. Sie beobachtete, wie seine Augen kontinuierlich die Umgebung absuchten.

Und sie selbst ignorierten.

Was soll's, dachte Clare, die sich wiederum darüber ärgerte, dass er ihre Beschreibung der schönen Nacht, die sie zusammen verbracht hatten, akzeptiert hatte. Wahrscheinlich geschah ihr recht. Sie hätte ihre gemeinsame Zeit nicht so beiläufig abtun dürfen. Aber war er nicht derjenige, der sich darüber aufgeregt hatte, dass sie ihn ablenken würde?

Der endlose Verdruss in ihrem Kopf brachte Clare dazu, schreien zu wollen. Stattdessen seufzte sie tief, während sie sich Notizen machte.

„Man sagt, dass der heilige Brendan dort gelebt hat. Es war ein beliebter Wallfahrtsort der frühen Christen. Es gibt Kreuze auf dem ganzen Weg nach oben. Es ist ein schöner Spaziergang, so viel ist sicher", sagte Bianca.

„Aber nichts über Feen? Keine Geschichte über Magie?", fragte Clare.

„Keine, die ich im Internet finden konnte – bei der begrenzten Zeit, die wir im Internet verbringen wollen und so. Aber das heißt nicht, dass es keine gibt. Es ist wahrscheinlicher, dass es in einer meiner alten Mitschriften zu finden ist als sonst wo", sagte Bianca.

Clares Telefon piepste mit einer eingehenden Textnachricht. Sie wusste, dass es Blake lieber war, wenn das Telefon ausgeschaltet blieb, aber da sie sich heute trotzig fühlte, hatte sie es wieder eingeschaltet.

„Fiona hat sich gerade gemeldet. Sie hat uns angewiesen, nach Grace's Cove zu fahren und in Gallagher's Pub etwas zu essen und ein Bier zu trinken. Sie werden uns für die Nacht unterbringen und wir können morgen mit dem Aufstieg beginnen."

„Morgen ist eine Mondfinsternis", sagte Seamus.

Clare warf ihm einen schiefen Blick zu. „Woher weißt du das?"

„Ich beschäftige mich mit Astrologie", sagte Seamus mit einem Lächeln.

„Wirklich?", fragte Bianca. „Sind unsere Sternzeichen kompatibel?"

„Ich brauche kein Horoskop, um zu wissen, ob wir zusammenpassen oder nicht", sagte Seamus und Bianca kicherte.

Clare verdrehte die Augen und wünschte sich, so schnell wie möglich aus diesem Auto herauszukommen.

„Dann klettern wir bei Mondfinsternis hoch", sagte Blake angespannt.

Sie hielten alle inne. Es waren die ersten Worte, die Blake seit über einer Stunde gesprochen hatte.

„Nachts?", quietschte Bianca.

„Der Heilige geht seinen Weg in der Dunkelheit", zitierte Blake und alle wurden still. Seine Worte trafen einen Nerv.

„Er hat recht. Und was ist dunkler als eine Mondfinsternis?", fragte Clare.

„Nun, theoretisch wäre der Tag nach Neumond der dunkelste", begann Seamus, hob dann aber die Hand. „Aber ja, es scheint poetisch und richtig zu sein. Ich denke, morgen Abend sollten wir wandern gehen."

„Toll, einfach herrlich. Ich habe nicht einmal Wanderschuhe dabei", beschwerte sich Bianca.

Seamus umarmte sie wieder. „Ich werde dir helfen. Wir sind ein Team, schon vergessen?"

Clare starrte aus dem Fenster, während sich die Straße durch die Hügel in Richtung Küste schlängelte, und dachte an das Wort ‚Team'. Sie fragte sich, was nötig sein würde, um sie alle wieder auf die gleiche Wellenlänge zu bringen.

Vielleicht wären ein Bierchen und eine Mahlzeit im Pub genau das Richtige.

Das hoffte sie jedenfalls. Denn wenn sie in der jetzigen Stimmung den Berg hinaufstiegen, war die Wahrscheinlichkeit groß, dass sie nicht mehr herunterkommen würden.

KAPITEL FÜNFUNDDREISSIG

Blake schäumte auf dem gesamten Weg nach Grace's Cove. Er war verärgert, wütend auf Clare und vor allem wütend auf sich selbst.

Ja, er hatte es wirklich vermasselt.

Blake konnte sich nicht entscheiden, worüber er wütender war – darüber, dass Clare ihn von seiner Arbeit ablenkte, oder über die Tatsache, dass sie ihn vor den Domnua hatte schützen müssen. Allein bei dem Gedanken daran drehte sich ihm der Magen vor Wut um.

Es war sein Job – sein Eid. Sein einziger Zweck war es, sie gegen die Domnua zu verteidigen. Dass Clare ihn beschützte, während er untätig vor sich hinträumte, war der größte Frevel, den er begehen konnte. Wenn sein Großvater noch am Leben gewesen wäre und davon Wind bekommen hätte, hätte er es nie verkraftet.

Es brachte Schande über seinen Namen, seine Rolle und alle Beschützer, die vor ihm dagewesen waren.

Dennoch konnte er nicht anders, als sich in Clare zu verlieben. Sie verkörperte alles, was er sich je von einer Frau gewünscht hatte – sie hatte einen scharfen Verstand, einen bissigen Sinn für Humor und einen Körper, der Rundungen an den richtigen Stellen hatte. Seit Jahren hatte er für sie geschwärmt, und jetzt hatte sich die Situation zugespitzt.

Sie im Haus seiner Familie zu haben und mit ihr zum Steinkreis zu gehen – nun, das hatte ihn schlicht um den Verstand gebracht. Es war dumm gewesen, sie zu den Steinen zu führen, dachte Blake, als er einen weiteren Hügel passierte und endlich die Küste in Sicht kam.

Ein Kuss im Kreis war ein feierliches Versprechen – für ewige Liebe, für Schutz. Ein Versprechen, für immer an ihrer Seite zu sein. Blake fragte sich, ob sie die Magie gespürt hatte, die sie umgab, während er sie geküsst hatte.

Wenn sie nur wüsste, wie verletzend ihre Worte für ihn gewesen waren, als sie ihn im Auto angegriffen hatte.

Allerdings musste man fairerweise sagen, dass er ihr kein ausdrückliches Versprechen gegeben hatte. Nach allem, was Clare wusste, erfüllte er einfach nur seine Pflichten. Und vielleicht war es für sie alle besser, dass er es nicht getan hatte. Wenn sie wirklich glaubte, dass er nur eine weitere Affäre für sie war, nun, dann würde er eben einsam seine Wunden lecken müssen.

Und ihr den Rest seines Lebens nachtrauern.

KAPITEL SECHSUNDDREISSIG

Sie fuhren am späten Nachmittag in Grace's Cove hinein, wo die Wintersonne ihr fahles Licht auf ein freundliches Dorf warf, das sich in die Kurve einer atemberaubenden Küstenlinie schmiegte. Häuser und Geschäfte drängten sich aneinander und boten eine reizvolle Mischung aus Farben und Formen. Alle Straßen führten hinunter zum Hafen, wo viele Boote für den Winter eingepackt waren. Clare vermutete, dass der Ort sein Geld mit Fischfang und Tourismus verdiente, die beide in der Wintersaison nur eine geringe Ausbeute bieten würden.

„Es ist ein reizendes Städtchen", sagte Bianca auf dem Rücksitz.

„Ja, ich kann mir vorstellen, dass es im Sommer sehr schön ist, mit den Urlaubern und Touristen und den Booten im Hafen", stimmt Clare zu.

„Werden wir Fiona im Pub treffen?"

„Nein, sie sind noch in Dublin. Wir sind auf uns allein gestellt, wie es scheint", sagte Clare und drehte sich, um die

Straßen abzusuchen. „Ich glaube, es ist in dieser Richtung, zumindest meiner Karte nach."

Sie fuhren durch eine Einbahnstraße und hielten vor einem großen Gebäude mit einem fröhlichen Schild, das verkündete, es sei Gallagher's Pub.

„Das sieht nett aus", sagte Bianca, als Blake den Wagen in einer kleinen Gasse neben dem Gebäude parkte.

„Ja, das tut es. Eine warme Mahlzeit und ein Bier werden uns guttun", stimmte Seamus zu.

Clare sagte nichts, als sie aus dem Auto stiegen, aber sie wartete, während Blake irgendeine Art von Magie anwendete. Sie spürte, wie ein Schimmer über sie hinwegglitt, als er das Auto mit einem Schutzschild umgab.

Sie öffnete den Mund, um etwas zu sagen, aber Blake ging an ihr vorbei, ohne sie auch nur anzusehen.

So viel zum Thema Wiedergutmachung, dachte Clare und ärgerte sich über sein Verhalten. Und wenn er sie beschützen sollte, hatte er dann nicht auf sie zu warten? Sauer über alles, eilte Clare hinterher, um ihn einzuholen, als sie die Eingangstür des Pubs erreichten.

Der Pub war leer, bis auf eine zierliche Frau, die an einer langen Holztheke saß, die eine Seite der Bar säumte. Tische, gemütliche Nischen und eine winzige Bühne auf der rechten Seite ließen vermuten, dass die Kneipe normalerweise gut besucht war. Hübsche Landschaftsbilder und Bier- und Whiskey-Schilder säumten die Wände. Die Kneipe hatte ein freundliches, warmes Ambiente und man fühlte sich sofort willkommen.

„Guten Tag", sagte die Frau mit dem dunklen Lockenschopf, während ihre hübschen grünen Augen sie einladend anlächelten.

„Cait?", fragte Clare und hob fragend eine Augenbraue.

„Das bin ich, und das ist mein feines Etablissement", sagte Cait und deutete mit dem Arm auf die leere Kneipe. „Lasst euch von dem leeren Raum nicht täuschen. In einer Stunde wird es voll sein."

„Ich bin sicher, dass es das sein wird. Fiona hat uns geschickt", sagte Clare und folgte Cait, die zur Bar ging. Cait duckte sich an der Seite hindurch und stellte sich hinter die Bar.

„Ah, ja, sie hat mir eine Textnachricht geschickt – daran habe ich mich noch nicht gewöhnt", lachte Cait und begann automatisch, ein Guinness zu zapfen.

„Textnachrichten?", fragte Bianca und rutschte auf einen Hocker.

„Textnachrichten von Fiona. Ich bin es nicht gewohnt, dass sie Technik auf diese Weise verwendet." Cait zuckte mit den Schultern, hob eine Augenbraue und zeigte auf Clare. „Was zu trinken?"

„Ein Cider wäre schön", sagte Clare, und Bianca nickte ebenfalls.

„Ich nehme an, Guinness für die Männer?", fragte Cait.

Beide Männer nickten, während sie alle an der Bar Platz nahmen. Blake setzte sich ganz ans andere Ende von Clare und sie tat ihr Möglichstes, um nicht mit den Augen zu rollen.

„Ihr braucht also eine Unterkunft?", fragte Cait.

„Ja, wenn das nicht zu viel Mühe macht."

„Mein Mann besitzt eine Menge Immobilien in der

Stadt. Wir betreiben eine kleine Frühstückspension für Durchreisende, Freunde, Leute, die zu viel getrunken haben, und dergleichen. Ich zeige sie euch später; ihr könnt so lange bleiben, wie ihr wollt. Schließlich seid ihr Freunde von Fiona... Obwohl sie nicht gesagt hat, woher ihr sie kennt?", fragte Cait und richtete ihren Blick auf Clare.

Clare hatte ein merkwürdiges Gefühl, so als würde Cait versuchen, in ihren Gedanken herumzustochern.

Caits Augen weiteten sich ein wenig, und Clare wurde klar, dass sie tatsächlich ihre Gedanken las. Clare spürte das sanfte Ziehen ihres Eindringens.

„Hast du gefunden, wonach du gesucht hast?", fragte Clare kalt, aber anstatt verlegen zu schauen, warf Cait den Kopf zurück und lachte, wobei ihr kurzer Lockenschopf ihr Gesicht umspielte.

„Was ist los?", fragte Seamus und sah zwischen Clare und Cait hin und her.

Cait schob Clare ihren Cider zu. „Der geht aufs Haus. Cousine."

„*Sláinte*", sagte Clare und hob ihr Glas zu Cait, bevor sie daran nippte. Dies war also ein weiterer Zweig der Familie, von der Fiona gesprochen hatte – obwohl sie ganz nebenbei die Tatsache ausgelassen hatte, dass sie alle ihre eigenen Kräfte zu haben schienen.

„Ich habe hier was verpasst", sagte Bianca und Cait strahlte sie an.

„Da ich davon ausgehe, dass ihr alle an der Suchmission beteiligt seid, von der meine Familie und ich vor kurzem erfahren haben, kann ich wohl zugeben, dass ich Gedanken lesen kann."

Bianca blieb der Mund offen stehen, aber wie immer

bei ihr dauerte der Schock nicht lange, bis die Fragen herausgesprudelt kamen.

„Ist das nicht furchtbar, wenn man eine volle Kneipe hat?"

„Ja, aber ich habe gelernt, es abzuschirmen", sagte Cait, während sie das Guinness in Gläser zapfte und sie den Männern hinstellte.

„Du kannst es also einfach aus- und einschalten?" fragte Bianca.

„So ähnlich", stimmte Cait zu und winkte mit der Hand, als sich die Tür öffnete und eine Gruppe von Männern hereinkam.

„Ich bediene sie und dann kümmere ich mich um eure warme Mahlzeit und Unterkunft, damit ihr euch vor eurem Aufstieg morgen gut ausruhen könnt", sagte Cait leichthin. Sie warf einen Blick über ihre Schulter zu Bianca. „Und ich habe bestimmt irgendwo ein paar Wanderschuhe, die dir passen."

„Juhu!" Bianca reckte die Faust in die Luft und Clare lachte. Vielleicht würde es sich als nützlich erweisen, Cousinen mit übersinnlichen Fähigkeiten zu haben. Es war ein seltsames Gefühl, eine große Familie zu haben, von der sie nichts wusste. Ein Einzelkind ohne Cousins und Cousinen zu sein und dann herauszufinden, dass sie ein Teil von etwas viel Größerem war – nun, es war eine sehr erkenntnisreiche Woche.

Cait hatte nicht gelogen. Innerhalb einer Stunde war der Pub brechend voll mit Einheimischen, die nach einem Arbeitstag eine warme Mahlzeit einnehmen und ein Bier trinken wollten. Den Gesprächen nach zu urteilen, die sie mitbekam, reichte die Arbeit von der Landwirtschaft bis zum örtlichen Markt. Clare erfreute sich an ihrem Cider und einem Glas Wasser, während sie einen ausgesprochen köstlichen Rindereintopf aß und um sich herum die Gespräche dahinplätschern ließ.

Bianca stupste sie an.

„Blake sagt, ich soll dir sagen, dass wir heute Abend nicht zu lange bleiben sollten. In einer Kneipenumgebung ist es schwieriger, du-weißt-schon wen im Auge zu behalten. Außerdem, wenn sie uns hierher folgen sollten, wollen wir Caits hübsche Kneipe nicht zerstören."

Clare nickte, obwohl sie sich darüber ärgerte, dass Blake stille Post spielte, um ihr die Nachricht zu übermitteln. Sie wollte Cait gerade ein Zeichen geben, als ihr jemand die Sicht versperrte.

Ein junger Mann, wahrscheinlich ein paar Jahre jünger als sie, mit breiten Schultern – vermutlich von der Arbeit auf einer Farm –, strohblondem Haar und lachenden blauen Augen lächelte sie fröhlich an.

„Na, das ist mal ein hübsches Gesicht, das ich in diesem Pub noch nicht gesehen habe. Ich bin Garrett", sagte er und streckte seine Hand aus. Clare nahm sie automatisch und war erschrocken, als Garrett ihre Hand zu seinen Lippen führte und sie küsste.

„Clare", sagte sie, zog ihre Hand zurück und versuchte, nicht zu erröten.

„Du bist also nicht von hier?", fragte Garrett, um ihre Unterhaltung zu vertiefen, wobei seine Augen sie anerkennend musterten.

„Blake wird wütend", zischte ihr Bianca ins Ohr.

Das gab für Clare den Ausschlag. Sie drehte sich ganz zu ihm und lächelte Garrett strahlend an.

„Aus Dublin. Aber ursprünglich aus Clifden."

„Ah, von der Westküste wie ich. Bist du in Clifden aufgewachsen, oder außerhalb?"

„Auf einem Bauernhof", sagte Clare und lächelte ihn an.

„Ein Mädchen nach meinem Geschmack", sagte Garrett und klopfte sich mit der Handfläche auf die Brust. „Darf ich dich auf einen Drink einladen?"

Clare überlegte einen Moment lang, ob sie ja sagen sollte, entschied sich dann aber dagegen. Sie wollte es gerade sagen, als eine Stimme für sie sprach.

„Die Dame hat für heute Abend genug getrunken", sagte Blake über ihre Schulter hinweg in einem bedrohlichen Ton.

Obwohl sie wusste, dass sie versucht hatte, ihn zu provozieren, war Clare erstaunt, dass er so unhöflich sein würde. Sie drehte sich um und sah ihn stirnrunzelnd an, aber seine Augen waren starr auf Garrett gerichtet.

„Klar, aber ich denke, das kann die Dame selbst entscheiden. Oder etwa nicht, Junge?", sagte Garrett und fletschte die Zähne in einer Andeutung eines Lächelns.

„Ich habe genug für heute. Und nicht, weil er es gesagt hat, sondern weil ich genug habe und wir gerade gehen wollten. Hat mich gefreut, dich kennenzulernen, Garrett, aber meine Freunde und ich müssen los."

„Na dann, vielleicht ein andermal", sagte Garrett, nahm ihre Hand und drückte ihr einen Kuss auf die Handfläche, wodurch er Blake absichtlich provozierte, der sie über die Schulter hinweg fast anknurrte. Als er in der Menge verschwand, drehte sich Clare um und blickte Blake an.

„Er war sehr nett. Ich bin in selbst der Lage, Annäherungsversuche abzulehnen. Ich habe in einem Pub gearbeitet, schon vergessen?", fragte Clare gereizt und senkte dann ihre Stimme, als sie bemerkte, dass die Leute in ihre Richtung blickten.

Blake schaute nur über ihre Schulter und nickte Cait zu.

„Können wir gehen?", fragte Cait fröhlich.

„Ja, wir sind bereit." Blake sprach für alle, obwohl Clare jetzt am liebsten stur auf ein weiteres Getränk geblieben wäre.

Caits Blick traf kurz den von Clare. Sie schien sich über die Situation zu amüsieren, bevor sie ihnen ein Zeichen gab, ihr zu folgen. Blake blieb einen Schritt hinter Clare und schob sie durch die Menge, während sie sich auf den Weg zum Hinterausgang machten.

Klar, *jetzt* wollte er in ihrer Nähe sein, dachte Clare genervt.

Sie folgten Cait aus dem Pub, über einen kleinen Hinterhof und zu einem Gebäude nebenan. Cait schloss die Eingangstür auf und führte sie die Treppe hinauf in einen kleinen Flur mit zwei Türen.

„Nur zwei Schlafzimmer. Aber zwei Betten in jedem, damit Mädchen und Jungs getrennt schlafen können", sagte Cait leichthin, schloss die Türen auf und warf dann einen Blick auf die Gruppe. „Oder wie auch immer ihr es aufteilen wollt."

„Vielen Dank für alles, Cait. Wir wissen es wirklich zu schätzen", sagte Clare.

„Kann ich dich kurz sprechen?", fragte Cait.

Clare nickte, warf einen Blick auf Blake, dessen Augen sich in ihre bohrten, und folgte Cait die Treppe hinunter.

Cait trat auf die Treppe vor dem Haus und schloss die Tür hinter ihnen, damit sie ungestört waren. „Dieser Typ ist heillos in dich verliebt", sagte sie ohne Vorrede.

„Blake?", fragte Clare und rollte dann mit den Augen. „Er sagt, ich bin eine Ablenkung."

„Natürlich bist du das. Er ist verrückt nach dir", sagte Cait mit einem Lächeln im Gesicht.

„Er ist wütend auf mich. Er kommt nicht darüber hinweg, dass ich..." Clare überlegte, wie sie das, was mit den Domnua geschehen war, formulieren sollte, und sah dann, wie Caits Augen groß wurden.

„Muss ich meine Familie in Sicherheit bringen?", flüsterte Cait, nachdem sie alles, was sie wissen musste, aus Clares Gedanken abgelesen hatte.

„Sie sind nicht hinter dir her. Nur hinter mir. Und anderen Suchenden." Clare zuckte mit den Schultern. „Es würde ihnen mehr schaden als nützen, gewöhnliche Zivilisten zu verfolgen. Es würde eine Panik auslösen. Und ihnen das Leben schwer machen. Aber wenn du sie sehen kannst, solltest du dich vor den Silberäugigen in Acht nehmen."

Cait nickte dankend und mit ernstem Blick.

„Ihr wollt morgen Abend den Berg besteigen?"

„Ja."

„Bring die Dinge mit deinem Mann in Ordnung. Du wirst seine Kraft benötigen. Kommt morgen zum Frühstück in den Pub. Ich werde sehen, ob ich noch etwas auftreiben kann, das euch auf eurem Weg helfen wird."

„Du hast ein gutes Herz, Cait. Danke", sagte Clare, öffnete spontan die Arme und zog Cait in eine Umarmung. Sie war keine große Umarmerin, und der Art und Weise nach zu urteilen, wie Cait ihre Umarmung zögerlich erwiderte, war sie es auch nicht. Aber es fühlte sich richtig an und es war schön, einen erweiterten Zweig ihrer Familie kennenzulernen.

„Wenn das hier vorbei ist, kommst du hierher zurück und machst Urlaub. In Grace's Cove gibt es ein paar magische Plätze", sagte Cait und lächelte ihr zu, bevor sie sich davonschlich, um in den Pub zurückzukehren. Clare warf noch einen Blick über das nun dunkle Dorf, dessen Fenster wie helle Leuchtfeuer bis hinauf in die Hügel strahlten. Da sie nichts Ungewöhnliches sah, stieg sie die Treppe hinauf.

Blake lehnte an der Wand neben einer offenen Tür.

„Du schläfst hier drin."

„Gut", sagte Clare und schob sich an ihm vorbei. Sie erwartete Bianca im Zimmer zu sehen. Als sie stattdessen Blakes Tasche sah, drehte sie sich schnell um – und fand Blake, der die Tür zuschlug und abschloss.

„Ich schlafe nicht mit dir zusammen hier drin", sagte Clare und stemmte die Hände in die Hüften.

„Gut, dann schlaf im Flur. Ich lege mich schonmal hin", sagte Blake.

Clare blieb der Mund offen stehen. Wo war der freundliche Mann, der ihr am Abend zuvor sein Herz ausgeschüttet hatte? Wütend kramte sie in ihrer Tasche nach einem T-Shirt und ihrem Kulturbeutel und machte sich auf den Weg zum Badezimmer, das an das Zimmer angrenzte.

Als sie zurückkam, lag Blake bereits unter der Decke seines Bettes, mit dem Rücken zu ihr.

Gut, dachte Clare, knallte ihre Tasche neben das Bett und machte so viel Lärm, wie sie Lust hatte. Sie kletterte ins

Bett, knipste das Licht aus und drehte Blake den Rücken zu.

Sie starrte an die Wand und versprach sich, nicht zu weinen.

Und sie biss sich auf die Lippen, als trotzdem die erste Träne kam.

KAPITEL SIEBENUNDDREISSIG

Blake starrte ins Mondlicht, das durch das einzige Fenster auf seiner Seite des Zimmers hereinfiel. Es kostete ihn all seine Willenskraft, nicht neben Clare ins Bett zu schlüpfen und ihr zu zeigen, dass alles, was sie darüber gesagt hatte, dass er nur eine Art angenehmes Kratzen für ihr Jucken gewesen sei, eine Lüge war. Sie wussten beide, dass es um mehr ging als das.

Warum saß er dann hier und schmollte?

Als er ein leises Schluchzen aus ihrem Bett kommen hörte, setzte sich Blake aufrecht hin. Weinte sie? Er kam mit so ziemlich allem auf dieser Welt klar – außer mit den Tränen von jemandem, den er liebte. Es erinnerte ihn an die Tage, an denen Esther geweint hatte, wenn sie von seinen Eltern erzählte. Blake wollte die Menschen, die er liebte, niemals leiden sehen.

Blake ballte die Hände zu Fäusten, starrte an die Wand und zählte bis zehn. Vielleicht hatte er sich verhört.

Ein weiteres dumpfes Schniefen ließ ihn mit den Zähnen knirschen.

Aber er ging zu ihr – weil er es nicht ertragen konnte, sie weinen zu hören, weil er es nicht ertragen konnte, von ihr getrennt zu sein und weil er es nicht ertragen konnte, sie nicht zu berühren, wenn sie zusammen im selben Raum waren.

Clare versteifte sich, als er die Decke anhob und neben sie ins Bett schlüpfte, seinen Arm um sie legte und sie an seine Brust zog. Keiner von beiden sagte ein Wort und Blake hielt sie einfach fest, bis sich ihr Körper entspannte und ihr Schluchzen nachließ. Er streichelte ihren Arm und beruhigte sie mit unsinnigem Gemurmel, bis sie schließlich nachgab, ihren Körper an seinen schmiegte und ihre Wärme und Nähe auch Blakes Seele beruhigte.

„Ich hätte mir keinen Drink spendieren lassen", sagte Clare schließlich.

Blake lachte in ihr Haar und atmete ihren Duft ein. „Ich hätte es nicht zugelassen, dass er dir einen Drink spendiert", sagte Blake.

„Ich kann meine eigenen Entscheidungen treffen", erwiderte Clare, aber Blake zog sie nur noch fester an seine Brust.

„Du gehörst mir, mein Liebling. Das solltest du dir merken", sagte Blake und lachte wieder, als Clare versuchte, sich aus seinen Armen zu winden.

„Du bist nicht mein Boss", sagte Clare scharf.

„Nein, das bin ich nicht. Aber ich bin in dich verliebt", sagte Blake, und Clare wurde in seinen Armen schlaff.

Sie lagen einen Moment lang einfach da und ließen die Wahrheit seiner Worte auf sich wirken.

„Es hat mich verletzt, wie du dich verhalten hast. Nach unserer gemeinsamen Nacht", sagte Clare steif.

„Ich weiß. Es war mir peinlich, dass du mich retten musstest. Mein Stolz war verletzt", sagte Blake und küsste ihren Nacken.

„Das habe ich gemerkt. Es tut mir leid, dass ich so reagiert habe", sagte Clare, und ihre Worte waren wie Balsam für sein verwundetes Herz. „Ich habe nur versucht, mich zu schützen, weil ich gesehen habe, wie du dich von mir entfernt hast. Ich wollte dir die Quittung dafür geben."

„Danke", sagte Blake, und obwohl er unbedingt ein Liebesbekenntnis von ihr hören wollte, spürte er, dass er selbst noch nicht bereit war, die Worte auszusprechen.

Was war Liebe, wenn man nicht verständnisvoll sein konnte? Er beschloss, nicht zu drängeln, sagte sich, dass es egal sei, ob sie ‚Ich liebe dich' zu ihm sagte, und drehte sie so, dass seine Lippen die ihren finden konnten.

Und dann gab er sich mit all seinen Ängsten und mit ganzem Herzen ihrem Liebesspiel hin. Denn auch wenn sie es nicht mit Worten sagte, konnte Blake ihre Liebe mit jeder Berührung spüren. Mit jedem Atemzug. Jedem Kuss.

Das musste genügen.

Für den Moment.

KAPITEL ACHTUNDDREISSIG

Als Clare aufwachte, reichte ihr ein nackter Mann eine Tasse mit dampfendem Tee. Sie schluckte, als ihre Augen seinen muskulösen Körper hinaufwanderten, bis hin zu seinem gutgelaunten Gesicht.

„Danke", sagte Clare, räusperte sich und lehnte sich an das Kopfende, wobei sie das Laken mit sich zog, um ihren nackten Körper zu bedecken. Sie errötete bei der Erinnerung an ihre Tränen in der Nacht zuvor, an ihre Verletzlichkeit und die unglaubliche Vertrautheit und Intimität, die darauf gefolgt waren.

Sie fühlte sich im Tageslicht entblößt und verbarg ihr Gesicht hinter der dampfenden Tasse Tee.

Blake musterte sie einen Moment lang, während sie an ihrem Tee nippte und auf das Bett starrte.

„Ein bisschen schüchtern heute?"

Clare blickte auf und war überrascht, wie scharfsinnig er war.

„Ein bisschen", gab sie zu.

„Dagegen habe ich genau das richtige Mittel", sagte

Blake, nahm ihr behutsam die Tasse Tee ab und stellte sie auf den Nachttisch, bevor er ihr ruckartig das Laken wegzog, ohne dass sie es festhalten konnte.

„Blake!" Clare quietschte und bedeckte ihre Scham mit den Händen.

„Du solltest dich nie vor mir verstecken", sagte Blake und stürzte sich auf sie.

Später hatte Clare Mühe, das Grinsen aus ihrem Gesicht zu bekommen, während sie die winzige Dusche benutzte und ihre Morgenroutine durchführte. Obwohl sie wusste, dass sie an diesem Abend einen Berg zu bezwingen hatten – im wahrsten Sinne des Wortes –, hatte sie das Gefühl, persönlich bereits einen ziemlich großen Berg bezwungen zu haben.

Ihr Blick fiel auf ihr Spiegelbild, als sie den kleinsten Hauch von Make-up auftrug. Wenn sie ehrlich zu sich selbst war, hatte sie den Berg noch nicht ganz bezwungen.

Weil sie diese drei kleinen Worte und ihre enorme Wirkung immer noch zurückhielt. Sie betrachtete sich im Spiegel, kämmte durch ihr feuchtes Haar und fragte sich, warum es so schwer war, ihm ihre Gefühle zu gestehen. War es zu früh? Gab es einen perfekten Zeitpunkt, an dem man jemandem sagen konnte, dass man ihn liebte? Was war, wenn es keine Liebe war? Was, wenn es einfach die stressige Situation war und sie auf die natürlichste Art und Weise auf den Stress reagierten, den das alles mit sich brachte?

Fragen über Fragen schossen ihr durch den Kopf, aber sie war sich sicher, dass sie sich schon ein bisschen schuldig fühlte, weil sie ihm nicht gesagt hatte, was sie für ihn empfand. Sie fragte sich, ob es reichen würde, ihm zu sagen, dass sie ihn mochte.

Sie lachte, als sie sich vorstellte, wie das ausgehen würde.

Sie hatte am Tag zuvor bereits ihre Lektion über männliche Egos gelernt. Es war das Beste, das wilde Tier nicht zu reizen, dachte Clare, als sie das Badezimmer verließ und Blake anlächelte, der auf dem Bett saß.

„Ich wäre gern zu dir in die Dusche gekommen, aber…" sagte Blake.

„Ich weiß. Sie ist winzig", sagte Clare und schenkte ihm ein weiteres Lächeln. Sie verstaute ihre schmutzige Kleidung und ihren Kulturbeutel in ihrer Reisetasche.

„Bianca und Seamus sind schon zum Pub rübergegangen. Wir sind alle bereit, aufzubrechen. Wenn du auch bereit bist, natürlich", sagte Blake und lächelte sie sanft an. Heute trug er eine gutsitzende schwarze Jeans, ein kariertes Hemd unter einem Wollpullover und seine Lederjacke. Er sah so unverschämt gut aus, dass ein Teil von Clare am liebsten geblieben wäre, um ihn auf der Stelle nochmal auszuziehen.

„Ja, ich bin bereit. Obwohl, um ganz ehrlich zu sein, muss ich sagen, dass ich wegen später nervös bin", sagte Clare und strich über den Aquamarinring an ihrem Finger.

„Das ist etwas Gutes. Die Nervosität wird deine Sinne schärfen. Ich würde mir Sorgen machen, wenn du nicht nervös wärst", sagte Blake, stand auf und legte seinen Arm um ihre Schulter. Als sie den Raum verließen, staunte Clare darüber, wie ungezwungen er mit ihr umging – mit welcher Selbstverständlichkeit er sie berührte und sich in ihrer Nähe wohlzufühlen schien. Auch wenn sie nicht gesagt hatte, dass sie ihn liebte.

Clare fragte sich, ob er ihr das Geschenk der Zeit

machte. Oder ihr den Raum gab, den er vorher selbst von ihr eingefordert hatte.

Jedenfalls war sie dankbar, dass sich die Unbehaglichkeit vom Tag zuvor gelegt hatte, und im fahlen Licht des grauen Januarmorgens machten sie sich entspannt auf den Weg zum Pub.

„Cait hat uns Vorräte besorgt!", rief Bianca aus, als sie die Kneipe betraten. Die drei standen an einem Tisch, auf dem ein paar Päckchen lagen.

„Ich wünsche euch auch einen guten Morgen", sagte Clare und schenkte ihnen ein Lächeln.

Cait ließ ihren Blick über die beiden schweifen, dann nickte sie und zwinkerte Clare kurz zu.

„Nur ein paar grundlegende Dinge, um im Januar nachts einen Berg zu besteigen. Ein paar Steigeisen für die Schuhe, denn oben gibt es Schiefer und der kann rutschig werden. Stirnlampen, ein paar zusätzliche Taschenlampen, Wärmedecken für den Notfall, Erste-Hilfe-Kästen und einige Essensrationen und Wasser."

„Das ist ... unglaublich", staunte Clare und schaute auf alles herab.

„Ich würde sicher nicht meinen Beitrag leisten, wenn ich euch ohne Hilfe da hoch gehen lassen würde, oder?" Cait schüttelte den Kopf.

„Ich werde natürlich für die Unkosten aufkommen", begann Blake, aber Cait winkte ab.

„Ihr gehört zur Familie. Patrick macht euch gerade in der Küche ein traditionelles irisches Frühstück. Ihr werdet heute sicher ein gutes Stück vorankommen wollen, um wenigstens den halben Anstieg zu schaffen, solange es hell ist", sagte Cait, während Clare ihr Team ansah.

Ihr Team. Ihr wurde warm ums Herz, als sie sie alle ansah – sie waren bereit, ihr Leben aufs Spiel zu setzen, um diesen mythischen Stein zu finden.

„Glaubt ihr, das ist eine gute Idee? Tagsüber einen Vorsprung herauszuarbeiten?"

„Macht meiner Meinung nach Sinn", sagte Bianca fröhlich, während sie eine Stirnlampe nahm und sie an ihren Kopf anpasste. Clare spürte, wie sie ihre unbekümmerte Freundin, die keinerlei magischen Kräfte besaß, mit Sorge betrachtete und plötzlich ein ungutes Gefühl hatte, weil sie sie auf diese Mission mitgenommen hatte.

„Bianca, ich glaube, es ist das Beste, wenn du hier bleibst", sagte Clare und legte ihrer Freundin die Hand auf die Schulter. „Ich habe das Gefühl, dass es nicht fair wäre, dich in Gefahr zu bringen."

Bianca blieb der Mund offen stehen. „Du glaubst doch nicht etwa, dass du mich zurücklassen kannst?", schnaubte sie.

„Es ist nur... Ich habe kein gutes Gefühl bei der Sache. Und du hast keine Kräfte. Warum sollte ich dich in eine solche missliche Lage bringen?"

„Du bringst mich nicht in diese Lage, ich gehe aus eigenen Stücken. Du kannst gerne versuchen, mich aufzuhalten, aber ich werde heute Nacht oben auf dem Berg sein, ob du mich mitnehmen willst oder nicht", sagte Bianca mit einem rebellischen Gesichtsausdruck. „Ich werde Cait dazu bringen, mich zu fahren."

Clare warf einen Blick auf Cait, die nur zustimmend nickte.

„Bist du dir sicher? Bist du dir wirklich ganz sicher?"

„Ich bin mir sicher. Ich kämpfe auch um mein eigenes

Leben – nicht nur dafür, dass du den Stein findest. Vergiss das nicht", sagte Bianca steif und wirkte tödlich beleidigt.

Clare seufzte und schlang ihre Arme um Bianca.

„Ich liebe dich. Das weißt du doch, oder? Du bist wie meine Schwester. Ich mache mir nur Sorgen."

Bianca seufzte und erwiderte ihre Umarmung.

„Lass den Scheiß einfach. Du weißt doch, ich bin mit vollem Einsatz dabei."

KAPITEL NEUNUNDDREISSIG

Clare dachte über diese Idee – voller Einsatz – nach, als sie später am Nachmittag ihre Wanderung begannen. Mount Brandon, etwa vierzig Autominuten von Grace's Cove entfernt, hatte mehrere Zugänge. Sie beschlossen, dem traditionellen Pilgerweg zu folgen und erreichten einen Schotterparkplatz mit einem kleinen Bach und einem Hinweisschild am Fuß des Weges. Hätte es kein Schild gegeben, hätte es ausgesehen wie jede andere grüne Weide mit einem Steinzaun in Irland. Erst als Clare mit der Hand ihre Augen beschattete und nach oben blickte, sah sie das erste der Kreuze, die den Weg hinauf an der Seite des Bergausläufers markierten.

Sie hatten beschlossen, in einer Reihe hintereinander zu gehen, mit Blake an der Spitze, den Mädchen in der Mitte und Seamus als Schlusslicht. Schweigend sogen sie die Landschaft in sich auf, auf der Hut vor möglichen Fallen.

Sie übersprangen einen Weidezaun und kletterten weiter den grünen Hügel hinauf. Ein Blick über ihre Schulter ließ Clare vermuten, dass sie oben angekommen eine spektakuläre Aussicht haben würden, denn die grünen Ausläufer des Berges gingen in einen atemberaubenden Blick auf das Meer über.

Clare drehte sich, um sich auf ihre nächsten Schritte zu konzentrieren und dachte wieder über Bianca und ihre Furchtlosigkeit nach. Sie war schon immer so gewesen – beziehungsweise zumindest solange Clare sie kannte. Bianca strahlte eine überschwängliche Lebensfreude aus, und ob es nun ihr neuester Kurs an der Uni oder ihr neuester Freund war, sie stürzte sich immer mit beiden Füßen voraus hinein. Clare dagegen tauchte immer erst ihren Zeh vorsichtig ein und testete die Temperatur des Wassers. Sie fragte sich, was es eigentlich war, das sie zurückhielt und es ihr nicht erlaubte, so frei mit ihren Gefühlen umzugehen.

Wovor hatte sie eigentlich Angst?

Sie war noch nie verliebt gewesen, und abgesehen von Bianca und ihren eigenen Eltern hatte sie niemanden, den sie bedingungslos liebte. Vielleicht Branna, aber sie war immer noch ihre Chefin, also gab es da ein paar Rahmenbedingungen.

War das der Grund, warum sie Blake nicht die Worte sagen konnte? Worte, von denen sie wusste, dass er sie hören wollte?

Sie schämte sich ein wenig dafür, dass sie es sich nicht erlaubt hatte, vorhin mit Blake darüber zu sprechen, und versprach sich selbst, dass sie, wenn alles vorbei war, Blake – und allen anderen – gegenüber so ehrlich wie möglich über ihre Gefühle sein würde. Sie würde künftig nicht mehr in ihrem klinisch-wissenschaftlichen Verstand gefangen sein. Stattdessen war es an der Zeit, diese neue Clare anzunehmen und ihren Gefühlen mehr Einfluss auf ihr Leben zuzugestehen.

„Kannst du es spüren?", flüsterte Blake über seine Schulter und Clare blickte auf, überrascht, dass er ihre Gedanken lesen konnte.

„Das kann ich", sagte Seamus von hinten, und Clare rollte über sich selbst mit den Augen. Natürlich sprachen sie nicht über ihre Gedanken – es lag ein spürbarer Druck von Magie in der Luft. Er schien stärker zu werden, je höher sie stiegen, vorbei an den nummerierten Kreuzwegstationen. Als sie Nummer acht erreichten, legten sie eine Pause ein.

„Wir sollten uns Schutz suchen", rief Blake durch den immer stärker werdenden Wind.

Clare nickte und hielt den Kopf gesenkt, da die Böen ihre Mütze vom Kopf zu wehen drohten. Auf dieser Höhe des Berges war das Gelände steiler, aber es gab auch große Felsvorsprünge, die direkt aus dem Berg ragten. Blake führte sie um einen Felsen herum, der höher war als ihre Köpfe und ihnen sofort Schutz vor dem Wind bot.

„Lasst uns hier einen Moment rasten", sagte Blake und ließ seinen Rucksack fallen. Ein weiterer großer Felsvorsprung verlief parallel zu ihnen, bildete einen notdürftigen Unterschlupf und schützte ihren Platz vor neugierigen Blicken.

Obwohl sie den Druck der Magie auf ihrer Haut spürte, bezweifelte Clare, dass es auf diesem Berg einen Ort gab, an dem sie sich wirklich verstecken konnten.

„Sie sind hier, stimmt's?", fragte Clare leise, und Bianca warf den Kopf herum, die Augen weit aufgerissen, einen Dolch in der Hand.

„Ich habe noch keine Domnua gesehen, aber die Danula sind hier", sagte Blake.

„Die Danula!", keuchte Bianca.

„Unsere Brüder", sagte Seamus mit dem Anflug eines Lächelns auf seinem vom Wind geröteten Gesicht.

„Wir haben Verstärkung", stimmte Blake zu, und Clare spürte zu ihrer Überraschung, wie ihr die Tränen in die Augen stiegen. Sie standen nicht allein da.

„Oh... oh, ich bin so froh. Ich habe mir solche Sorgen gemacht. Nur wir allein gegen Gott weiß was", sagte Clare, hielt ihre Hände über die Augen und wollte die Tränen wegdrücken. Bianca berührte ihre Schulter mit der eigenen.

„Hey, wir waren die ganze Zeit nicht allein. Ich glaube, sie haben nur auf den richtigen Zeitpunkt gewartet, um zu entscheiden, wann sie sich zeigen wollen, verstehst du? Um sich die großen Geschütze für die letzte Schlacht aufzuheben, oder so was in der Art."

„Ist es das, was du denkst, was das hier ist? Die letzte Schlacht?", fragte Clare.

„Fühlt sich so an. Nun, zumindest die letzte Schlacht für unseren Teil", sagte Blake.

„Die Hinweise scheinen genau zu stimmen. Das mit der Mondfinsternis fühlt sich richtig an. Ich denke, alle Zeichen stehen auf Los", stimmte Seamus zu.

„Aber wonach suchen wir? Ich weiß nicht einmal, wie der Stein aussehen soll. Ich meine, muss ich über den ganzen Berg laufen und Steine aufsammeln, bis einer anfängt zu singen?" fragte Clare, und in ihrer Stimme schwang Verzweiflung mit. Sich unvorbereitet und nicht in ihrem Element zu fühlen, waren zwei ihrer unliebsamsten Gefühle.

„Wenn es so einfach wäre, hätte man den Stein schon vor Jahrhunderten gefunden", sagte Bianca.

Clare seufzte und schlang die Arme um ihre Knie, während sie zusah, wie die Sonne unter den Rand des Ozeans sank.

„Und was ist, wenn ich ihn nicht finden kann?"

So. Sie hatte ihre größte Angst ausgesprochen. Abgesehen davon, dass sie selbst und all ihre Freunde heute Nacht auf diesem Berg sterben könnten.

„Das wirst du", sagte Bianca zuversichtlich.

Clare drehte sich um und sah ihrer Freundin in die Augen. „Wie kannst du dir so sicher sein?"

„Ich habe noch nie erlebt, dass du etwas nicht bekommen hast, was du wolltest", sagte Bianca leichthin und drehte sich um, um auf das Wasser zu schauen. Sie schnappte nach Luft und zeigte mit ihrem Finger. „Schaut!"

Der Vollmond ging auf, während die Sonne unterging, zwei majestätische Himmelskörper, die aneinander vorbeizogen, ewige Freunde, aber dazu bestimmt, sich nie zu treffen.

Schweigend beobachteten sie, wie die letzten Sonnenstrahlen über das winterlich graue Meer schienen, wie goldene Lichtspeere in der einbrechenden Dunkelheit.

„Schaut. Im Licht", hauchte Seamus.

Und wenn Clare die Augen zusammenkniff, konnte sie so etwas wie Bögen und Wirbel erkennen, die zwischen den Lichtstrahlen hin und her schwirrten und über das Wasser zum Fuß des Berges rasten.

„Die Danula sind eingetroffen", sagte Blake, und seine Stimme klang fröhlich.

„Und die Domnua auch", flüsterte Clare und deutete auf den silbrig-grauen Nebel, der in den Senken der Ausläufer lauerte, über die runden grünen Kämme kroch und langsam an der Seite des Berges heraufzog.

„Wir müssen los. Jetzt. Ich spüre es", sagte Blake und stand auf. „Zu unseren Füßen beginnt die Schlacht."

Und so war es, dachte Clare, und ihr Herz klopfte in ihrer Brust, als sie die goldenen und violetten Lichtstrahlen in den silbrigen Nebel gleiten sah und so etwas wie Blitze durch das Grau zuckten. Es erinnerte Clare daran, wie es war, in einem Flugzeug über ein Gewitter zu fliegen und auf stürmische graue Wolken mit leuchtenden Blitzen aus goldenem und weißem Licht herabzusehen.

Nur dass der Nebel die bösen Feen und die goldenen Lichtblitze die guten waren.

Clare wandte sich ab und begann zu klettern. Der lose Schiefer des Weges verlangsamte ihre Schritte, obwohl Clare angesichts der näherkommenden Feen am liebsten nach oben gerannt wäre.

„Nimm dir Zeit", sagte Blake und hielt ihren Arm fest, als sie auf einem besonders heiklen Stück Schiefer ausrutschte. Sie keuchte auf, als sie sah, wie es über einen Felsvorsprung klapperte und weiter unten am Berg in Stücke zerbarst.

„Du tust uns keinen Gefallen, wenn du stirbst", sagte Blake, während er seine Hand immer noch an ihrem Arm hatte und sie stützte.

„Ich bin so nervös. Ich habe das Gefühl, dass ich auf den Gipfel rennen muss, aber ich weiß nicht, was ich tun oder wohin ich gehen soll."

„Die Wahrheit wird sich wie immer von selbst offenbaren", rief Bianca zurück, sie an den Hinweis erinnernd, wobei ihre Stimme nur ein blechernes Geräusch im Wind war. Ihre Wanderstöcke gruben sich in den Berg, während sie sich nach vorne gebeugt Meter für Meter nach oben bewegten und die Schlacht unter ihnen heftig tobte.

„Es gibt eine Schutzhütte. Es soll das Haus des heiligen Brendan gewesen sein. Wenn wir sie rechtzeitig finden, können wir dort unterschlüpfen, während wir auf die Sonnenfinsternis warten und unsere nächsten Schritte planen", rief Bianca, wobei ihr der Wind die Worte aus dem Mund riss. Clare nickte, und sie gingen weiter, den kleinen Lichtkreisen folgend, die ihre Stirnlampen vor ihnen auf den Boden warfen.

Die Kälte – oh, diese eisige Kälte – begann ihr in die Knochen zu kriechen. Clare hielt den Kopf gesenkt und wünschte sich, dass der Wind einfach aufhören möge zu blasen, nur für einen Moment. Was machten sie mitten im Winter auf einem Berg? Wenn es dem Wind nicht selbst gelang, sie einfach vom Berges herabzuschleudern, würden die Domnua sicher gerne ihr Übriges tun.

Was sich wie mehrere Stunden später anfühlte – obwohl in Wirklichkeit wahrscheinlich nur eine Stunde vergangen war – war Clare kurz davor, aufzugeben. Sie musste einfach eine Pause machen, sich hinlegen, ihr Gesicht vor dem schneidenden Wind schützen – dann hörte sie Seamus' Schrei.

„Hier! Es ist hier", rief Seamus. Clare schaute auf und sah, wie seine Taschenlampe die Steinmauern eines Hauses ohne Dach beleuchtete. Es war kein vollkommener Schutz, aber die Steinmauern standen schon lange dort und würden sicher nicht heute Nacht einstürzen. Sie würden auf drei Seiten geschützt sein und den Berg überblicken können. Es war das Beste, auf das sie hoffen konnten. Clare trat begierig hinter eine Mauer und keuchte vor Freude über die Erleichterung, die ihr von den fast ununterbrochenen Windböen verschafft wurde.

„Ich kann kaum glauben, dass wir es bis hierher geschafft haben", schnaufte Bianca. Ihre Wangen waren gerötet und ihre Augen leuchteten vor Aufregung. „Ich hätte nicht gedacht, dass ich es schaffen würde. Aber ich habe mich wacker geschlagen!"

„Ja, das hast du", stimmte Clare zu und nahm einen Schluck Wasser aus der Flasche, die sie in ihrem Rucksack verstaut hatte. Sie ließ sich auf den Boden sinken, lehnte sich gegen eine Wand und betrachtete die Szene vor ihnen.

„Die Schlacht kommt näher", bemerkte Blake.

Und es stimmte. Während sie langsam den Berg hinaufgestiegen waren, hatte der Kampf zwischen dem Licht und der Finsternis weiter getobt und kam nun ihrem Standpunkt auf dem Berg immer näher.

Der Mond warf sein sanftes Licht auf den Kampf und Clare erschauderte, als sie erkannte, wie nahe sie bereits gekommen waren.

„Sie werden Wachen vorausschicken..." begann Blake. Dann streckte Bianca einen Finger aus.

„Die Mondfinsternis! Sie hat begonnen!"

Clares Mund wurde trocken, während das Licht des Mondes langsam von der Dunkelheit geschluckt wurde.

KAPITEL VIERZIG

„Bewaffnet euch", sagte Blake sofort. Sie standen alle auf und schnallten sich verschiedene Waffen um den Körper. Seamus hatte seinen magischen Pfeil und Bogen parat und Bianca hielt eine Machete und einen Dolch in den Händen.

Clare hatte nur ihren kleinen Dolch. Vielleicht wirkte er aufgrund seiner Größe unscheinbar, aber die Kraft, die von ihm ausging, sagte ihr, dass sie seine Macht nicht unterschätzen sollte.

„Ich muss los", sagte Clare, die sich plötzlich sicher war. Sie konnte nicht bei ihren Freunden bleiben. Die Domnua waren hinter ihr her. Und irgendetwas zog sie an, zerrte sie aus dem Unterschlupf heraus und hoch zum Gipfel des Berges. Die Steine an ihrem Hals und an ihrem Ring begannen sanft zu pulsieren, während der Mond langsam in den Schatten glitt.

„Du musst hierbleiben, wo ich dich beschützen kann", rief Blake über das immer lauter werdende Geheul der

Domnua hinweg, das von den Windböen zu ihnen heraufgetragen wurde.

„Nein." Clare schüttelte den Kopf. „Ich muss gehen."

Als Clare aus der Schutzhütte trat, wurde sie vom Wind fast umgeworfen. Sie drehte sich um und begann, den Pfad weiter hinaufzugehen, und keuchte auf, als eine Hand nach dem Saum ihres Mantels griff.

„Bianca!", sagte Clare und drehte sich zu ihrer Freundin um.

„Du gehst nicht allein", schnaufte Bianca.

Clare blickte an ihr vorbei und sah, dass Seamus und Blake die Nachhut bildeten. Unfähig zu diskutieren und mit Tränen in den Augen ging Clare weiter, nur ihrer Eingebung folgend, und suchte verzweifelt nach Anhaltspunkten für den Verbleib des Steins.

Clare atmete schwer.

Der Wind hatte aufgehört. Für einen kurzen Moment drehte sich Clare um und lächelte ihre Freunde an, erleichtert, nicht mehr gegen den Wind kämpfen zu müssen.

Nur um wenige Schritte hinter ihnen Tausende von Domnua und Danula zu erblicken.

Sie befanden sich nicht mehr vor dem Sturm.

Sie waren mitten im Sturm.

Blake drehte sich bereits mit gezücktem Schwert, als der Kampf über sie hereinbrach und sie augenblicklich einhüllte. Clare schnappte nach Luft und sprang zurück, als ein silberner Domnua, dem stachelige Flügel aus dem Rücken ragten, mit einem Speer auf sie zurauschte – bevor sich ein goldener Danula-Krieger, der einen leuchtend violetten Schild am Arm trug, vor sie stellte und den Angreifer zerschmetterte.

„Geh", befahl der Krieger.

Clare kletterte weiter – wohin, wusste sie nicht.

Und während der letzte Lichtstreifen des Mondes in die Dunkelheit trat, begann Clare zu kämpfen, drehte Pirouetten und stach um sich, während Domnua auf sie zuschossen und sie unerbittlich auf ihrem Weg den Berg hinauf verfolgten. Beinahe mechanisch zerriss ihr Dolch das Fleisch, das sich in silbrige Streifen auflöste, bevor sie wieder ein paar Schritte machen konnte und sich der nächste auf sie stürzte. Die Danula kämpften einen tapferen Kampf, aber Clare wurde immer erschöpfter und überzeugter, dass sie die ununterbrochene Flut von Domnua niemals bewältigen könnten.

Clare schrie auf und krümmte sich, als sie den Schock des Schmerzes in ihrer Seite spürte. Sie drehte sich und rammte ihren Dolch in einen Domnua, der ihr zu nahegekommen war und dessen Messer in ihre weiche Haut schnitt. Ein eiskalter Schmerz begann in ihre Seite zu kriechen. Clare fragte sich benommen, ob sein Messer vergiftet war, bevor sie sich umdrehte, um zu sehen, wie Bianca von einem riesigen Domnua bedroht wurde, der sein tödliches Schwert über ihr in die Höhe hielt und Schritt für Schritt auf sie zukam.

Blake stand auf einem Felsvorsprung und wurde von fünf Domnua umzingelt, während er verzweifelt versuchte, ihr zu Hilfe zu kommen.

„Nein!", schrie Clare und hob ihre Hand, um einen Energiestoß in Blakes Richtung zu schicken, während sie sich mit aller Kraft vor Bianca warf. Das Schwert schwebte einen Moment lang in der Luft, bevor es herunterkam und den Aquamarin an ihrer Halskette zerschmetterte – dann bohrte sich die Klinge in ihre Brust.

Das Letzte, was sie sah, als sie über die Klippe fiel, waren Biancas und Blakes entsetzte Blicke, für immer in ihr Gedächtnis eingebrannt, während sie in die Dunkelheit glitt.

KAPITEL EINUNDVIERZIG

Ein grelles Licht drückte gegen ihre Augenlider. Clare stöhnte auf und wandte sich davon ab, weil sie nicht aus der Dunkelheit herauskommen wollte. Solange sie dort war, hatte sie keinen Schmerz gespürt. Aber jetzt fuhr ihr der Schmerz die Brust hinauf ins Herz und ließ sie nach Atem ringen.

Sie riss ihre Augenlider auf und keuchte.

„Ich bin tot", sagte Clare, während sie die himmlische Gestalt vor sich anstarrte.

Eine Göttin, ganz sicher, etwas anderes konnte dieser schöne Engel nicht sein. Mit wallenden, reinweißen Locken, strahlend blauen Augen und einer überirdischen Schönheit, die Clare vor Freude weinen ließ, befand sie sich eindeutig in der Gegenwart einer viel, viel höheren Macht.

„Du bist im Zwischenreich." Die Stimme, die wie das Spiel einer Million Harfen klang, flüsterte über ihre Haut und beruhigte sie.

„Bianca? Blake? Haben sie es geschafft?" Clare keuchte

und legte ihre Hand auf die triefende Wunde auf ihrer Brust.

„Wollen wir mal nachsehen?", fragte die Göttin, lächelte sie an und winkte mit einer Hand. Die weißen Wolken lösten sich auf, und Clare konnte auf die Schlacht hinunterblicken, die immer noch an der Bergseite tobte.

Seamus, Bianca und Blake waren noch am Leben und hielten sich wacker, obwohl ihre Mienen Clare neue Schmerzen durch den Bauch jagten.

„Sie haben aufgegeben", flüsterte Clare.

„Ja, sie fühlen sich besiegt. Aber sie kämpfen noch. Sie machen weiter. Sieh nur, wie er für dich kämpft", sagte die Göttin und zeigte auf Blake, der vor Wut brüllte, als er einen Domnua nach dem anderen vernichtete. „Und da, deine blonde Freundin. Sie kämpft erbittert, trotz ihrer Tränen. Siehst du, wie leidenschaftlich sie ist?"

Und wie leidenschaftlich sie kämpfte, dachte Clare und hatte Tränen in den Augen, als sie sah, wie Bianca einen weiteren Domnua niedermähte.

„Werden sie es schaffen?" fragte Clare und schaute die Göttin an. „Bitte, ich flehe dich an. Hilf ihnen vom Berg herunter."

„Du wirst ihnen selbst helfen müssen. Du weißt, wo der Stein ist", sagte die Göttin sanft und Clare starrte sie an.

„Ich... was? Ich habe den Stein nicht. Ich habe ihn nie gefunden. Ich habe versagt", flüsterte Clare, erstarrt, während das Blut durch ihre Handflächen troff, die sie immer noch auf die Wunde in ihrer Brust presste.

„Dann hast du nicht gründlich genug gesucht", sagte die Göttin sanft. „Erinnere dich an die Hinweise. Und daran, wofür der Stein steht."

Clares Verstand begann verzweifelt zu rotieren, während sie ihre Hand fest auf die Wunde presste und ihr Lebensblut aus ihr herausfloss.

Brannas Gesicht tauchte in ihrem Geist auf, ein Bild von dem Tag im Laden, an dem sie Clare ein gefaltetes Stück Papier überreicht hatte.

„Die Wahrheit mag schwanken, doch das Herz zögert nie; ein Stein wird gefunden, wo er geboren."

„Die Wahrheit", keuchte Clare, die über das Rätsel nachdachte und versuchte, alles zusammenzufügen. „Es geht um Liebe, nicht wahr?"

„Ja, es geht um Liebe", stimmte die Göttin zu und tat weiter nichts, während Clare spürte, wie ihr die Seele zu entgleiten begann.

„Die Wahrheit ist, dass ich Blake liebe. Ich liebe Bianca. Und Seamus, und Branna, und meine ganze Familie und all meine Freunde. Ich liebe dieses Land, dieses Leben und alles Gute auf dieser Welt. Die Wahrheit ist, dass der Stein in meinem Herzen ist, nicht wahr?", fragte Clare – und die Göttin strahlte sie an, während ihr Licht um ein Millionenfaches stärker wurde, so dass Clare ihre Augen mit einer blutigen Hand abschirmen musste.

Plötzlich erklang in ihrem Inneren ein Lied, seliger als der Gesang von tausend Engeln, und Clare spürte einen dumpfen Riss. Sie zog ihre Hand von der Brust und sah zwischen ihren blutverschmierten Fingern einen leuchtend blauen Stein, der vor Energie und Licht vibrierte.

„Die Wahrheit liegt immer im Herzen", sagte die Göttin und verschwand zwinkernd aus dem Blickfeld.

Clare fühlte sich einen Moment lang losgelöst, fast so,

als würde sie ihren Körper von oben betrachten, und dann fiel sie.

Im nächsten Augenblick kehrten ihre Sinne zurück, und sie öffnete die Augen, um sich wieder auf dem Berg inmitten der Schlacht wiederzufinden, während sich die Mondfinsternis umkehrte und sein Licht wieder zu scheinen begann.

Clare war völlig geheilt an einem Punkt oberhalb ihrer Freunde gelandet, die immer noch um ihr Leben kämpften.

Als sie den Stein in die Höhe hielt, begann er zu singen – zuerst leise, und dann rollte es wie ein Donnerschall den Berg hinunter, eine Flutwelle prächtiger Musik, die jeden Domnua auf seinem Weg ins Tal vernichtete. Und als die Musik erdröhnte, jubelten die Danula, der ganze Berg bebte und Clares Freunde erstarrten mit sprachlosem Erstaunen auf ihren Gesichtern.

Innerhalb von Sekunden hatten sich die Domnua zu silbrigem Staub aufgelöst, und die Danula, Hunderte von gold-violetten Kriegern, knieten nieder, um vor Clare und ihren Freunden zu salutieren. Dann drehten sie sich geschlossen um, sausten mit übermenschlicher Geschwindigkeit den Berg hinunter und verschwanden wieder an dem Ort, von dem sie gekommen waren.

„Clare!", schrie Bianca und brach die Stille, die sie hinterlassen hatten.

„Ich bin am Leben", schrie Clare zurück. Sie verstaute den Stein sicher in einem Lederbeutel in ihrem Rucksack und dann rannte sie, halb rutschend, halb fallend den Berg hinunter, bis sie Bianca erreichte und sie mit ihrem Schwung fast umwarf.

Sekunden später lagen sie sich alle in den Armen,

schnauften, weinten und lachten, erstaunt darüber, dass sie überhaupt noch lebten.

„Ich dachte, du wärst tot. Ich habe dich sterben sehen", weinte Bianca in Clares Haar.

„Ich bin gestorben. Glaube ich. Oder ich war irgendwo dazwischen."

„Wie hast du den Stein gefunden?", fragte Bianca und zog ihren Kopf zurück, um sie anzuschauen.

„Die Fragen haben Zeit", sagte Blake, trat dazwischen und zog Clare aus Biancas Armen. Er hob sie hoch und presste seine Lippen auf die ihren – und teilte ihr mit seinem Kuss all die aufgestaute Angst und den Schmerz mit, den er empfunden hatte, als er sie über die Klippe hatte stürzen sehen. Clare schluchzte in seinen Mund, so unsagbar glücklich, wieder in seinen Armen zu sein.

„Blake, ich liebe dich. Ich glaube, ich liebe dich, seit ich dich das erste Mal sah. Ich hätte es aussprechen sollen. Ich hätte keine Angst haben sollen, es dir zu sagen", hauchte Clare gegen seine Lippen, nicht wollend, dass er sie jemals wieder losließ.

„Es ist nicht wichtig. Es spielt jetzt keine Rolle mehr. Ich habe es gespürt. Ich wusste es", sagte Blake und strich ihr mit einer Hand über das Haar.

„Doch, es ist wichtig. Es war der Schlüssel, verstehst du? Meine eigene Wahrheit zu erkennen. Und sie anzunehmen. Ich war die ganze Zeit der Schlüssel", murmelte Clare und schloss dann die Augen, während sie eine Welle der Erschöpfung überkam und ihre Sicht allmählich zu verschwimmen begann.

„Wir müssen von diesem Berg runter", sagte Blake, der Clare sofort in seine Arme nahm. „Schafft ihr das, Leute?"

„Und ob wir das schaffen", krähte Bianca, und gemeinsam humpelten sie den Berg hinunter, wobei Blake Clare den ganzen Weg über in seinen Armen trug, während sie immer wieder kurz das Bewusstsein verlor.

Der Mond, der hell am Himmel strahlte und seinen eigenen Kampf gegen die Dunkelheit gewonnen hatte, leuchtete ihnen fröhlich den Weg.

EPILOG

„Wir sind dazu bestimmt, dorthin zu gehen", betonte Clare am nächsten Morgen. Sie hatten ein paar Stunden Schlaf in den Zimmern, in denen sie eine überglückliche Cait untergebracht hatte, nachgeholt.

„Woher weißt du das?", wollte Blake wissen, der nicht mehr von Clares Seite wich. Seit sie vom Berg heruntergekommen waren, hatte er sich keinen Meter von ihr entfernt.

„Ich weiß es einfach", sagte Clare.

„Nun, die Bucht ist voller Zauber. Es würde mich nicht überraschen, wenn ihr dazu bestimmt sein solltet, dorthin zu gehen", stimmte Cait zu, die an der Bar saß und eine Tasse Tee trank.

„Siehst du, Cait weiß, wovon sie spricht", sagte Clare stur.

„Gut, dann fahren wir eben zu dieser Bucht. Danach bringe ich dich zu Esther, damit du dich mindestens eine Woche lang erholen kannst", sagte Blake.

„Oh, ich will auch! Dürfen wir mitkommen? Ich

möchte ein paar von ihren Rezepten lernen. Das wird ein toller Urlaub", schwärmte Bianca.

„Natürlich kommt ihr mit", sagte Blake und schüttelte den Kopf, als Bianca jubelte.

Nach einer dicken Umarmung von Cait und einer detaillierten Wegbeschreibung stiegen sie alle wieder in den Geländewagen und fuhren die kurvenreiche Küstenstraße entlang, die von dem kleinen Dorf Grace's Cove wegführte.

„Gott, ich kann verstehen, warum sie hier leben. Aber ich glaube, ich würde den Trubel von Dublin vermissen", sagte Bianca.

Clare stimmte schweigend zu. Die Klippen ragten stolz ins Meer, wo Seemöwen herabstießen und tauchten und wohl so mancher Dichter träumte. Es war ein märchenhafter Ort, der leicht die Herzen erobern konnte, dachte Clare, während sie gedankenverloren mit einer Hand über ihre Brust strich.

„Tut es noch weh?", fragte Blake und sah hinüber.

„Ja, es wird ein bisschen dauern, bis es ganz verheilt ist", gab Clare zu, obwohl es ihr wenig ausmachte. Sie hatte den Schmerz tödlicher Wunden kennengelernt, dagegen war dieser dumpfe Schmerz nichts.

„Ich kann immer noch nicht glauben, dass der Stein in deinem Inneren war", staunte Bianca auf dem Rücksitz.

„Ich bin mir nicht sicher, ob er das immer schon war. Aber ich glaube, er brauchte bestimmte Umstände, um zum Vorschein zu kommen", sagte Clare achselzuckend.

„Er ist wunderschön. Was für ein Stein ist es?"

Sie hatten alle einige Zeit damit verbracht, den Stein zu untersuchen, obwohl er jedes Mal vor Freude anfing zu singen, wenn Clare ihn in den Händen hielt. Er war eine perfekt geformte Kugel, die sanft in einem ätherischen Blau schimmerte.

„Ich würde sagen, da ist etwas Aquamarin drin, weshalb meine Steine wohl auch daraus gemacht sind, aber es ist kein reiner Aquamarin", sagte Clare und fuhr mit dem Finger über den Ring, den sie immer noch am Finger trug. Die Halskette war zerstört worden, aber Clare war froh, dass sie ein kleines Stück dieser Reise für immer bei sich behalten würde.

„Das scheint der Ort zu sein", sagte Blake und hielt den Wagen an einer niedrigen Steinmauer an. Weiter oben auf dem Hügel befand sich ein kleines Steinhäuschen mit einer Tür, die in einem fröhlichen Rotton gestrichen war, und hinter dem sich die Gebirgsausläufer erhoben.

„Das muss das Haus von Fiona sein", sagte Bianca, als sie aus dem Auto stiegen.

„Könnt ihr euch vorstellen, hier zu leben? Ich meine, diese Aussicht ...", sagte Seamus und drehte sich, um den Blick über die Hügel schweifen zu lassen, die steil ins Meer abfielen.

„Ja, ich kann den Reiz erkennen", stimmte Clare zu. Freudig nahm sie Blakes Hand und sie folgten einem ausgetretenen Pfad entlang der Mauer, bis sie den Rand der Klippe erreichten. Seamus stieß einen leisen Pfiff aus, als sie alle hinunterblickten.

„Ganz schön steil", sagte Bianca.

Zwei beinahe perfekt geformte Felsen wölbten sich zu einem großen C, dessen Enden sich in der Mitte fast an der Stelle küssten, wo das Wasser in sanften Wellen ein- und ausströmte. Unterhalb lag ein perfekter Sandstrand; und ein kleiner Pfad führte im Zickzack vom oberen Ende zum Strand hinunter.

„Ein perfekter Ort für den Sommerurlaub", sinnierte Bianca, als sie sich auf den Weg nach unten machten.

„Es ist ein magischer Ort. Man kann nicht einfach hierherkommen. Nun, normale Menschen können nicht einfach hierherkommen. Der Bucht gefällt das nicht", sagte Clare über ihre Schulter. Als sie die Stille hörte, die auf ihre Worte folgte, schaute sie zurück über ihre Schulter und blickte in fassungslose Gesichter.

„Was? Findet ihr jetzt etwa, dass das sonderbar klingt? Nach allem, was wir durchgemacht haben?"

„Die Frau hat Recht", stimmte Seamus zu.

„Warum ist der Ort verzaubert?", fragte Bianca.

„Die große Grace O'Malley ist hier gestorben. Und sie verwendete mächtige Blutmagie, um ihre Ruhestätte zu schützen. Als ihre Tochter in jener Nacht an diesem Strand zur Welt kam, wurde der Ort mit weiteren Schichten von Magie belegt."

„Das klingt *wirklich* nach mächtiger Magie", stimmte Bianca zu.

„Cait sagte, wir müssten ein Ritual durchführen, bevor wir den Strand betreten", sagte Clare, die leicht außer Atem war, als sie am unteren Ende des Weges ankamen.

„Was passiert, wenn wir es nicht tun?", fragte Blake.

„Ich kann nicht sagen, dass ich großes Interesse daran habe, es herauszufinden", sagte Clare und nahm sich die Halskette ab, die Branna ihr geschenkt hatte. Sie ging voraus, beugte sich vor und zeichnete mit dem Finger einen großen Kreis in den Sand. Dann forderte sie alle auf, hineinzugehen.

„Wir kommen in Frieden", sagte Clare. „Wir wollen der Bucht nichts Böses."

Auch wenn die Worte nicht besonders originell waren, hatte Cait gesagt, dass es nur auf die Absicht ankam. Und eine Opfergabe. Clare hob die Halskette hoch und warf sie ins Wasser, wo sie mit einem leisen Plumpsen aufkam.

„Wie traurig. Es war ein Geschenk von Branna", murmelte Bianca.

„Sie wird etwas anderes finden, das sie mir schenken kann. Es spielt keine Rolle, was für ein Geschenk es ist – der Gedanke dahinter zählt", sagte Clare und starrte auf die Wellen hinaus.

„Und was jetzt? Können wir den Kreis verlassen?", fragte Blake.

„Es sollte in Ordnung sein, aber ..." Clare legte den Kopf schief und ging etwas näher an das Wasser heran, um zu sehen, ob ihre Augen ihr einen Streich spielten.

„Leuchtet das Wasser etwa?", fragte Clare, als ein sanftes blaues Licht knapp unter der Oberfläche zu schimmern schien.

„Ja, es leuchtet."

Eine Stimme, wie der Gesang von tausend Harfen, strömte über sie hinweg. Sie alle hoben die Hände, um ihre Augen vor dem blendenden Licht zu schützen, das von einer Gestalt ausging, die mit langsamen Schritten auf sie zukam.

„Es ist die Göttin", hauchte Clare und griff nach Blakes Arm. „Diejenige, die mir geholfen hat."

„Es ist die Göttin Danu", sagte Seamus und ließ sich im Sand auf die Knie fallen. Clare blieb der Mund offen stehen, als Blake ihm folgte. Bianca und Clare sahen sich an und wussten nicht, was sie tun sollten.

„Bitte, bleibt stehen", sagte Danu und lächelte sie an.

„Ich glaube, ich soll Euch das hier überreichen", sagte Clare, griff in ihre Tasche und holte den Stein hervor. Sofort begann er zu vibrieren. Ein Lied von einer Schönheit, die nicht von dieser Welt war, strömte aus ihm hervor – so gefühlvoll, so überwältigend, dass Clare augenblicklich die Tränen über das Gesicht liefen.

„Ja, er ist dazu bestimmt, zu seiner Heimat zurückzukehren. Alle Schätze werden uns zurückgegeben, sobald sie gefunden wurden, und wir werden sie für immer mit großer Sorgfalt beschützen", sagte Danu und nahm den Stein sanft von Clare. Als er Clares Hände verließ, verstummte das Lied, obwohl das Licht immer noch wunderschön in der Kugel wirbelte.

„Du hast deinem Volk heute eine große Ehre erwiesen", sagte Danu, trat vor und legte ihre Hand auf Clares Brust, wo die Wunde noch schmerzte. Innerhalb von Sekunden strömte ein kühler, heilender Balsam über Clares Körper und linderte ihre Schmerzen.

„Danke, Eure Hoheit", sagte Clare etwas unbeholfen, da sie nicht wusste, wie man eine Göttin anzusprechen hatte.

Danu warf den Kopf zurück und lachte mit einem Geräusch, das wie das Zwitschern von hundert Blaukehlchen war.

„Es wird für euch gesorgt sein, solange ihr auf dieser Existenzebene seid. Für euch alle", sagte Danu und sah die vier an. „Mein Geschenk an euch – unser Dank – ist, dass wir über euch und eure Lieben wachen werden. Ihr müsst uns nur um Hilfe bitten, wenn ihr in Not seid, und wir werden da sein."

„Das ist ein großes Geschenk", hauchte Blake und neigte den Kopf.

„Ein wohlverdientes", sagte Danu. „Da du deine Aufgabe vorzeitig beendet hast, worauf ich sehr stolz bin, wirst du noch ein wenig Zeit haben, bevor du die nächste Person finden musst, die auf die Suche gehen wird."

„Ich ... was?", sagte Clare und ihre Augen weiteten sich. Sie hatte gedacht, sie sei aus dem Schneider.

„Du musst die nächste Suchende finden und ihr auf ihrem Weg helfen. Wir dürfen nur begrenzt Hilfe leisten, um die Bedingungen des Fluches nicht zu verletzen", sagte Danu.

„Konntet Ihr mir deshalb, als ich im Sterben lag, nicht einfach sagen, wo der Stein war?", verlangte Clare.

„Ja, das war nicht meine Aufgabe. Außerdem stand es nicht in meiner Macht. Selbst ich muss mich an gewisse Regeln halten", sagte Danu sanft.

„Danke, dass Ihr die Danula geschickt habt, um auf dem Berg zu helfen", meldete sich Bianca zu Wort und Danu lächelte sie an.

„Und für dich, meine tapferste aller Kriegerinnen, habe ich ein Geschenk und eine Aufgabe, falls du sie annimmst", sagte Danu, und Bianca blieb der Mund offen stehen.

„Für mich?", quietschte Bianca.

„Ja, für dich", sagte Danu und hielt ihr eine goldene Halskette hin, an der ein filigraner Anhänger hing. Bianca nahm ihn dankbar an und sah mit großen Augen zu Danu auf.

„Das wird dir die Kräfte verleihen, die du benötigst, um den anderen zu helfen."

„Den anderen? Ihr wollt, dass ich den anderen helfe?", hauchte Bianca und ihre Wangen färbten sich rosa.

„Du bist eine ausgezeichnete Hilfe in jeder Schlacht. Mit deinem Wissen und deinem Kampfgeist wirst du für die anderen eine Bereicherung sein. Natürlich nur, wenn du dich dafür entscheidest", sagte Danu mit einem Lächeln.

„Warte, aber – du könntest verletzt werden", begann Clare, aber Bianca warf ihr einen ernsten Blick zu.

„Es wäre mir eine Ehre, den anderen bei ihrer Suche behilflich zu sein. Ich danke für Euer Vertrauen." Bianca verbeugte sich und legte die Kette über ihren Kopf.

Clare biss sich auf die Lippe, voller Sorge um ihre Freundin.

„Sei nicht besorgt, meine Tapfere." Danu lächelte Clare sanft an. „Du wirst Bianca beistehen können – zumindest, um die nächste *Na Sirtheoir* zu finden und ihr deine Geschichte zu erzählen."

„Wir müssen also die nächste finden?", fragte Clare.

„Ja, das müsst ihr. Ihr Name ist...", sagte Danu, während sie langsam aus dem Blickfeld verschwand. „Sasha Flanagan."

Und damit verschwand sie und mit ihr der Stein des Schicksals.

Einen Moment lang fühlte sich Clare seltsam beraubt, als ob ein Stück von ihr selbst für immer verloren ging – dann drehte sie sich um, um auf das Wasser zu schauen, und rang um Atem.

„Die Bucht! Sie *leuchtet*!"

Blake legte seinen Arm um Clare und sie schmiegte sich an ihn, während Seamus sich an Bianca kuschelte und seine Lippen auf ihren Hals drückte. Sie betrachteten das prächtige Lichtspiel einen Moment lang und genossen die Schönheit dieses außerweltlichen Lichts, das aus den Tiefen des Wassers emporschien.

„Cait hat mir erzählt, dass es in der Gegenwart von wahrer Liebe leuchtet", sagte Seamus fröhlich.

Clares Herz machte einen merkwürdigen kleinen Hüpfer in ihrer Brust. Sie warf Bianca einen Blick zu und sah, dass das sonst so lebhafte Gesicht ihrer Freundin nichts als Schockstarre zeigte, bevor sie von Blake überrascht und abgelenkt wurde, der sie hochhob und im Kreis herumwirbelte.

„Hast du das gehört, Doc? Du warst das Warten wert."

DAS LIED DES SCHWERTS

„Noch einer von euch? Ihr werdet langsam zu einer richtigen Plage." Sasha Flanagan fluchte, während sie einen silberäugigen Mann in die Ecke drängte, dessen starrer Blick ihr Gesicht fixierte. Sein Körper spannte sich wie eine Feder, während er jede ihrer Bewegungen beobachtete und darauf wartete, zuzuschlagen.

Sasha beschloss, ihn ein wenig zu ärgern, tauchte nach vorne und holte mit einem schlanken Eisenschwert aus, das sie für Situationen wie diese angefertigt hatte. Mit Freude sah sie, wie der silberäugige Mann zurücksprang, und schob sich nach vorne.

„Ich weiß nicht, wo du herkommst oder was du von mir willst, aber du wirst deinen Freunden eine Nachricht mit nach Hause bringen", sagte Sasha und griff an. Sie wurde mit einem Schmerzensschrei des Mannes belohnt, während die Klinge sauber durch seine Flanke glitt. Ein silbernes Rinnsal tropfte aus ihm heraus und er starrte sie an.

„Entweder ich töte dich auf der Stelle, oder du gehst

und sagst deinen Kumpels, sie sollen mich in Ruhe lassen", sagte Sasha leichthin. Ihre Augen verfolgten jede seiner Bewegungen und warteten auf den subtilen Hinweis, der seinen nächsten Schritt ankündigen würde.

Und als sie sah, wie sein Arm mit dem Dolch nach vorne zuckte, ließ sie ihre Klinge geschickt durch das Herz des Mannes gleiten und verzog das Gesicht, während er sich zu einer silbrigen Pfütze auf dem Bürgersteig in der Gasse hinter ihrer Galerie auflöste.

Sie hatte sich angewöhnt, ihre Klinge überallhin mitzunehmen. Sie hoffte, eines Tages herauszufinden, warum die Feen es auf sie abgesehen hatten, aber im Moment stand das nackte Überleben an erster Stelle.

Seufzend warf Sasha ihr langes, glattes schwarzes Haar über die Schulter und hob die Mülltüte auf, die sie fallen gelassen hatte, gleich nachdem sie nach draußen gekommen war. Sie warf sie in den Müllcontainer und ging rückwärts zur Tür ihrer Galerie, bevor sie hineinschlüpfte und hinter sich abschloss.

Dreifachverriegelung, eisenbeschlagen, und ein Sicherheitsalarm.

Nicht nur wegen der Feen, sondern auch wegen der Wertgegenstände, die sie hier verwahrte. Cloak & Dagger war Sashas ganzer Stolz und weit mehr als nur eine traditionelle Galerie. Mit einem Schwerpunkt auf Waffen aus allen Epochen beherbergte sie eine der größten Sammlungen verzierter und aufwendig gestalteter Schwerter und Dolche in ganz Europa.

Sie konnte nicht genau sagen, wann ihre Obsession mit scharfen Gegenständen begonnen hatte. Es könnte im zarten Alter von vier Jahren gewesen sein, als ihr Vater sie mit einem Messer in der Hand auf dem Tresen tanzen sah. Oder es war, als sie ihr erstes Fechtbuch entdeckte und sich selbst mit einem dünnen Stock hinter der Gartenmauer das Fechten beibrachte.

Sasha lächelte, als sie ihre Klinge in die Scheide an ihrem Gürtel steckte. Sie erinnerte sich noch an das erste Mal, als sie das Florett herausgezogen und es vor sich hergeschwungen hatte. Sofort hatte sie erkannt – verstanden – dass sie dazu geboren war, eine Waffe zu führen.

Auf diese Entdeckung folgte ein strenges Studium der Kampfkünste, des Fechtens, des Schwertkampfes und schließlich ein intensives Studienprogramm, das sie quer durch Europa führte, um antike Waffen zu erforschen. Ihr gutes Aussehen in Verbindung mit ihrer sachlichen Art hatten ihr die Türen von zahlreichen Kunstsammlern geöffnet.

Im zarten Alter von dreißig Jahren hatte sie ihr eigenes Geschäft eröffnet und war eine der führenden Expertinnen für keltische und römische Waffen in Irland, wenn nicht sogar in der ganzen Welt.

Man sollte meinen, dass ihre Fähigkeiten mit dem Schwert ihrem Verlobten zu denken hätten geben sollen, bevor er sie betrog.

Sasha rollte mit den Augen, als sie über den honigfarbenen Holzboden ihrer Galerie schritt, um das Licht in den vorderen Schaufenstern auszuschalten. Sie zog das Metallgitter herunter, das die Fenster nachts sicherte, schloss ab und drehte sich um, um ihre Galerie zu betrachten.

Aaron hatte nie zu schätzen gewusst, was sie hier aufgebaut hatte.

Die Wände waren in einem kühlen Grauton gestrichen,

der nur einen Hauch dunkler als Weiß war, so dass die Farben der ausgestellten Schwerter und Dolche besonders gut zur Geltung kamen. Sasha hatte kleine abgetrennte Bereiche in ihrer Sammlung geschaffen, die den Besucher durch die verschiedenen Epochen der Waffentechnik führten. Die Ausstellung war atemberaubend, und sie fand, dass der Laden eine ihrer größten Errungenschaften war.

Aaron hatte nur die Nase gerümpft und die Galerie als „Sashas albernes, kleines Laster" abgetan. Sasha schüttelte den Kopf, während sie den Raum durchquerte und das Licht ausschaltete. Ihre Hand wanderte unbewusst zu der Klinge an ihrer Hüfte, als sie sich an den Tag erinnerte, an dem sie früher nach Hause gekommen war, um Aaron ausnahmsweise mit einem selbstzubereiteten Abendessen zu überraschen.

Sasha musste verächtlich lachen.

Es war alles so banal und langweilig, dachte sie, als sie sich an ihren Schreibtisch setzte und den Laptop einschaltete. Dieselbe alte Geschichte. Den Geliebten mit einer anderen im Bett zu erwischen.

Betrug war ein Ausweg für Feiglinge. Und das Letzte, was Sasha gebrauchen konnte, war, mit einem faulen Betrüger verheiratet zu sein. Und so hatte sich die Episode im Nachhinein doch als Segen herausgestellt, obwohl Sasha damals Mühe hatte, ihm nicht auf der Stelle ein Messer in die Familienjuwelen zu rammen. Sie prustete. *Obwohl von Juwelen wirklich keine Rede sein konnte,* dachte sie.

Nicht, dass sie nicht damit gedroht hätte.

Doch der Ausdruck blanker Angst in seinen Augen hatte ausgereicht, um die Bestie in Sasha zu zähmen. Sie hatte ihn noch am selben Tag hinausgeworfen und seither nicht mehr sehen müssen. Sie konnte nicht sagen, dass diese Erfahrung ihre Bereitschaft, anderen Menschen zu vertrauen, verstärkt hatte – aber sie arbeitete daran.

Es half auch nicht, dass überall, wo sie hinging, silberäugige Feen auftauchten, die versuchten, sie umzubringen. Das würde wohl das Vertrauen eines jeden Menschen in so ziemlich alles und jeden erschüttern.

Sasha beugte sich vor, um eine E-Mail zu lesen, die sie von einer Kontaktperson an der Universität erhalten hatte, an die sie sich gewandt hatte. Seit einem Monat versuchte sie, die Geschichte der Feen in Irland zu erforschen und herauszufinden, wie Legende und Realität miteinander verwoben waren. Das Auseinanderhalten von Fakt und Fiktion war eine fast unüberwindbare Aufgabe, aber sie arbeitete Tag für Tag daran.

Fakt war jedenfalls, dass es Feenwesen gab und dass sie gerade versuchten, sie zu töten.

Das reichte aus, dass sie die ganze Nacht wach bleiben würde, um nach Antworten zu suchen.

Die Insel des Schicksals: Buch 2 – Jetzt verfügbar!

NACHWORT

Irland hat einen besonderen Platz in meinem Herzen – es ist ein Land der Träumer und für Träumer. Es gibt nichts Schöneres, als es sich in einer Kneipe am Kaminfeuer gemütlich zu machen und einer Musiksession zuzuhören oder eine Tasse Tee zu trinken, während der Regen vor dem Fenster die Sicht vernebelt. Ich werde für immer von diesen felsigen Ufern verzaubert sein und hoffe, dass Ihnen das Lesen dieser Serie genauso viel Spaß macht, wie ich es genossen habe, sie zu schreiben. Danke, dass Sie an meiner Welt teilnehmen.

Ich bin überglücklich, dass meine Geschichten ins Deutsche übersetzt werden. Die Übersetzungen meiner Romane nehmen ein bisschen Zeit in Anspruch. Melden Sie sich also für meinen Newsletter an, um zu erfahren, wann das nächste Buch erscheint.

http://eepurl.com/hLxHBz

Ich hoffe, meine Bücher haben in Ihrem Leben ein wenig Zauber hinterlassen. Wenn Sie einen Moment Zeit haben, um mir davon etwas zurückzugeben, würde ich mich freuen, wenn Sie Ihren Freunden davon erzählen und eine Bewertung hinterlassen. Mundpropaganda ist die wirkungsvollste Methode, um meine Geschichten zu teilen. Danke schön.

DIE INSEL DES SCHICKSALS

Buch 1 - Das Lied des Steins
Buch 2 - Das Lied des Schwerts
Buch 3 - Das Lied des Speers
Buch 4 - Das Lied des Schatzkessels

GEHEIMNISVOLLE BUCHT

Buch 1 - Wildes irisches Herz*

Buch 2 - Wilde irische Augen*

Buch 3 - Wilde irische Seele*

Buch 4 - Wilde irische Rebellin*

Buch 5 - Wilde irische Wurzeln*

Buch 6 - Wilde irische Hexe

Buch 7 - Wilde irische Grace

Buch 8 - Wilde irische Träumerin

---

*Jetzt verfügbar

BÜCHER VON TRICIA O'MALLEY
ENGLISH EDITIONS

Tricia O'Malley has over 30 english speaking titles available in paperback, audio, e-book and Kindle Unlimited.

The Siren Island Series

The Althea Rose Series

The Isle of Destiny Series

The Mystic Cove Series

The Wildsong Series

Love books? What about fun giveaways? Nope? Okay, can I entice you with underwater photos and cute dogs? Let's stay friends, receive my emails and contact me by signing up at my website

www.triciaomalley.com

Or find me on Facebook and Instagram.

@triciaomalleyauthor

BÜCHER VON TRICIA O'MALLEY
ENGLISH EDITIONS

Ms. Bitch

"Ms. Bitch is sunshine in a book! An uplifting story of fighting your way through heartbreak and making your own version of happily-ever-after."

~Ann Charles, USA Today Bestselling Author of the Deadwood Mystery Series

One Way Ticket

A funny and captivating beach read where booking a one-way ticket to paradise means starting over, letting go, and taking a chance on love...one more time

10 out of 10 - The BookLife Prize

Firebird Award Winner

Pencraft Book of the year 2021

Danksagung

Ein tief empfundenes und herzliches Dankeschön geht an diejenigen in meinem Leben, die mich kontinuierlich auf diesem wunderbaren Weg als Autorin unterstützt haben. Manchmal kann dieser Job sehr stressig sein, daher ich bin dankbar für meine Freunde, die immer ein offenes Ohr haben und mir durch die kniffligeren Momente der Selbstzweifel helfen. Ein ganz besonderer Dank geht an The Scotsman, der an erster Stelle mein großartigster Unterstützer ist und es immer schafft, mich zum Lächeln zu bringen. Ein weiterer besonderer Dank geht an Daniel Friedrich und Annette Glahn für die Hilfe bei der Übersetzung dieses Buches. Ihre Liebe zum Detail und ihre sorgfältige Arbeit haben mein Buch zum Leben erweckt – danke!

Jedes Buch, das ich schreibe, ist ein Teil von mir und ich hoffe, dass Sie die Liebe spüren, die ich in meine Geschichten stecke. Ohne meine Leser bedeutet meine Arbeit nichts, und ich bin dankbar, dass Sie bereit sind, Ihre wertvolle Zeit mit den Welten zu teilen, die ich erschaffe. Ich hoffe, jedes Buch zaubert Ihnen ein Lächeln ins Gesicht und lässt Sie für einen Moment den Alltag entfliehen.

Slainté, Tricia O'Malley

Made in the USA
Columbia, SC
29 October 2022